U0068393

電視字幕對語言理解的影響——

以「**形系**」和「**音系**」文字的差異為切入點

陳佩真 著

序

在傳播媒體快速的發展下，電視對現代人的生活產生了很大的影響力，這種情形以成長階段的兒童、青少年最為嚴重，長時間浸淫於螢光幕前，電視對其言行舉止所發生的仿效作用，甚至比正規學校教育或家庭教育尤有過之，但「影響」一詞應有正反兩面雙重意義。

筆者在 2005 年的暑假，代表臺灣「中國童子軍總會」到美國舊金山 wente 營區擔任 International camp staff，做短期兩個月的文化交流，驚覺自己理解語言的特殊習慣。回臺後，在與幾位友人的言談中發現，除了美國外，日本、韓國、英國、德國、法國、墨西哥……等非漢語國家的電視節目也沒有字幕的呈現，僅臺灣、中國大陸、新加坡、香港……等使用漢語的地區有字幕。雖然有些國家的電視可以選擇要不要顯示字幕，但臺灣的電視臺卻是在發送出信息時就已經決定了字幕的顯示，無法讓觀眾透過電視機功能來關閉字幕，這現象絕非僅與電視臺發送信息時的設定有關，筆者認為語言和文字之間的關係應是最大的決定因素。

「電視字幕」對語言理解的影響不容忽視，電視字幕對使用「形系文字」的語言影響比使用「音系文字」的語言影響來得深。筆者希望透過理論建構和實務印證來規模相關的認知途徑和運用推廣的方案，回饋給更多的教學者或父母，讓更多的人知道該如

何善用電視媒體進行聆聽、識字、閱讀圖像訓練，以及如何解決
閱讀困難學生的學習問題。

　　寫作期間感謝周慶華教授的細心指導，以及親朋好友們的支持
與鼓勵，讓我能順利完成此篇論述。個人能力有限，定有許多瑕疵，
敬請方家修正，至深感謝！

陳佩真

目　次

表目次

圖目次

第一章　緒論

第一節　研究動機

　　2005 年的暑假，我把握了一次出國的難得機會，代表臺灣「中國童子軍總會」到美國舊金山 wente 營區擔任 International camp staff，做短期兩個月的文化交流。那是一份夏令營營區的服務工作，我被分配在 Handycraft 手工藝坊指導夏令營的學員竹籃編織。營區中所有的工作人員及參加的學員全是來自美國各地的黑人及白人，而我則是唯一的一位「外國人」。

　　驚險的異國之旅從搭飛機的那一刻就已經展開，因為我的英文僅有國中程度，且鮮少有練習英文聽力的機會，對於此時環繞於耳際的英語，只能說是「有聽沒有懂」，學了 12 年的英文頓時化為烏有。

　　「聽」和「看」成了我和外界交流的方式，靜靜地聆聽，仔細地觀察。我試著去揭開它神秘的面紗，每走近一步就越覺得有趣。首先，我試著去聽懂別人的對話：仔細聆聽聲音的高低起伏。每聽懂一個關鍵字就異常的興奮，開始利用有限的字彙去猜測這一段對話的涵義，像是在編故事般的有趣，只是我腦海中的故事情節是否正確就不得而知了。所以我想了一個好方法，我試著利用影像、聲音搭配電視、電影字幕學習英語。然而，我轉遍了所有的英文臺，

卻沒有一臺電視節目是有字幕呈現的；假日，我和幾位童軍伙伴一起去電影院看電影，卻也無從尋找字幕。「沒有字幕的電視、電影」這個有趣的現象讓我驚覺美國和臺灣的不同，也發現了自己理解語言的特殊習慣，進而激發此次研究的動機。

回臺後，在與幾位友人的言談中發現，除了美國外，日本、韓國、英國、德國、法國、墨西哥……等非漢語國家的電視節目也沒有字幕的呈現，僅中國大陸、臺灣、新加坡、香港……等使用漢語的地區有字幕。雖然有些國家的電視可以選擇要不要顯示字幕，但臺灣的電視臺卻是在發送出信息時就已經決定了字幕的顯示，無法讓觀眾透過電視機功能來關閉字幕。

這現象絕非僅與電視臺發送信息時的設定有關，我個人認為語言和文字之間的關係應是最大的決定因素。希望能藉由這次的研究揭開電視字幕和語言理解之間關係的神秘面紗。

第二節　研究目的

想了解電視字幕和語言理解之間的關係，必須先了解電視字幕的由來。依據黃坤年在〈電視字幕改良之我見〉一文中所提，由於以前現場的節目比較少，所以在我國有電視節目播出的初期，國外的影片是主要的電視節目來源。而且那時電視製作的技術，還沒有雙聲帶的設備，為了解決語言不通的問題，所以才在影片播出時加上了中文文字幕的說明。後來雖然自製的戲劇節目增加，但為了便於使用方言的觀眾欣賞國語節目，或為了只懂得國語的人觀賞方言節目，於是才在大部分本國自製的劇情節目也加上了字幕輔助（黃坤年，1973）。

　　有電視字幕的輔助的確解決了語言不通的問題，讓我們可以無國界的觀賞各國的電視影集、無種族差別的觀賞不同方言的地方節目。然而，電視字幕的功能就僅於此嗎？倘若是如此，像美國這樣的種族融合國家，電視影集是否更應該有字幕的輔助？

　　想解開這一個謎題，我個人認為應先探究廣播電視的本質[1]。蔣麗蓮在《廣播電視學研究》一書中，曾就其多元的特性，將其區分為一二三次元[2]依序的予以探究。其中，在第二次元中提到，廣播電視所使用的電波工具有時間性、速時性，是一種時間媒體；還具有侵透性（無障礙性），可作為國際宣傳的有效工具，但缺乏紀錄性，致使它仍無法和印刷媒體抗衡（蔣蓮，1970：22~24）。由此可知，電視雖是一種快速的東西、時間的工具，卻承擔了一份時間上的限制，這使得電視內容的快速被理解變得更為重要。但在此書中，蔣麗蓮並未對電視內容被理解的過程作探討，至於「電視字幕」更是隻字未提，甚為可惜。我個人認為，由於電視「速時」的特性，使得電視內容的如何快速被理解變得重要，而在使用漢語的地區，「電視字幕」確實發揮一定的語言理解功能，有助於電視節目內容的閱讀，它的功能為何？跟語言理解有什麼關係？值得加以探究。

　　解決了電視字幕和語言理解之間的關係後，研究者蓄勢待發，要「藉著所解決的問題來遂行權力意志（包括謀取利益、樹立權威和行使教化等）和體現文化理想」（周慶華，2004a：52~54）。所要探討的就是研究者的目的，個人希望進行此一研究時，除了能對音

---

[1]　同屬電波工具的收音機和電視合稱廣播電視。
[2]　所謂的第一次元，指的是廣播電視最基本的特性「使用電波」；第二次元特性的產生，是因為它對機械的依賴，是從第一次元的特性中衍生出來的，也就是加添了廣播電視全部過程的因素而形成的特性；第三次元則是探討每一種播送內容和接收過程構成的傳播領域中，所表現出來的特性（蔣麗蓮，1970：22）。

系文字和形系文字的形、音、義……等各方面有更深入的了解，以便了解電視字幕對語言理解所造成的正影響、反影響，以及彼此間所隱含的層層問題，滿足研究者個人的求知慾望外，更期望將研究所得到的些許新知彰顯出來，仔細探究電視字幕在語文教育上可以如何運用與推廣，回饋給更多的教學者或父母，讓更多的人知道該如何善用電視媒體進行聆聽、識字、閱讀圖像訓練，以及如何解決閱讀困難學生的學習問題。

第三節　研究問題

　　打從有人類開始就有了語言，人類的語言是在家庭和社會活動中學來的，只是那時的語彙較少且簡單。語言是人類進行思維和交際的最重要工具，是一個十分複雜的符號系統，也是文化和信息最重要的載體（許嘉璐，2001：1）。由此可知，語言是傳播知識的一個重要媒介，也是所有人類製造的符號中最複雜也最有創意的能力表現（吳知賢，1996）。

　　不僅如此，人類還天生具有發音器官和語音辨別能力，來學習語言和跟他人溝通，這是上天賦予人類探索生命、探索世界的工具，我們應該好好發揮它的功用，跟它培養良好的默契，了解它、親近它，而不是習慣成自然，無視於它的存在。

　　目前世界各民族所使用的語言有 2790 多種；而講這些語言的人又使用著 7000 到 8000 種方言土語。其中較重要的語言就有 210 多種之多，且都有自己的文字。但總體來說，仍不外乎音系文字和形系文字兩大類（李梵，2002：12）。漢字又是現今僅存的形系文字，其他四大文明發源地原始的象形形系文字，如：埃及的聖書、

兩河流域的楔形文、美洲的瑪雅文，都已進入歷史博物館，印度梵文雖然仍為一些學者所研究、使用，但它早已不是社會通用的文字（何九盈、胡雙寶、張猛主編，1995：10）。所以本研究中對形系文字的探究將以「漢字」為代表；至於目前使用種類最多的「音系文字」，為縮小研究範圍以利研究，則以目前國際通用的語言文字「英文」為代表，對兩種文字型態的形、音、義各方面進行深入分析並進行比較，形成概念。語言則以「漢語」和「英語」為主。

　　探討的問題則主要集中在「電視字幕」和「語言理解」二方面，希望能藉由本研究了解使用「形系文字」和「音系文字」地區，電視字幕的有無對語言理解所造成不同的正影響、反影響，更期望將研究所得到的些許新知彰顯出來，仔細探究電視字幕在語文教育上可以如何運用與推廣，回饋給更多的教學者或父母，讓更多的人知道該如何善用電視媒體進行聆聽、識字、閱讀圖像訓練，以及如何解決閱讀困難學生的學習問題。

　　進行研究過程，我先針對研究主題大量的閱讀現象學、發生學、詮釋學、文字學、語言學、認知心理學、電視媒體……等相關書籍，以對自己所要探討的主題有更進一步的認識與了解，建立基本概念，再自全國碩博士論文、中國期刊論文……蒐集相關論述、研究成果予以整理、歸類、分析和批判，以便作為提出研究問題或研究假設的依據，最後再加上個人的經驗和見解進行理論建構。

　　周慶華在《語文研究法》中，對於「理論建構撰寫體例」有如下的說明：

　　　　理論建構，講究創新。大致上從概念的設定開始，經由命題的建立到命題的演繹及其相關條件的配置等程序而完成一套具體系且有創意的論說。（周慶華，2004b：329）

　　根據此論點，我先將本研究中所包含的概念及問題整理出來。先就「電視字幕」、「語言理解」、「形系文字」、「音系文字」、「信息處理」、「正影響」、「反影響」等概念釐清後，以「音系文字」和「形系文字」為切入點，「電視字幕」和「語言理解」間的關係為論述範圍，逐一建立命題，進行演繹。以下就本論述的「概念設立」、「命題建立」及「命題演繹」發展進程，整理如下：

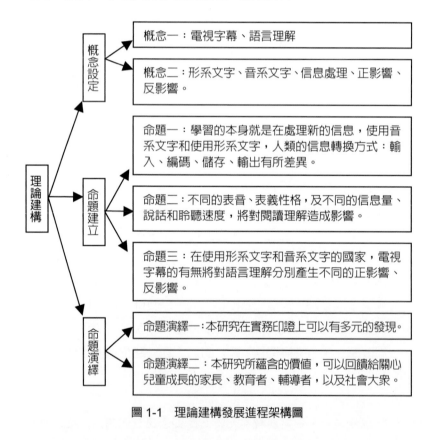

圖 1-1　理論建構發展進程架構圖

　　根據上面的架構，本論述所探究的問題說明如下：

（一）「音系文字」和「形系文字」在信息處理的認知歷程上 有何不同？其差異為何？

學習的本身就是在處理新的信息，而人類就像是一個處理信息的有機體，使用音系文字和使用形系文字，人類的信息轉換方式：輸入、編碼、儲存、輸出各有所不同。本論述第五章將嘗試利用符號學的方法，有系統的整理出音系文字和形系文字兩種文字符號的發展變化規律以及符號所代表的意義的理解和傳播交際的方式（包含詞彙提取、字詞辨認、文字內容記憶與構思……等）有何不同。

（二）音系文字和形系文字對閱讀理解的影響有何不同？

電視劇情的了解就是一種閱讀理解，其中包含語言理解、圖像理解、文字理解，彼此間的關係如果處理得當，將可相輔相成，提高閱讀理解度。本論述第六章將先嘗試利用語言學的方法探究音系文字和形系文字不同的表音性格對閱讀理解的影響；再利用文字學的方法探究音系文字和形系文字不同的表義性格對閱讀理解的影響；最後利用詮釋學的方法說明不同的信息量、說話、聆聽速度對閱讀理解所造成的不同影響。

（三）電視字幕對語言理解有何影響？

如上所述，電視劇情的了解是一種閱讀理解，包含了語言理解、圖像理解、文字理解，彼此間的關係是相輔相成的，語言理解、圖像理解、文字理解度的提升可幫助電視劇情的閱讀理解，而圖像理解、文字理解也可以幫助語言的理解，進而提升電視劇情的閱讀理解。然而整個閱讀理解過程是相當複雜的，除了語文面的因素外，非語文面的因素也會直接或間接的影響電視劇情的閱讀理解。

　　本論述第七章將嘗試利用語言學、文字學、詮釋學的方法，探究在使用形系文字和音系文字的國家，電視字幕對語言理解所分別造成的正影響、反影響為何？

第四節　研究範圍和限制

　　根據周慶華在《語文研究法》一書中所說：

> 語文現象或以語文形式存在的事物內蘊著各種心理因素、社會背景、意識作用、世界觀／存在處境等等。換句話說，這類語文研究法在施用上，或者遷涉語文現象或以語文形式存在的事物所內蘊的心理因素，或者遷涉語文現象或以語文形式存在的事物所內蘊的社會背景，或者遷涉語文現象或以語文形式存在的事物所內蘊的意識作用，或者遷涉語文現象或以語文形式存在的事物所內蘊的世界觀／存在處境……也可以各取所需或各崇所好。（周慶華，2004b：80）

　　所以語言就有傳統的語音學、語法學、語義學、詞彙學等等在討論它的物質成分，以及當代的心理語言學、社會語言學、文化語言學等等在討論它的發用背景和文化差異。它們在整體上可以構成一個包含人文學科、社會學科和自然學科等形式學科領域，以及衍生性的技巧和風格等類型規範（周慶華，2004b：2~3）。利用周慶華在《語文研究法》中所提供的簡圖，我們可以一覽無遺：

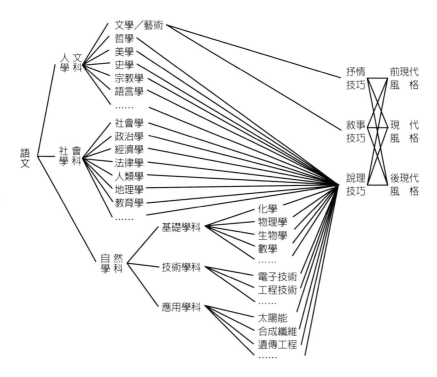

圖 1-2　語文研究領域架構圖（周慶華，2004b：3）

　　所以想深入的探究「電視字幕對語言理解的影響」這一語文現象，所涉及的因素及範圍甚多、甚大，要完全釐清彼此間的關係和影響實屬不易，在有限的研究資源下，本研究僅以「文字型態」、「信息處理方式」、「不同的表音、表義性格」、「信息量」、「不同的說話、聆聽速度」……等較客觀且易於觀察的語言現象加以探究。並蒐集相關論述、研究成果予以整理、歸類、分析和批判，以便作為提出研究問題或研究假設的依據，最後再加上個人的經驗和見解進行理論建構。其中「電視字幕」的範圍可廣及電視、電影等視聽媒體在

播放影片、電視劇、節目……時於螢幕下方所呈現的字幕,而「電視字幕對語言理解的影響」所探究的對象則是針對學習第一語言而非第二語言的學習者。

周慶華在《語文研究法》中提到,這些形式學科領域以及技巧和風格等類型規模在整體研究中又可以有理論建構和實證探索等兩種主要的型態。前者(指理論建構),著重在演繹推理;後者(指實證探索),著重在歸納分析,合而成就了語文研究「在世存有」的動態及其靜態成果的樣相(周慶華,2004b:4)。

所以除了理論建構之外,我將再加入實務印證的部分,以臺東縣東海國小四年級全體學生為樣本,測試字幕對受試者觀賞影帶的語言理解影響,予以佐證我個人的立論。但如同上頁表中所述,我們可知不同類型的電視節目或影片所使用的語文技巧與風格都不一樣,所測試出來的結果也就不盡相同;如再加上各種年齡層、不同社經背景、族群的樣本類型,想以個人的能力探究所有類型的電視節目或影片中字幕對語言理解的影響,唯有等待神蹟出現了。但為了提高本研究的價值,我選擇了文學與藝術價值較高且多敘事、抒情技巧的公視「聽故事遊世界」系列影片;樣本則選擇正值成長階段,可塑性較高的國小學童:東海國小四年級的學童。因為東海國小是我服務的學校,取地利之便,且我所任教的年級是二年級,學生所認識的字不多,許多文字對他們而言僅是沒有意義的符號,所以不予考慮。而高年級的學童在課業方面又較為沉重,所以我轉向中年級,尋求中年級老師的協助,選擇了東海國小四年級一至四班全體學生作為此次研究中實務印證部分的樣本。

如同前面所述,在觀賞的影片選擇方面,變因相當的多,舉凡影片的長度、內容、語言技巧、風格、動畫呈現方式……都會影響實驗的結果。所以我只能盡己所能儘量減少實驗產生的變數,所使

用的公視「聽故事遊世界」系列影片，每段影片片長約 15 分鐘，就是為避免學童因觀賞時間過長而產生更多因疲勞產生所衍生的變項，影響測試結果。且本研究以理論為主，實務為輔，所以在實務雖然不能廣及，但有理論基礎可以「以此類推」，仍有高度參考價值。

至於本研究中的限制，歸納說明如下：

1. 由於語文現象或以語文形式存在的事物，內蘊著各種不同的影響因素，在有限的研究資源以及我個人有限的能力下，無法面面俱到，一一加以探討，只能針對其中較客觀且易於觀察的語言現象加以探究。

2. 本研究的樣本為臺東縣東海國小四年級學生約 140 人。如能增加樣本數並將實驗的樣本擴及其他地區的學校學生，以及其他五個年級的學生，將使本研究結果更為客觀。當然，如能廣及各個年齡層或各種不同社經背景的樣本，將使本研究更趨完整。

3. 因考量每位學生專注力的不同，本研究避免使用時間過長的影帶，而採用公視發行的「聽故事遊世界」系列影片，每段影片片長約 15 分鐘，避免因觀賞時間過長產生更多變項，影響測試結果。但對於觀賞長片、短片以及各種不同類型的影片所產生的不同變項以及影響，則未加以研究和探討。

4. 本研究所採用的「聽故事遊世界」系列影片都是卡通動畫，對於電視劇、綜藝節目、影集……等各種不同類型的電視節目或影片則未涉及，所以電視字幕對其語言理解是否有不同的影響，實際成效如何，則有待後續研究的驗證。

第二章 文獻探討

第一節 電視／電影字幕

本研究目的，乃在探討電視字幕對語言理解的影響。雖然電視和錄影帶乍看之下好像是兩種不同的媒體，但二者在傳播內容及呈現特質上，卻有很多雷同的地方。現在很多電影工業都是在為電視提供節目，好萊塢對付電視的手法，就是把自己也變成電視的附屬品（鄭明萱譯，2006：338）。因此，本研究仍將借重國內外各界專家對電影字幕的相關研究，作為電視字幕對語言理解影響的研究基礎。這一節的文獻探討將針對電視／電影字幕的功能與由來、電視／電影字幕的處理與製作、電視字幕的使用方式、電視字幕的呈現方式進行研究，茲分述如後。

一、電視／電影字幕的功能與由來

電視／電影字幕的功能與由來，依據黃坤年在〈電視字幕改良之我見〉一文中所述，在我國有電視節目播出的初期，由於現場的節目比較少，所以國外的影片便成了主要的節目來源。而那時電視製作的技術，尚未有雙聲帶的設備，為了解決語言不通的問題，所以才在影片播出時加上了中文字幕的說明。後來自製的戲劇節目增加，為了便於使用方言的觀眾欣賞國語節目，或為了僅懂得國語的

人觀賞方言節目，所以大部分本國自製的劇情節目也加上了字幕輔助（黃坤年，1973）。

　　無論電視／電影字幕呈現的初衷是否如黃坤年所說，是為解決國人觀賞方言節目及國外影集語言不通的問題，還是特別為聽障者所提供的服務，在這個功能與服務之下所潛藏的語言理解影響是不容忽視的。仔細思索，並不是只有在使用華語的地區才會有語言不通的問題，以泰國為例，各國的進口影片，尤其是美國片，在泰國都非常受歡迎，部分原因是因為泰人有個聰明的方法來解決這個外語障礙。泰人使用一種稱為「亞當夏娃化」的手法，當影片在播出時，演員藏身在觀眾看不到的地方，透過擴音器當場配上泰語對白，對嘴技巧幾乎半秒不差（鄭明萱譯，2006：342）。也許還有人會認為，其他國家並非完全沒有字幕的輔助，只是他們的字幕是可以視需要而切換的。但是在使用華語的地區，電視節目多不提供類似的服務，電視字幕是被強迫接收的，無法利用字幕切換功能來關閉，並且這個強迫性的服務已經伴隨我們多年，是我們的電視臺偷懶，所以不提供可切換的電視字幕嗎？還是習慣成自然，已經很難改掉依賴字幕了解劇情的習慣？抑或是如我個人所認為：電視／電影語言的理解是否需要字幕的輔助，語言和文字之間的關係應潛藏著決定性的因素，這也正是我所要深入探討的。

二、電視／電影字幕的處理與製作

　　字幕在電影影片中所佔份量很重，許多國家的電影攝製，字幕都限於片頭的工作人員介紹，片尾結語以及片中的簡要內容說明，

而目前國內製作的影片則須另外加上對話的字幕（陳清河，2000：267）。

電視字幕依其使用方式，約可分為兩類：一類為輔助電視內容使用，就是跟節目內容相關的字幕廣播；另一類則為獨立使用，就是跟電視節目內容無關的字幕廣播，例如：時常出現在電視螢幕上方或左右兩側的新聞快報等。獨立使用的電視字幕因為跟節目內容無關，所以不在本研究範圍內。而綜合第一類（輔助電視內容使用）的字幕種類，又可細分為七類：（一）製作公司名，（二）影片片名，（三）工作人員名，（四）演員名，（五）簡要內容說明，（六）片尾結語，（七）對話或影像疊印字幕（陳清河，2000：267）。但其中第七項「對話或影像疊印字幕」是電視／電影字幕中最多的處理方式，也是本研究中所要探討的電視字幕主要對象，是一句一句的在螢光幕下方及電視畫面之上呈現，為輔助電視內容使用，並且跟節目內容同步顯示。

字幕製作的好壞不僅會影響影片的價值感，也會影響觀眾的觀賞心理以及語言理解，所以在製作時要注意幾個地方：

（一）字幕的色調

如果字幕重疊處畫面色調的濃度屬於中等，畫面線條及深淺變化不多，播出的字幕最為明顯清晰。如果畫面線條多，深淺變化大，字幕重疊其間，雖然可以辨認出來，但是看起來很吃力，看多了會使人感到暈眩（黃坤年，1973）。除此之外，字幕的色調也會影響讀者的閱讀，當字幕疊印在其它的畫面上時，字幕最好以高反差的方式製作，以免疊印後字的邊緣不夠清晰。淺色的字最好以深色為底，深色的字則配以白底。至於不需再疊印的字幕，最好使用深色背底，以掩蓋住任何污損（王瑋、黃克義譯，1993：296）。

（二）字體大小

　　最適當的字體大小是不要小於全畫面的 1/25，特別是在影片會轉為錄影帶的情況下，而且字的擺置必須能配合畫面比例。超 8 和標準 16 釐米約是 4×3 的長方形（1.33：1）。如果影片有可能被轉為錄影帶，必須將字安排在電視字框內，如下圖所示：

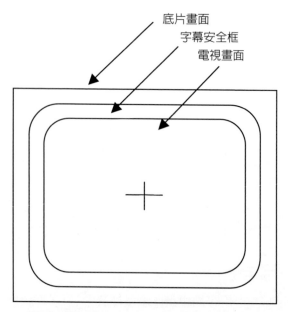

圖 2-1　電視字框分配圖（王瑋、黃克義譯，1993：295~296）

（三）景深的處理

　　拍攝中最重要的就是景深的處理，字幕不清晰或者景物模糊都甚為困擾，以下幾個要點需多加注意：

1. 以背景主體區的明亮度設定光圈值以及攝影機和主體的距離，且應使字幕放置於景深範圍內。
2. 所使用的攝影鏡頭焦距，應含括主體與字幕，使二者都很清晰。
3. 求出 1、2 項中的關係所得到的就是攝影景深範圍，按此測方式距離放置字幕。
4. 最後考慮字幕的大小及玻璃的規格，以及攝影機的位置和拍攝角度。
5. 打光時應特別注意玻璃面上是否有反光現象，以及拍攝者與攝影器材是否投影於玻璃面上（陳清河，2000：271~272）。

第二節　語言理解

「聽」和「說」是口語溝通的兩大要件。說話的人試圖提供信息，聽話的人則要設法了解信息。

當中了解信息就是一種工作記憶，工作記憶通常被運用在一連串的心理活動中，例如：閱讀理解、推論歷程或是問題解決等。而在閱讀理解的過程中，工作記憶則被視為一種基礎的認知能力，主要是在個體的閱讀理解歷程中，能夠將信息暫時儲存並且等待進一步運作處理的能力（林慧芳，2002：12）。

至於人類的儲存記憶的方式，則又分為「短期記憶」和「長期記憶」兩種。短期記憶的主要功能是提供最初的登錄，以便為你希望記住的信息提供短暫的貯存。而長期記憶通常可以持續終生，是你從感官記憶和短期記憶所獲得的所有經驗、事件、信息、情感、技巧、文字、範疇、規則和判斷的貯藏室（游恆山編譯，1997：273~277）。

在我這次的研究中實務印證部分，所使用的是立即測試的模式，所以這一部分的文獻探討以短期記憶為主。曾志朗、洪蘭、王士元，及鄭昭明曾分別在 1977 及 1978 年由實驗中證明，短期儲存的信息是一種聽覺的信息（劉英茂，1987；轉引自田耐青 1993：17）。同時，許多專家更進一步的研究證實，人類的「聽覺」才是真正主導大部分短期記憶的模式，而非視覺（趙美聲，1992；轉引自田耐青 1993：17）。

以此類推到電視字幕和語言理解方面，可知在記憶電視劇情時，信息的來源「聽」來的比「看」到的多。所以當由「看」所獲取的信息量遠低於由「聽」所獲取的信息量時，「看」就變得沒有那麼重要，甚至產生干擾。反過來，如果由「看」可以獲取較多的信息量，則此時「看」對語言理解的影響就相對的變大。所以像漢字這樣富含信息量的形系文字對語言理解的影響是值得深究的。

但不管是短期記憶或長期記憶，語言的感知和理解都很重要。兒童並非靠模仿或將句子一一儲存來學習語言，而是靠建構一套語法的方式去學習語言。說出來的話語由說話者的頭腦以某種信息的形式出發，然後轉換成語言的形式並詮釋為發音的指令，最後以聲學的信號顯示；這個信號由聽話者的耳朵加以處理，然後送至頭腦去進行詮釋。而此時語法就扮演著重要的角色，它連接聲音和意義（包含使語言產生和理解得以進行的語言單位和規則），但是並沒有描述語言產生和理解時的心理運作過程（黃宣範譯，1999：462~463）。

語言的理解需要許多心理上的運作，且不同層次有不同的感知單位，例如：說英語的人可以感知「l」和「r」的不同，因為這兩個聲音在英語裡代表著不同的音位；說日語的人在區辨這兩個語音時會遇到相當大的困難，因為這兩個音在日語裡代表著同一個音

位裡的兩個同位音（黃宣範譯，1999：466）。且語句出現的語境也可以幫助我們理解語音。在使用漢語地區，語境可以幫助我們減少同義字詞所帶來的困擾，例如：如果現在正在觀賞雙十國慶的典禮盛況，我們比較可能把「ㄧˊ ㄉㄨㄟˋ」解讀為「儀隊」而不是「一對」。而在使用英語地區，語境則可以提供切分語音的協助，例如：如果現在剛好有人正在討論電影票價或是房屋用電時，我們比較可能把字詞辨識為夜間費率「night rate」而不是銷酸鹽「nitrate」（黃宣範譯，1999：466~467）。

　　由此可知，聽話者在理解一句話的意義時所要經歷的心理階段和過程是非常複雜的，所以在研究電視字幕對語言理解的影響這樣的課題時得特別留意。

第三節　電視字幕影響語言理解

一、電視字幕會影響視覺及劇情理解度

　　劉說芳曾於 1993 年發表相關論述《電視字幕對視覺及劇情理解度影響之研究》，研究電視節目的字幕及語音對視覺疲勞及節目劇情內容理解度的作用。總共測試了二十位受測者及四種實驗狀況：（一）國語發音字幕輔助；（二）國語發音無字幕輔助；（三）英語發音字幕輔助；（四）英語發音無字幕輔助。每位受測者，在觀看電視節目前後，均量測其視覺閾[1]及臨界融合頻率[2]；在 90 分

---

[1]　眼球的解像辨認能力是由視覺閾的值決定，也就是刺激可以被感覺辨認所需的最短顯示時間。比視覺閾值更快的刺激，則影像模糊，無法被視覺辨認。視覺閾的值可以由速示器（Tachistoscope）測定，其值對人的疲勞狀

鐘觀看電視節目期間，研究受測者的眨眼頻率及眼球運動狀況；在觀看電視節目後，並要求受測者填寫問卷，以評量其對節目內容理解程度（劉說芳，1993：I）。

　　結果發現：（一）在節目內容理解方面，無論是語音或字幕，對理解度都有極顯著的影響，Pr 值都等於 0.0001；且其優劣次序，依序為國語發音無字幕、國語發音有字幕、英語發音有字幕、英語發音無字幕。（二）在視覺閾方面，無論是語音或字幕，影響都不顯著。（三）在臨界融合頻率方面，整體不分組及英語發音有字幕、英語發音無字幕狀況下臨界融合頻率前後表現有顯著差異，也就是有疲勞現象，其 Pr 值分別是 0.0001、0.0228、0.0292。（四）在眨眼頻率[3]方面，在整體不分組及英語發音有字幕狀況下，眨眼頻率在節目後段比中段的表現有顯著降低，其 Pr 值分別是 0.0117、0.0238。（五）在眼球運動方面，有字幕輔助時，對眼球急振運動[4]的

　　態應有密切關係，如果疲勞發生時，視覺閾值就會增加，所以解像辨認刺激的時間需加長（劉說芳，1993：7）。

[2]　一閃爍光源，在閃爍頻率低時，眼球感覺到的是斷斷續續的閃光。當閃爍頻率逐漸增加，閃光就會消失，感覺好像在看連續光源般。這種由閃光一項連續光的境界時的閃光頻率，稱為臨界融合頻率（CFF）。電影影片的移動就是因為底片放映速率比臨界融合頻率快，而感覺到是連續。因此，如果放映機慢下來，電影影像就會開始跳動。臨界融合頻率可以由閃頻器（Flicker）測定，其值對人的疲勞狀態有密切關係，如果疲勞發生時，臨界融合頻率也會跟著降低（劉說芳，1993：6）。

[3]　一般人於睡醒後，不經意的眨眼，是與末梢神經無關的一種條件反射。這種眨眼運動在出生後數月間仍看不到，至幼兒時期的 3～13 次／分、兒童的 8～18 次／分、成人 13～23 次／分，眨眼頻率隨年齡而增加。而且可以某程度的隨意控制和抑制。在視覺疲勞時，眼睛基於保護作用，會不經意的增加眨眼頻率來保護眼睛（劉說芳，1993：7）。

[4]　為突然的跳動，發生於視線由一物移向另一物時。如在讀書時，當讀一行文字，首先固定眼球於一固定點，然後快速移動到另一固定點，在讀完一行眼球回到另一行開頭時，每行約產生四至五個固定點，在大的急振運動

頻率、平均每次移動距離、平均每次水平移動距離、平均每次垂直
移動距離、每分鐘移動距離、每分鐘水平移動距離及每分鐘垂直移
動距離等，都有顯著影響；語音的影響則不顯著（劉說芳，1993：I）。

　　對於劉說芳實驗所得的結論，我有不同的看法：

　　第一，劉說芳認為，在節目內容理解方面，觀眾在欣賞國語發
音的節目時，字幕常使觀眾分心，而無法掌握完整劇情，對理解度
有負面影響；在欣賞英語發音的節目時，需要中文字幕輔助，幫助
內容理解；整體而言，其優劣次序，依序為國語發音無字幕、國語
發音有字幕、英語發音有字幕、英語發音無字幕（劉說芳，1993：
41）。對於這項結論中的英語發音有／無中文字幕輔助部分，因為
不在本研究範圍內，所以我不多加討論。至於國語發音有／無字幕
輔助，對於節目內容理解度的影響是「無字幕」優於「有字幕」，
我個人不以為然：

　　首先，這項實驗的受測樣本為年齡在 19 至 30 歲之間的男性，
身體健康、裸視 0.8 以上（未經校正）的學生 20 名。我個人認為
樣本太少且都為男性，樣本的先備知識、文化背景也交代不夠清
楚，實驗結果不具代表性。因為以記憶的發展來看，一般說來，女
性比男性發展得早，抽象的記憶男性優於女性；直覺的記憶女性優
於男性（王克先，1996：277）。且如果受測樣本都為體育系的學生
和都為語教系或美教系的學生，所測得的結果可能不盡相同；都為
男生、都為女生，或男女各半，所得的結果也可能不一樣，所以我
個人認為，這項研究結果不足以代表大多數人。

　　其次，劉說芳在設計問卷時，針對 10 個問題題目有特別設計，
一半是曾在字幕中出現，另一半則僅出現在影像中。仔細分析，答

中，其視角可達每秒 500 度（劉說芳，1993：5）。

案曾在字幕中出現的這一半題目，在呈現字幕時也有影像的呈現，所以我個人認為這個時候字幕是有輔助作用的；即使沒有字幕輔助，讀者也能從影像中得到答案，所以這個部分字幕的有無，對內容理解度的影響並非這 5 個題目就可觀察出來；而另一半的題目，答案僅在影像中出現，這個時候字幕當然無法發揮作用。

　　劉說芳認為，眼球的急振運動會導致讀者分心，導致對語言理解產生負影響。但我個人認為因為劉說芳在設計問卷時，沒有考慮到漢字有許多同音字／詞及諧音狀況，只考慮到該題目的答案是否在影像中出現，所以整體來說，得到此一結論，我並不感到訝異。如果在設計問卷時，能考慮到漢字有許多同音字／詞及諧音的特性，得到的結果可能迥異。

　　第二，劉說芳認為在視覺疲勞方面，觀眾在欣賞英語節目時，聽覺的功能降低，視覺常受較大負荷，以致在 90 分鐘觀看節目後，臨界融合頻率前後表現有顯著差異，有視覺疲勞的現象產生；因此，可以判斷，無論欣賞國語或英語節目，在超過 90 分鐘以上的觀看電視節目後，如果沒有適當的休息，更會引起視覺疲勞的現象（劉說芳，1993：41）。如同劉說芳所說，在 90 分鐘的觀賞節目後，視覺會有疲勞的現象產生，這對於實驗又是一項變數，即使無法百分之百去除，也應該儘量降低這項變數對實驗結果的影響，但劉說芳在做這項實驗時，所選擇的兩部片《救命宣言》和《Mr. North》都是片長超過 90 分鐘的長片，並未去除掉此一影響因素。為避免重蹈覆轍，減少視覺疲勞現象對實驗結果的影響（我的受測樣本是國小四年級的學童，專注力更不如大學生，太長的影片需考量的變因更多，將影響實驗結果的正確性），所以在進行這次研究的實務印證時，我選擇了公共電視聽故事遊世界系列的卡通影片，影片片長約 15 分鐘，讓視覺疲勞的影響力降到最低。

　　此外，對於劉說芳於研究後所提的建議一，我也有不同的看法：

　　劉說芳對於電視業者的建議是：字幕並非每種類型的節目或每個人都需要，並且在使用國語的節目，字幕更無助於劇情內容的了解；在消費者意識高漲的時代，電視業者不該再漠視廣大觀眾的權益，在提供聽障者字幕服務之餘，也應同時兼顧其他觀眾的權益，可選擇性的字幕服務已是必然趨勢（劉說芳，1993：42）。又劉說芳在他的論述的研究動機中也提到：電視字幕是電視臺為提高對聽障者的服務品質所設置，但這個服務卻無形中增加了原本就已負荷沉重的視覺負擔，且全面性的字幕廣播，對於絕大多數沒有聽覺障礙的觀眾而言，他的眼睛仍然會在影像與字幕間不時的游動，以獲取與聽覺重複的資訊，而形成精力的浪費；同時，觀眾可能會因過於注視字幕，而影響了欣賞劇情、內容、人、物的整體表現。我認同劉說芳於文末所提的建議，希望往後電視臺可以提供可選擇性的字幕服務，但並不認同「電視字幕是電視臺為提高聽障者服務品質所設置」。也許聽障者是它的服務對象之一，但我認為電視字幕的輔助有更大的受益者是廣大的觀眾，例如：當我們想要觀賞外國影集或其他方言節目時，就需要字幕的輔助。

　　劉說芳還認為全面性的字幕廣播，對沒有聽覺障礙的觀眾而言是一種聽覺浪費，無助於劇情內容的了解。對此看法，我也有不同的意見。也許在觀賞程序性的影片時，只要稍一晃神，可能就錯過了其中一個步驟，而且片中所使用的語言多為一般性的簡單生活用語，這時如能去除字幕，讓讀者全神貫注於影像動作，對於內容的理解是有正影響的。但對於文學性較高的電視節目或影片，此一假設可能就不成立，因為劇情中陳述性的文學語言較多優美詞、句或俚語，加上漢字多音、同音、諧音的特性，這時如沒有字幕的輔助，讀者可能會對劇情產生疑惑甚至一知半解。所以我認為，在欣賞文

學價值較高的電視節目或影片時，如能有字幕的輔助，是有助於劇情的了解。

二、節目的翻譯處理方式對學童學習記憶的影響

田耐青等人為探討錄影教材之外語翻譯處理方式對國小四年級學童影像記憶及文字內容記憶的影響，於民國八十一（1992）學年度下學期，將國立臺北師範學院附屬實驗小學四年級學童一百二十八人，隨機分配到四組實驗組及一組控制組，接受前測，觀賞不同版本的自然科教學錄影帶，並接受立即與延宕後測，以測量學童對教學錄影帶中影像及文字內容的記憶量。這個實驗所採用的影帶，其內容是「動物的繁殖與誕生行為」，長度為二十分鐘。

四組實驗組所觀賞的影帶版本如下：

1. 國語旁白，無字幕（簡稱「國語無字組」）；
2. 英語旁白，完全字幕（簡稱「英語完全組」）；
3. 國語旁白，完全字幕（簡稱「國語完全組」）；
4. 國語旁白，重點字幕（簡稱「國語重點組」）。

控制組所觀賞的影帶是沒有受任何外語翻譯處理，為英語旁白無字幕（簡稱「英語無字組」）。

後測的分數以單因子共變數（ANCOVA）加以處理（前測分數為共變項）。統計分析的結果可歸納成下列三點發現：

1. 以影像構思記憶而言，無論在立即或延宕後測，實驗組（所觀看的錄影帶經過翻譯處理）都顯著優於控制組（所觀看的錄影帶未經過翻譯處理）。
2. 以文字內容記憶而言，在立即後測上，國語無字組顯著優於國語重點組及控制組；在延宕後測上，則五組無顯著差異。

3. 以總分而言,無論在立即或延宕後測,國語無字組均顯著優於控制組。

研究結果顯示,國小四年級學童觀看國語配音、無字幕的進口教學錄影帶後,其影像記憶及文字內容記憶均顯著優於那些觀看未經翻譯處理影帶的同儕(田耐青等,1993:58~62)。

對於在立即後測的分數上「實驗組顯著優於控制組」這項研究結果,我覺得即使未經實驗印證,也可由一般的邏輯推理得知。但重要的是這項研究結果背後所隱含的意義:未經翻譯處理的影帶,對不熟悉該語言的人而言,就像在觀賞一齣默劇,所有的閱讀理解全靠影像辨認,對於影帶內容的記憶量相對降低。

這項研究結果讓我在選擇這次研究的影片時特別審慎,所選擇的影片除了必須是吸引小朋友的,在內容上、用字遣詞上也都要符合學童的能力與認知發展。

這項研究結果中也說到,四組控制組中,立即後測的分數以國語無字組的分數最高。我個人認為這是因為「動物的繁殖與誕生行為」這部教學影片多為一些自然現象,仔細觀察各種現象的發生,比仔細閱讀文字更讓人印象深刻。每一個影片片段都環環相扣,只要稍一失神,可能就錯過了其中一個重要環節。

但這項假設對於文學性較高的電視節目或影片,可能就不成立,因為劇情中文學性的語言較多優美詞、句或俚語,加上漢字多音、同音、諧音的特性,這時如沒有字幕的輔助,讀者可能會對劇情產生疑惑甚至一知半解。所以我認為,欣賞文學價值較高的電視節目或影片和欣賞程序性質較高的教學影片,電視字幕對於語言理解的影響是不同的。

但即便如此,「動物的繁殖與誕生行為」片中使用了許多專有名詞,例如:胎生、卵胎生……等,這些專有名詞對學童而言有些可能是第一次聽到,雖然可利用影像來了解這些專有名詞所代表的意義,但如果也能有「重點字幕」的輔助,我認為會有助於專有名詞的理解。

至於我的研究對象是文學價值較高的影片,所以電視字幕對語言理解應有一定的影響力。至於影響力如何,留待第八章實務印證再加以說明。

三、其他跟電視字幕和語言理解相關的文獻

針對感官頻道、信息型態及其交互作用對學習的影響,Severin 提出如下的看法:

1. 文字信息(經聽覺頻道接收)配合和此文字信息相關的圖像信息(經視覺頻道接收),例如:學生在同一時間內聽到「apple」這個單字的發音,又看到「apple」的圖片,將提供最豐富的教學題示,產生最佳的學習效果(Severin,1967;轉引自田耐青等,1993:12)。

2. 文字信息如同時經聽覺及視覺頻道接收,例如:學生在同一時間內聽到「apple」這個單字的發音,又看到「apple」這個單字,其所產生的學習成效,將不會顯著優於經由單一頻道接收的文字信息,例如:只聽到「apple」這個字的發音,或只看到「apple」這個單字。因為這兩個頻道所提供的教學題示是重複的、多餘的,所以教學題示不一定多於單一頻道的學習(Severin,1967;轉引自田耐青等,1993:12)。

　　跟 Severin 提出類似看法的，還有 Reese 以及 Broadbent。Reese 探討在電視新聞中增加字幕對美國大學生收看新聞後記憶量的影響時發現：看畫面、聽旁白，並讀字幕的受試，其記憶分數並不比只看畫面及聽旁白的受試者為佳，有時反而更糟（Reese，1983；轉引自田耐青等，1993：21）。Broadbent 的注意理論則提出，當畫面及旁白同時呈現時，學習者能夠有效的處理這些資訊，但是如果再加上重複的字幕時，則反而會干擾學習（Broadbent，1958；轉引自田耐青等，1993：60）。

　　歸納以上三位國外學者所提出的看法，似乎得到以下的結論：無字幕輔助比有字幕輔助的語言理解度高。但實際上並非全部如此，會得到此單一結論，是因為這三位國外學者及其研究對象的文化背景和所使用的語言、文字不同所致。他們所使用的語言是沒有聲調的英語，文字是拼音文字，跟漢語、漢字是截然不同的，電視字幕對語言理解的影響不能相提並論。

第四節　觀眾對電視影像聲音的接收

　　一般觀眾如何處理媒體提供給我們的聲音和影像？如果要探討電視字幕對人類語言理解的影響，則有關觀眾「主動」感知的觀點便十分重要。

　　布德威爾（David Bordwell）曾以人類感知的實驗作為研究對象。他所使用的方法途徑源自於海姆賀茲（Herman von Helmholz），追溯人類潛意識和意識感知之間的緊密關係。在第一個層次上，他認為我們不用在任何意識上努力，便能將游動、跳動的感知渾沌情形，轉化成一個平穩的世界。雖然一些眨眼、動頭的斷續現象在所

難免，但是我們對這個世界的建構動作仍然持續進行。在同一個潛意識層次上，我們以類似方式將不同波長、強度的燈光刺激建構為一個宇宙。在意識層次，我們也是以這種方式偵查我們的環境，企圖詮釋、獲得意義，賦予其穩定性和持續性。我們並不是有意識的處理一大堆原始、未處理的資料；相反的，我們將所有接收的刺激，經過我們之前的知識過濾，再轉為立即、主動的分析，以便估計可能性和衡量產生的期望（唐維敏譯，1995：162~163）。

　　由此可知，我們在與外在世界互動時，先備知識與經驗將使我們可以很快的認出某些影像和聲音。有時甚至不用先聽到或看到，就可以由前一個影像或聲音，猜出後面即將出現的影像或聲音，我們是主動參與，大膽的做出可能的假設結果。也就是說，人類在感知過程中是相當主動、不斷進行的，而且可以隨著經驗一次又一次不斷的改進（唐維敏譯，1995：163）。

　　這種「主動」的感知行為，轉移到觀眾觀賞電視、電影等視聽媒體的行為上是同樣成立的。觀眾在觀賞電視、電影等視聽媒體時，不可能從頭到尾端坐不動、目不轉睛，一邊看電視／電影，一邊吃零食、聊天、寫作業……的觀眾行為是很常見的。但是大部分的電視劇或電影，觀眾都可利用他先前的知識過濾，讓劇情變得具有一定程度的可預知性，所以即使有短時間的眼神游離、分心，回神後仍可很快的進入劇情，對劇情理解的影響不大。但這項假設應用到一些程序性質較高的教學影片上時就不見得成立，因為這類影片較重視圖解，且多使用說理技巧，雖然觀眾仍具有「主動」的感知行為，但是在這類型的影片中，每一個步驟、環節都是環環相扣的，觀眾必須聚精會神的仔細觀察螢幕中的影像。

第五節 電視在教育上的功用

二十世紀以來，資訊快速發展，從人類發明第一臺電視至今，短短數十年間，電視已經成為現代生活不可或缺的必需品。根據民意測驗協會曾經做過的調查發現：兒童平均每天看電視 3.6 小時；週六最長，平均 5.5 小時，且約看到晚間十點鐘，比一般上課日晚了一小時。信誼基金會的調查也發現：80.3%的小朋友每天都看電視。週一至週五每天平均看一至二小時的最多，佔 44.5%；二至三小時的次之，佔 24.8%。週六及週日每天平均看二至三小時的最多，佔 30%；三至四小時的次之，佔 23.8%（郭麗玲，1991）。

由此可見，我們的孩子每天有這麼長的時間接觸電視，電視儼然已經成為兒童生活中不可缺少的活動之一。他們可能不知道孫中山是何人，但對於星光幫的人名卻倒背如流。既然無法避免電視對兒童在生活所造成的反影響，我們就應該積極面對，增加其正影響來降低反影響。

有關兒童和電視之間的各種研究，在眾多專家學者的努力下，至今已有不少文獻，累積了大量成果。雖然大部分多在探討電視對兒童造成的反影響，但也有部分持反對立場，認為電視對兒童是有正影響的。其中對於電視在教育上的功用約有以下的幾點看法：

一、電視能增進兒童的語言發展

觀看電視時，兒童是主動的觀看者，所以不但能增加新字彙，而且可學習到語言技巧（比如某些不好發的音，可借助動畫或圖片

表示)。同時,節目中常用緩慢的速度、短短的評論,再三說明重要概念,這些都能加強兒童語言學習,獲得重要概念。

電視內容雖然主要依賴聲音及視覺符號,但語言的意義呈現是非常明顯的,常配合情境出現,因此電視對兒童字彙的理解、句型的變換、表達能力與聽力都有積極的影響,不至於發生混淆。更何況兒童喜歡模仿電視中聽到的語言或廣告,常把這些帶進遊戲中,因此開發了更多使用語言的機會。

最重要的是一些經過良好設計的兒童節目,如「芝麻街」或「電力公司」等教育節目,不但豐富兒童的語言類型,更加強兒童語言發表及組織思考的能力。這些針對兒童不同語言需要及語言發展策略所製作出來的節目,可以幫助兒童經驗不同的語言形式,並鼓勵兒童用自己的話語表達心中的想法,最後再帶動兒童閱讀的興趣,在這種有意義的教學情境下,兒童就可以建立正確的語言模式,並擴大語言溝通方式,更可以培養良好閱讀的習慣(吳知賢,1996)。

二、增加語言使用的字彙

許多學者指出,現代的兒童比以往的兒童來得早熟,主要原因就是電視媒體的介入。兒童可經由電視內容的觀賞,擴大並增加他們生活經驗的範圍。對於智力中等以上的兒童,看電視能增加其語言使用的字彙(Himmelweit,1958;轉引自田耐青等,1993:10)。

三、學習不受時空的限制

電視的教學已突破了時空的限制,在任何時間和地點,都可以施教(張蓮滿,1991)。以我所任教的學校為例,每週三、四、五

晨間時間的英語視訊廣播，便是利用電視進行教學，模擬老師在
場，學生只要在自己的班級就可以同步觀賞英語視訊教學，而英語
老師也可視需要隨時調整播放的時間。

四、容易喚回記憶

電視對於兒童而言，在視覺移動（visual movement）上的效果
應是最具影響。只要在畫面上發生可見的移動或變化，都能引起兒
童學習的動機，因為這些變動已經先吸引了兒童的目光。再者，畫
面上的變動也使兒童印象深刻，比僅閱讀同樣內容但為靜態圖畫書
的兒童容易喚回記憶（Greenfield，1984；轉引自田耐青等，1993：
8）。曾有專家在瑞士做過一項實驗，將幼稚園及小學一年級兒童安
排由電視或廣播中了解一個完全相同的故事：三位身高不同的小朋
友，由高到矮排成一列，高者在前走向貓頭鷹，以讓貓頭鷹認為只
有一人前來。在看完或聽完故事之後，這些字彙建構能力尚未發展
完成的小朋友，能用布偶再度排列出相同解決方式的人數中，看電
視的要比聽廣播的小朋友多（Sturm and Jorg，1981；轉引自田耐青
等，1993：8），可見動態畫面中呈現物體之間視覺及空間位置的特
性，能夠提供處於人類早期學習階段的兒童許多的暗示（田耐青
等，1993：8）。

第三章　研究方法

第一節　研究架構

　　想要提出有價值的研究，必先有問題意識，從生活中發現別人所未察覺的現象；而要超越前人的研究成果，則必須提高自己的後設性意識，以便培養或醞釀超卓的「識見」去檢驗相關的方法及其功能和限制等（周慶華，2004b：16）。

　　第一章「緒論」中，我已經將這次研究的動機、目的、研究問題、研究範圍和限制一一說明，希望讀者能對我這次的研究有基本的了解；第二章「文獻探討」，則參考前人的相關研究成果予以整理、歸類、分析和批判，這是我提出研究問題或研究假設的依據。

　　現在進入第三章「研究方法」，則必須有方法意識，依照研究架構的順序，使用不同的研究工具及步驟對所要研究的對象展開探討，這樣才能開花結果，達到研究的目的。

　　以下是我這次研究的整個架構：

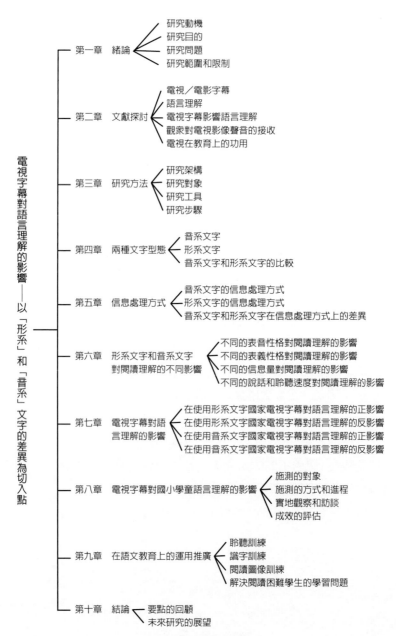

圖 3-1　研究總架構圖

以下是這次研究實務印證部分的研究架構：

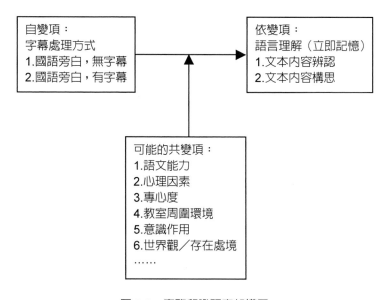

自變項：
字幕處理方式
1.國語旁白，無字幕
2.國語旁白，有字幕

依變項：
語言理解（立即記憶）
1.文本內容辨認
2.文本內容構思

可能的共變項：
1.語文能力
2.心理因素
3.專心度
4.教室周圍環境
5.意識作用
6.世界觀／存在處境
……

圖 3-2　實務印證研究架構圖

第二節　研究對象

在我的這次研究中將遵循兩個不同的研究方向同時並進，一個是理論建構的部分，另一個是實務印證的部分，希望利用實務印證的結果來佐證我個人的立論。為使本研究的方向能更加明確，第三章「研究對象」、「研究工具」、「研究工具」三節將依照「理論建構」和「實務印證」兩大方向分別加以說明。

一、「理論建構」的研究對象

研究章節	研究對象	說　　明
第四章	1. 音系文字——英文 2. 形系文字——漢字	因為漢字是現今僅存的形系文字，其他四大文明發源地原始的象形形系文字，如：埃及的聖書、兩河流域的楔形文、美洲的瑪雅文，都已進入歷史博物館，印度梵文雖然仍為一些學者所研究、使用，但它早已不是社會通用的文字（何九盈、胡雙寶、張猛主編，1995：10）。所以本研究中對形系文字的探究將以「漢字」為研究對象；至於目前使用種類最多的「音系文字」，為縮小研究範圍以利研究，則以目前國際通用的語言文字「英文」為研究對象。利用發生學的方法，先探究這兩種不同文字和語言發生的先後順序、依存關係，再各自探索其發展過程、結構、形式／意義、譜系等等，以對兩種文字型態的形、音、義各方面及語言有更深一層的認識，進而進行比較分析。
第五章	兩種文字的信息處理方式	文字包含書面的文字和聲音的文字。這個章節將以兩種文字形態不同的語言感知單位為研究對象，來探究兩種文字形態的信息處理方式，即語言理解模式（包含詞彙提取、字詞辨認、文字內容記憶與構思……等）。以第四章「兩種文字型態」所探究的結果為根據，配合符號學方法，有系統的整理出音系文字和形系文字兩種文字符號的發展變化規律以及符號所代表的意義的理解和傳播交際的方式有何不同。
第六章	兩種文字對閱讀理解的影響	在第六章中我將以第四章「兩種文字型態」及第五章「信息處理方式」所探究的結果為根據及研究對象，利用詮釋學方法說明不同的表音性格、表義性格、信息量、說話和聆聽速度對閱讀理解所造成的不同影響。
第七章	使用這兩種不同文字的國家中，電視字幕對語言理解的正影響、反影響	這個章節將以第六章的理論為根據，以電視字幕為研究對象，探討使用這兩種不同文字的國家中，電視字幕對大眾語言理解的正影響和反影響。其中正影響即正面的影響，是有助益的、正向的，有承繼和啟示的功能；反影響可以是不自覺或自覺而產生的影響，所造成的影響可能偏向或反向。

二、「實務印證」的研究對象

研究章節	研究對象	說　　　明
第八章	臺東縣東海國小四年級全體學生共140人	實務印證部分的研究對象為我所任職學校中四年級的學生共 140 人。四年一班、四年三班不做語文能力分班，各自在自己的班級進行影帶觀賞及測驗；四年二班、四年四班則利用 96 學年度（2007）第一次段考國語的成績進行語文能力分班。

第三節　研究工具

一、「理論建構」的研究工具

我們必須先有方法的意識或自覺，接著才能去從事語文研究（周慶華，2004b：20），且研究和語言／文化相關的課題，基本上也是需要有一些程序或步驟的（李瑞華主編，1996：4）。工欲善其事，必先利其器，在規劃第四節研究步驟前，在這一節中，我要先交代所運用的研究工具，針對研究中會運用到的研究方法做簡單的說明，以利自己在探討各章節內容時能更得心應手，理論架構也才能更加穩固。

（一）現象學方法

現象學（方法）並不純是研究客體的科學，也不純是研究主體的科學，而是研究「經驗」的科學。現象學（方法）不會只注重經

驗中的客體或經驗中的主體,而是要集中探討物體和意識的交接點。因此,現象學(方法)要研究的是意識的指向性活動、意識向客體的投射、意識透過指向性活動而構成的世界。主體和客體在每一經驗層次上(認知和想像等)的交互關係才是研究重點。這種研究是超越論的,因為所要揭示的乃純屬意識、純屬經驗的種種結構;這種研究要顯露的,是構成神秘主客關係的意識整體結構。(鄭樹森,1986:83~84 引艾迪說)

　　現象學方法所要觀察的是意識對象如何在意識活動中顯現並構造自身。而現象學方法的口號就是「回溯到事物本身中去」,透過還原的步驟,讓一切已知的東西變成感官中的現象。這是透過意識並在意識中被認識的;而這裡所說的認識包括直覺、回憶、想像和判斷等廣泛意義上的認識形式。這種還原方式倒轉了人們的視野方向,從面向客觀轉到面向意識。接下來就是針對該意識作用進行「描述」,這種描述所保證的就是回到直觀原初的根源之中,達到現象學方法運用的目的,而讓該研究對象在經驗中所可能呈現出來的豐富性向研究者全面性的展露。雖然如此,現象學所能產生的功效並不如大家所想像的那樣「事證確鑿」,因為「雖然作者之意,豈能必讀者之意而悉解之?解而得與解而不得,則姑聽於讀者之意見,不必深求之也」、「作詩者以詩傳,說詩者以說傳。傳者傳其說之是,而不必其盡合於作者也」、「作者之用心未必然,而讀者之用心何必不然」,也就是說,所有相關意識作用的發掘,都只是研究者經驗的投射,它無從回過頭去尋求文本或作者的「保證」,因此,研究者所發掘的相關意識作用只能當作一種策略運作,並沒有所謂的絕對性(周慶華:2004b,94~100)。

　　由於現象學方法有這樣的侷限，所以我在使用現象學方法進行相關文獻探討時，必先「自我設限」，以免導致漏洞百出、身陷泥沼無法自拔的窘境。

（二）發生學方法

　　發生學的方法，就是透過分析語文現象或以語文形式存在的事物的發生及其發展過程，來認識這個語文現象或以語文形式存在的事物的規律性方法。而它的基本思想就是：從作為研究對象的語文現象或以語文形式存在的事物的起源為出發點，依次的探索整個發展過程各個階段的特徵和規律性。而發生學方法和結構主義方法結合所形成的發生學結構主義方法，可以把現象的歷時性、結構性、同時性結合起來，作為一種更為有效的方法（王海山主編，1998：9）。以本研究第四章「兩種文字型態」為例，所要探索的就是音系文字（以英文為主）和形系文字（以漢字為主）的起源、結構和特徵，以及語言的起源。先探索文字和語言二者發生的先後順序、依存關係，再各自探索其發展過程、結構、形式／意義、譜系等等。

　　發生學結構主義方法似乎已是一個很有效的追本溯源方法，但還是沒有所謂的絕對性。因為所有源頭的追溯和發展過程的條理，都是特定意識的觀照和特定價值觀的取捨結果，沒有所謂必然性，也沒有所謂客觀性（周慶華：2004b，50~54）。以語言的起源為例，就有「神授」和「人造」兩種最主要的說法，「神授」說認為語言是由天神直接傳給人類的；「人造」說認為人類本來是沒有語言的，後來有一位聰明才智特高的人，發明了語言才傳授給別人（張世祿，1979：29）。同一個語言現象，竟會有截然不同的看法，這就是因為每位研究者的世界觀、價值意識……等觀念系統不同所致，研究所得的結果當然也就有所侷限，沒有所謂的必然性。

（三）符號學方法

　　符號學主要用在探討人類運用符號的方式和過程、符號的性質及其指涉的問題。舉凡語言、文字、聾啞者的手勢、電報、旗語、音樂、宗教儀式、祭典、服飾……等符號系統，都在討論項目之列，或稱為記號學、形名學。由於人類所使用的符號系統以「語言」最複雜、最完整，所以符號學的研究，是以語言學為基礎。透過對語言的研究，形成一些基本觀念，再擴及其他符號系統，逐步建立一個討論符號的理論體系，用來分析人類各種符號的構成和運作（龔鵬程，2001：Ⅱ）。一般研究者將符號學的研究對象分為語言符號和非語言符號兩大類；而語言符號和非語言符號又可以個別細分（如前者可分為文學語言、哲學語言、科學語言、宗教語言等等；而後者則多為自然物的表象和人造物的表象以及人為的記號等等，又可分為繪畫、音樂、建築、雕塑、電影、儀式、民俗……也就是「以語言形式存在的事物」。不過，這種方法的運用經常受限於研究者的「視野」而有不同的著重點（周慶華，2000：5~6；周慶華，2004b：61）。

　　綜觀上述符號學的研究範圍，可以知道：符號學方法就是在探求人類種種的表義過程及資訊交流（古添洪，1984：24）。但所有的符號都是心理、社會、歷史文化等機制綜合作用下的產物，沒有一定的特質，也沒有絕對的客觀性（最多只有相互主觀性）。所以由這裡衍生出有關符號的發展變化規律以及符號意義的理解和符號的傳播交際功能等等，都必須在一個多重存有（而不是偏向唯心或唯物的存有）的情境中獲得定位。所以在運用此方法從事研究時，必須特別留意並強化自我的覺察能力（周慶華，2004b：67~68）。

　　在本研究第五章「信息處理方式」中，我將利用第四章「兩種文字型態」所探究的結果，配合符號學的方法，有系統的整理出音系文字和形系文字兩種文字符號的發展變化規律以及符號所代表的意義的理解和傳播交際的方式（包含詞彙提取、字詞辨認、文字內容記憶與構思……等）有何不同。

（四）詮釋學方法

　　詮釋是人類思維最基本的行為，生存的本身就像是一種從不間斷的詮釋過程：早晨醒來時，你看一眼床邊的鬧鐘，並詮釋其意義，回想今天是什麼日子？在對這一天的意義的把握中，你基本上已經回憶起你自己被置放於這個世界的方式，以及你對未來的籌劃；你從床上起來，必須去解釋日常事物中和你打交道的那些人的語詞和姿勢。「詮釋」比人類賴以生存的語言學世界更具有包容性，因為即使是動物，都得依靠詮釋而存在。牠們感覺到牠們身處於世界中的方式：黑猩猩、狗或貓面前的一塊食物，都將依照牠們自己的需要和經驗得到詮釋；候鳥認識指示牠們南遷的標記（嚴平譯，1992：9~10）。

　　但是把詮釋作為一種方法來進行研究時，詮釋的任務和理解的意義是截然不同的。詮釋是一種複雜的、滲透性的現象（嚴平譯，1992：8~10）。詮釋學方法所發掘的語文現象或以語文形式存在的事物所內蘊的意義可遍及能直接辨認的指涉、涵義等「內具」的語文面意義和能間接辨認的心理、社會、歷史文化等「夾帶」的非語文面意義等。

　　雖然詮釋學所涵蓋的面向相當的廣泛，但是這種方法所能產生的功效也不盡如大家所想像的那樣「理不二家」。例如：當一個研究者想去詮釋某一對象時，他正好也意識到該對象不過是前結構中

的東西(而無關符號系統是否含有它或使用符號系統的人是否構設它),這將是一大悖論。研究者從事研究工作多少是為了遂行權力意志而不是單純的「要」了解或獲得某一對象;於是任何有關「詮釋對象」的宣稱,都只是權力意志下策略的運作(功能性的指標),從而將悖論「化解」或「存而不論」(周慶華,2004b:109~110)。所以詮釋理論並不為保證詮釋的正確性而確立永恆不變的基礎或指導原則,而是為進一步的詮釋爭論提供更多的修辭性材料(張京媛等譯,1994:177)。

　　所以從事這項研究也是在我的權力意志下所操弄,詮釋學方法只是我的操弄策略之一。且在進行各種詮釋工作時,我的文化背景、傳統觀念、風俗習慣,甚至世界觀、存在處境等等,都有可能左右我的詮釋結果(周慶華,2004b:101~110),所以在運用時就得設法使「配備齊全」,推論有據,不能只是膚淺的詮釋表面現象、沒有根據的自圓其說,才不致被人攻擊而無從回應。

　　在第六章中我將以第四章「兩種文字型態」及第五章「信息處理方式」所探究的結果為根據,利用詮釋學方法推論「形系文字和音系文字對閱讀理解的不同影響」。

　　在第七章中,我將利用詮釋學方法來詮釋兩種不同文字型態的國家中電視字幕對語言理解的影響。我所要詮釋的影響大致可分為:正影響和反影響二種;正影響就是正面的影響,是有助益的、正向的;反影響可以是自覺或不自覺而產生的影響,所造成的影響可能偏向或反向(周慶華,2004b:143~152)。期望這樣的詮釋能對電視字幕和語言理解之間相互的影響關係有較廣泛的了解。

　　最後進入第九章,將是本研究的另一個重點,利用前幾章理論建構和實務印證所得的結果,以詮釋學的方法來推論這個語文現象(有字幕/無字幕)在語文教育上可以如何運用推廣。

二、「實務印證」的研究工具

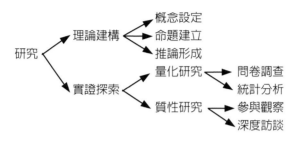

圖 3-3　實務印證研究工具架構圖

　　第八章「電視字幕對國小學童語言理解的影響」是一個實證探索的歷程，我將利用實證探索中質性研究的方法，配合參與觀察和深度訪談來進行研究。

　　所謂質性研究，在總提上是指任何不是經由統計程序或其他量化手續而產生研究結果的方法。它可以是對人的生活、人們的故事、行為以及組織運作、社會運動或人際關係的研究（徐宗國譯，1997）。但在質性研究方面隱含著外在信度和內在信度等雙重意涵：所謂外在信度，是指研究者在研究的過程中，如何藉由對研究者地位的澄清、報導人的選擇、社會情境的深入分析、概念和前提的澄清及確認、蒐集和分析資料方法的改進等作妥善的處理，以提高研究的信度；而所謂內在信度，則是指當研究者在研究過程中同時運用多位觀察員對同一現象或行為進行觀察，然後再從觀察結果的一致程度來說明研究值得信賴的程度（而這些可以綜合透過三角交叉對照[1]、三角測量[2]、參與者的查核、豐富的

1　所謂三角交叉對照，乃是透過綜合多個不同來源的資料，以確定一個定位點的作法。此一概念乃是擷取自導航科學，目前則已經廣泛應用到社會科

描述、留下稽核的紀錄和實施反省等來「確保」它的可信性）（高敬文，1999：85~92）。

　　至於深度訪談部分，雖然不易制定標準化的工作程序，但是它所需的時間與結果的有效性卻可以透過訪談者本身經驗的累積，以及對受訪對象背景資料的窮盡蒐集，乃至研究主題與該次深度訪談之間關係的釐清而得以進行某種程度的規劃。有學者將深度訪談分為以下三種（黃文卿、林晏州，1998：168~178）：

（一）非正式的會談訪談

　　係指開放式、無結構性的訪談，如同日常生活閒聊，或向知情／通靈人士訪談以取得資料，在雙方互動的過程中，讓問題自然的顯現。

（二）一般性訪談導引性

　　係指半結構性訪談，由訪談者提供一組提綱挈領的論題，以引發訪談情緒，使其自由的在有限時間內探索、調查與詢問。

（三）標準化開放式訪談

　　係指結構式訪談，在訪談前，所有需要詢問的問題均被撰寫出，並小心的考量每一問題的字組，再於訪談中適當的提出問題。

　　學的探究，並且獲得相當豐碩的成果（李政賢譯，2006：250）。
2　三角測量是一個原則，不只用到單案設計，而且可以用到所有類型的研究設計。因為研究者面臨在許多不完美測量方法中做選擇，而每一種都有它一些優點和缺點。研究者為了有更大機會發現應變項的假設性變異而使用三角測量：選擇使用超過一種的測量（儘管字面上暗示是三種，三角測量是指超過一種，不一定是三種）（趙碧華、朱美珍編譯，2000：348）。

　　其實不管是非正式或標準化或結構式的訪談，主要都是企圖掌握受訪者的意見或經驗，因此，就深度訪談的設計而言，該採取哪一種會談方式，要看研究的目的為何。倘若研究者對於受訪者的背景與其社會脈絡並不了解，也許非正式的會談是一個適合的方式。相對的，倘若研究者對於受訪者的背景及其社會脈絡已有一定的了解，則可採引導性乃至結構性的會談方式，以蒐集特定的「事實」（齊力、林本炫，2005：122）。

　　在提問問題的方式上，主要有三類：

1. 描述性提問：這類的問題讓受訪者描述某人、事件、地點、人物或經驗。這類問題常常是用在一個訪談開始的時候，因為它讓受訪者可以討論他們的經驗，讓他們在這歷程中處於詮釋自己的經驗，這是較不具威脅性的策略。例如問一個護士實習生在某醫院的實習進行得怎麼樣。

2. 結構性的提問：這類問題目的在發現受訪者如何架構或組織他們的知識。如上例，問這護士實習生他所學的是屬於哪個領域。

3. 對比式提問：讓受訪者能夠從他們自己的世界出發，進行情境或事件的比較，及討論這些情境的意義。如上例，訪談者可以問這護士實習生該次的實習和他們在學校裡所學的有什麼不同（齊力、林本炫，2005：104）。

　　所以整體上質性研究特別重視研究對象和行為對當事人的意義，所以研究者必須深入了解這些現象或行為對被研究者的意義為何。而在整理資料的分析過程中，更必須放空自我，不斷讓自己和資料對話，也讓資料和理論產生對話，再由被研究者的觀點和立場了解資料脈絡的意義；至於資料分析的主要目的則是在龐雜的資料

中，透過交互運用對照、比較和歸類的方法抽取主題或通則，最後
形成理論的建構（潘淑滿，2004：23~24）。

　　但畢竟研究對象是研究者所「選」所「觀」的（它沒有獨立自
主性），而整個訪談的過程和最後的分析詮釋也一再受到研究者的
「設定」和「前結構」的制約，根本沒有所謂的「客觀性」和「純
粹性」可以標榜。在這種情況下，質性研究法最後也不得不回歸功
能性的範疇，完全為研究者的個人理念和權力意志「效命」（周慶
華，2004b：208）。

　　就因為有這樣的侷限，所以我在進行這項研究時，將以理論
建構為主，實務印證為輔；以實務印證的結果來印證所建構的理
論，希望降低實務印證的不客觀性，以及提升理論建構的價值及
信度。

　　至於參與觀察和深度訪談過程中所需的研究工具如下所列：

1. 29 吋彩色電視機。
2. DVD 錄放影機。
3. 影帶：所選用的是公視發行「聽故事遊世界系列」動畫特輯
   （公播版），並預計讓小朋友觀賞以下五部影片：
   (1) 獅子的魔咒／德國（木刻動畫）。
   (2) 分享／波蘭（2D 動畫）。
   (3) 所羅門王和小蜜蜂／以色列（2D 動畫）。
   (4) 春神來了／希臘（立體偶動畫）。
   (5) 乞丐英雄／阿拉伯（乳膠偶動畫）。
4. 節目內容施測問卷。

第四節　研究步驟

一、「理論建構」的研究步驟

　　從第二章到第七章每一個章節都是環環相扣、相互關聯，我將一步一步利用各種研究方法及它們相互間的關係來完成理論建構。順序如下：

```
第二章：文獻探討
利用現象學方法，先針對研究主題大量的閱讀現象學、發生學、詮釋學、
文字學、語言學、認知心理學、電視媒體……等相關書籍，以對自己所要
探討的主題有更進一步的認識與了解，建立基本概念，再自全國碩博士論
文、中國期刊論文……蒐集相關論述、研究成果予以整理、歸類、分析和
批判，以便作為提出研究問題或研究假設的依據。
```

　　　　　　　　　　　↓

```
第三章：研究方法
依照研究架構／研究對象／研究工具／研究步驟的順序，分別對本研究中
理論建構和實務印證兩部分的研究方法做仔細規劃，希望達到事半功倍的
效果，因為工欲善其事，必先利其器。
```

　　　　　　　　　　　↓

```
第四章：兩種文字型態
利用發生學方法，深入探索音系文字（以英文為主）和形系文字（以漢字
為主）的起源、結構和特徵，以及語言的起源。先探索文字和語言二者發
生的先後順序、依存關係，再各自探索其發展過程、結構、形式/意義、譜
系等等。
```

　　　　　　　　　　　↓

第五章：信息處理方式
在本研究第五章「信息處理方式」中，我將利用第四章「兩種文字型態」
所探究的結果，配合符號學方法，有系統的整理出音系文字和形系文字兩
種文字符號的發展變化規律以及符號所代表的意義的理解和傳播交際的方
式（包含詞彙提取、字詞辨認、文字內容記憶與構思……等）有何不同。

第六章：形系文字和音系文字對閱讀理解的不同影響
在第六章中我將以第四章「兩種文字型態」及第五章「信息處理方式」所
探究的結果為根據，利用詮釋學的方法說明不同的信息量、說話、聆聽速
度對閱讀理解所造成的不同影響。

第七章：電視字幕對語言理解的影響
在第七章中，我將利用詮釋學的方法來詮釋兩種不同文字型態的國家中電
視字幕對語言理解的影響。我所要詮釋的影響大致可分為：正影響和反影
響二種；正影響就是正面的影響，是有助益的、正向的，有承繼和啟示的
功能；反影響可以是不自覺或自覺而產生的影響，而所造成的影響可能偏
向或反向。期望這樣的詮釋能對電視字幕和語言理解之間相互的影響關係
有較廣泛的了解。

第八章：利用質性研究法進行實務印證

第九章：在語文教育上的運用推廣
最後進入第九章，將是本研究的重點所在，利用前幾章理論建構和實務印
證所得的結果，以詮釋學方法來推論這個語文現象（有字幕／無字幕）在
語文教育上可以如何運用推廣。

二、「實務印證」的研究步驟

　　首先將臺東縣東海國民小學四年二班及四年四班的學生依照
第一次段考國語成績的高低，平均分派到兩班，由我及班級學生擔

任觀察員，班級導師擔任協助觀察員，這兩個班級的施測時間必須相同。而四年一班、四年三班則不重新能力編班，可獨立施測，仍然由我及班級學生擔任觀察員，班級導師擔任協助觀察員。

> 四年二班：語文能力分班
> 四年四班：語文能力分班
> 四年一班：未作能力分班
> 四年三班：未作能力分班

　　九十六學年度（2007）上學期執行第一階段的實驗，包括「分享」及「獅子的魔咒」兩部影片的觀賞。實驗的過程則包含觀賞影帶及立即後測，整個過程大約三十分鐘（影片十五分鐘、測驗十五分鐘）。學生在觀賞影帶前，可以自由調整座位以便看得清楚，但從觀賞影帶到進行立即後測結束，學生都不能講話或討論劇情，也不允許做筆記。詳細的時間表如下：

第一次施測：
片名：分享／波蘭（2D 動畫）。
施測問卷如附錄一（有字幕）、附錄二（無字幕）。

實驗組 A1：96 年 10 月 19 日（2007.10.19）下午 2：30～3：00
（四年二班，國語旁白，有字幕，有能力分班）

控制組 A：96 年 10 月 19 日（2007.10.19）下午 2：30～3：00
（四年四班，國語旁白，無字幕，有能力分班）

實驗組 A2：96 年 10 月 22 日（2007.10.22）下午 2：30～3：00
（四年一班，國語旁白，無字幕，無能力分班）

實驗組 A3：96 年 10 月 22 日（2007.10.22）下午 2：30～3：00
（四年三班，國語旁白，無字幕，無能力分班）

　　第一次施測中，安排了一組控制組、三組實驗組，希望從實驗中觀察電視字幕對語言理解的影響外，也能觀察能力分班對語言理解的影響。但在第一次施測結束後發現，有無能力分班並不影響學

童的語言理解，故自第二次施測後皆改為二組控制組、二組實驗組；二個班級有字幕、二個班及無字幕，希望能交叉比對電視字幕對語言理解的影響。

第二次施測： 獅子的魔咒／德國（木刻動畫）。 施測問卷如附錄三（有字幕）、附錄四（無字幕）。
實驗組 A：96 年 12 月 07 日（2007.12.07）下午 2：30〜3：00 （四年二班，國語旁白，有字幕）
控制組 A：96 年 12 月 07 日（2007.12.07）下午 2：30〜3：00 （四年四班，國語旁白，無字幕）
控制組 B：96 年 12 月 10 日（2007.12.10）下午 2：30〜3：00 （四年一班，國語旁白，無字幕）
實驗組 B：96 年 12 月 07 日（2007.12.10）下午 2：30〜3：00 （四年三班，國語旁白，有字幕）

　　九十六學年度下學期執行第二階段的實驗，包括「所羅門王和小蜜蜂」、「春神來了」、「乞丐英雄」三部影片的觀賞。第二階段的實驗預計將第二次施測中，有能力分班的四年二班改為無字幕顯示；有能力分班的四年四班改為有字幕顯示，測試施測結果是否相同。無能力分班的四年一班及四年三班則維持不變。

第三次施測： 所羅門王和小蜜蜂／以色列（2D 動畫）。
實驗組 A：97 年 3 月 7 日（2008.03.07）下午 2：30〜3：00 （四年二班，國語旁白，無字幕）
控制組 A：97 年 3 月 7 日（2008.03.07）下午 2：30〜3：00 （四年四班，國語旁白，有字幕）
控制組 B：97 年 3 月 10 日（2008.03.10）下午 2：30〜3：00 （四年一班，國語旁白，無字幕）
實驗組 B：97 年 3 月 10 日（2008.03.10）下午 2：30〜3：00 （四年三班，國語旁白，有字幕）

第四次施測： 春神來了／希臘（立體偶動畫）。
實驗組 A：97 年 4 月 11 日（2008.04.11）下午 2：30～3：00 （四年二班，國語旁白，無字幕）
控制組 A：97 年 4 月 11 日（2008.04.11）下午 2：30～3：00 （四年四班，國語旁白，有字幕）
控制組 B：97 年 4 月 14 日（2008.04.14）下午 2：30～3：00 （四年一班，國語旁白，無字幕）
實驗組 B：97 年 4 月 14 日（2008.04.14）下午 2：30～3：00 （四年三班，國語旁白，有字幕）

第五次施測： 乞丐英雄／阿拉伯（乳膠偶動畫）。
實驗組 A：97 年 5 月 9 日（2008.05.09）下午 2：30～3：00 （四年二班，國語旁白，無字幕）
控制組 A：97 年 5 月 9 日（2008.05.09）下午 2：30～3：00 （四年四班，國語旁白，有字幕）
控制組 B：97 年 5 月 12 日（2008.05.12）下午 2：30～3：00 （四年一班，國語旁白，無字幕）
實驗組 B：97 年 5 月 12 日（2008.05.12）下午 2：30～3：00 （四年三班，國語旁白，有字幕）

　　每一次的施測地點都在四年級各班教室，每間教室長和寬都大約九公尺。學生的桌子都是單人學生桌（桌長約 60 公分、桌寬約 40 公分），而且不併桌。放映影帶的工具為 DVD 錄放影機，電視機為 29 吋的聲寶電視機。

　　在施測過程中如有新的發現，或新的變數產生，將作適當的調整，希望能提高實驗結果的信實度。除此之外，為落實研究的信實度，本研究採取三角測定法及研究參與者的檢核。每次施測過程中，都有我及班級學生擔任觀察員；該班導師擔任協助觀察員，施測後隨即從各班抽取兩位學生進行訪談，並於討論會議中和四位協

助觀察員共同分享及討論大家的觀察紀錄和發現。將訪談、觀察及施測問卷所得的資料歸納整理後，如果有發現特殊現象，將再進一步作深度訪談，以確實了解學生的語言理解過程。等到資料分析結果完成後，還會再將分析結果給受訪者參考，並聽取他們的看法，再將資料重新檢視和評估。

在訪談方式上，我採用一般性訪談，也就是所謂的半結構性訪談，針對劇情內容以及電視字幕對語言理解的影響，以半聊天的方式引發學生的訪談情緒，和學生自由的交談，希望能有意外的收穫。

預計於 97 年 5 月 12 日（2008.05.12）完成所有的施測。施測完畢後，接下來就是資料分析的研究，將所有施測的結果先做統計分析，再從數據中找出規律或變異進行質性分析。

第四章　兩種文字型態

　　目前世界各民族所使用的語言，約有 2790 多種；而講這些語言的人又使用著 7000 到 8000 種方言土語。其中較重要的語言就有 210 多種之多，且都有自己的文字（李梵，2002：12）。但總體來說，仍不外乎音系文字和形系文字兩大類。

　　這裡以一張文字地理分布圖，來說明目前主要的文字分布狀況。其中，除了漢字為形系文字外，其餘都為音系文字。

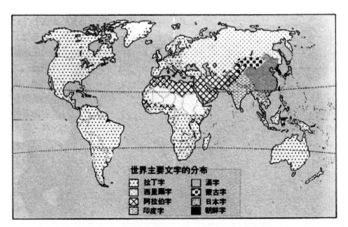

圖 4-1　世界主要文字地理分布圖（曹錦清、馬振聘譯，1994：208）

　　在這一章，我將利用發生學的方法，深入探索音系文字（以英文為主）和形系文字（以漢字為主）的起源、結構和特徵，以及該

文字語言的起源。先探索文字和語言二者發生的先後順序、依存關係，再各自探索其發展過程、結構、形式／意義、譜系等等。

　　「先有語言還是先有文字？」和「先有雞還是先有蛋？」一樣眾說紛紜。在西方，最被人接受的說法是「神授」說。神授說以為語言是由天神直接傳給人類的（張世祿，1979：29）。《聖經・創世紀》巴別塔的故事中記載，上帝為阻止人們聯合起來建造高塔直通天庭，威脅到神的地位，就在築塔時，變亂人類的語言，讓人類從此聽不懂彼此講的話而四分五裂（唐諾，2001：19）。

> 　　那時，天下人的口音、言語都是一樣。他們往東邊遷移的時候，在示拿地遇見一片平原，就住在那裡。他們彼此商量說：「來吧！我們要做磚，把磚燒透了。」他們就拿磚當石頭，又拿石漆當灰泥。他們說：「來吧！我們要建造一座城和一座塔，塔頂通天，為要傳揚我們的名，免得我們分散在全地上。」耶和華降臨，要看看世人所建造的城和塔。耶和華說：「看哪，他們成為一樣的人民，都是一樣的語言，如今既做起這事來，以後他們所要做的事就沒有不成就的了。我們要下去，在那裡變亂他們的口音，使他們的語言彼此不通。」於是耶和華使他們從那裡分散在全地上；他們就停工，不造那城了。因為耶和華在那裡變亂天下人的語言，使眾人分散在全地上，所以那城名叫巴別（就是變亂的意思）。（香港聖經公會，1995：14）

　　所以在創造觀型文化傳統中，多數人認為語言是「神授」的，天神為懲罰人類的自大，而將語言分化弄亂，並將人類散布到各地去。而依照此種說法，「語言」的發生早於「文字」，文字是為乘載

語言而產生的。西方的語言是先有音表義，然後用「符號」記錄音，它的「符號」跟義是不相干的（周慶華，2000：149）。

　　然而從語言的發展史的研究來看，「神授」說似乎無法令人滿意。因為大部分語言的分化是因為地域阻隔之後，而各地居民不相交往才慢慢分化成不同的方言及語言的（謝國平，1986：24）。《易經繫辭傳》中也有段話說：「古者包犧氏之王天下也，仰者觀象於天，俯者觀法於地，觀鳥獸之文，與地之宜，近取諸身，遠取諸物，於是始作八卦，以通神明以德，以類萬物之情。作結繩而為罔罟，以佃以漁，蓋取諸離……上古結繩而治，後世聖人易之以書契，百官以治，萬民以察，蓋取諸夬。」（孫振聲編，1995：518~523）中國人不說「語言」，而說「八卦」、「書契（文字）」；也不說「八卦」、「書契」是上帝所賜，而說庖犧氏仰觀俯察以造「八卦」、上古「結繩」而治、後世聖人易之以「書契」。顯然的，這和西方的「神授」說就有所不同（周慶華，2000：148~149）。

　　在漢字中，形是表義的，而音跟義是沒有關聯的，是不是漢字是先有形（文字）表義，然後用音伴隨形？也就是說在中國是先有「文字」再有「語言」，西方人是用音來思考，中國人是用形來思考（周慶華，2000：149）。

　　綜合以上所說，中西方對語言、文字的發生順序看法是不同的。在西方（創造觀型文化）中，多數人認為先有「語言」再有「文字」；但在中國（氣化觀型文化）中，應是先有「文字」再有「語言」。西方人多用音來思考；中國人多用形來思考。

　　為何中西方會有如此大的差異？那是因為這些都是「後設語言」，而「後設語言」是針對「對象語言」來的。由於中西方的「對象語言」不同，「後設語言」自然也會有所不同，且深受世界觀的影響。創造觀型文化下的人們相信每樣東西都是上帝所造（包含

語言），每樣東西都造得清清楚楚，身為受造者，必須了解上帝造人的旨意，所以說話也會清清楚楚，不敢含糊，因果關係條理分明。氣化觀型文化則不同，人們認為氣是有流動性、含混性的，凡事必須有包容心，不必追求真確的認知，所以才會有「差不多」、「隨便啦！」、「都可以」……等含混的話語，在這樣的社會中，人和人的溝通主要不是靠語言真確的認知，而是靠彼此相互的包容心。

猶記得我在美國擔任輔導員的那兩個月，曾有次到朋友家作客的機會。當晚朋友的父親為了招待我，曾問我要吃西餐還是中國菜？我因為客氣，不敢多作要求，則說：「It's all fine.」說完，朋友的父親愣了一下，再問我一次要吃西餐還是中國菜？傻呼呼的我以為是自己的英文太差，讓對方聽不清楚，所以又說了一次「It's all fine.」但這次朋友父親的臉色明顯變差了，我恍然大悟，趕緊從中選擇一樣，才化解了那次的不愉快。由此可見，由於中西方世界觀的不同，以至文化及語言的使用蘊含著許多的差異性。

這裡姑且不論先有「文字」還是先有「語言」等問題，回到文字本身來作討論。不可否認的，目前文字在使用上，最大的功用就是在記錄語言，它是按照一定方式記錄語言的書寫符號系統，是輔助語言並且擴大它的作用的工具，二者相輔相成。所以要探討電視字幕對語言理解的影響，除了以上所提及的世界觀外，對兩種文字的差異，及使用這兩種文字型態的語言，也必須有所認識。其中，文字的差異應包含：型態上的差異（物質性，易於觀察，如：動詞時態、詞性、詞位、聲調……等），及表義的差異（精神性，不易觀察），在這一章節中都會作深入的探討。

第一節 音系文字

　　源於象形符號的音系文字，是將原來的文字圖形演變成有限的數十個字母，用這些字母表示語言中的音位、音節，通過各種組合方式去拼寫語言中的語詞，且每一個音節都不含任何可認知的概念，也稱之為拼音文字。

　　拼音文字多少會隨著不同地區人們的發音差異和不同時間的語言變化而有所改變，必須做一些微調，比方說英文的二十六個拼音符號，在造型、發音和數量上都和俄文、希臘文……等有些許差異，日本人笨拙些，用到了五十個音，但使用的原理和發展邏輯其實是一樣的（唐諾，2001：28）。所以，以下對音系文字的介紹，將以目前國際通用的語言文字「英文」為例：

一、型態上的差異（物質性）

（一）英文字的組成

　　英文字是由 26 個拉丁字母所組成，每一個字母都是代表一個音素，利用不同音素的組合製造出新的字彙，也稱之為拼音文字。

　　1. 有單音節字，如：sun、one、two、me……等，都是由多個音素所構成的單音節字。

　　2. 有多音節字，如：beautiful，是由 beau-ti-ful 三個音節所組成，每一音節又是由不同音素所組成，且構成 beautiful 單字的三個音節都不含任何可認知的概念。

進一步想想，音系文字的文字是記錄音的，二十六個字母其實只是構字的元件，每個字母本身並不帶有意義，不能擔負傳達的功能。所以音跟義之間沒有任何關聯，無法從字面上去認讀字義（竺家寧，1998：76）。

（二）不規則的動詞變化

英文中動詞的語形常會因時制的不同而變形。

1. 原形（現在式）、過去式、過去分詞（p.p.）都不相同。
   例如：begin（開始）的過去式是 began，過去分詞是 begun。
2. 原形（現在式）和過去分詞（p.p.）相同，和過去式不同。
   例如：become（變成）的過去式是 became，過去分詞是 become。
3. 過去式和過去分詞（p.p.）相同，和原形（現在式）不同。
   例如：catch（捉）的過去式和過去分詞都是 caught。

英文字雖都是由二十六個簡單的字母依照音拼組而成，但是因為音節間並沒有可認知的概念，加上不規則的動詞變化，所以閱讀英文字並不見得比閱讀漢字來得輕鬆容易。

（三）不規則的名詞變化

名詞除了分「可數名詞」和「不可數名詞」兩種外，可數名詞又可分為「普通名詞」和「集合名詞」；不可數名詞可分為「專有名詞」、「物質名詞」、「抽象名詞」。其中關於名詞的單複數有著許多不同的變化。

1. 複數普通名詞字尾加 s。

例如：普通名詞 book（書）的複數是 books。

2. 複數普通名詞字尾加 es。

例如：普通名詞 glass（玻璃）的複數是 glasses（眼鏡）。

3. 集合名詞如 food（食物）、traffic（交通）、clothing（衣服）、mail（郵件）、product（產品）、furniture（傢俱）……等恆作單數形（字尾不加 s）。

4. 單複數不規則變化。

例如：老鼠的單數是 mouse，複數是 mice。

5. 集合名詞單複數同形，且意思不相同。

例如：集合名詞 team 的單複數同形，當單數用時，表示「整個一隊」；當複數用時，表示「隊裡的各個份子」。

　　由此可知，在英文中，名詞也有許多的變化，而且這些變化字面上都沒有可供記憶的概念，雖然有些可利用字的涵義來加強記憶，但有些則除了死背外別無他法。

（四）名詞的性

　　依照名詞的性，可分為：陽性、陰性、通性、無性等四種，且各含許多不同的語形及用法。

1. 在陽性名詞的字尾加 ess，形成陰性名詞。

例如：陽性雄獅是 lion，陰性雌獅是 lioness。

2. 通性名詞的前面或後面加上陽性名詞（或代名詞），以區別陰陽兩性。

例如：男朋友的拼法是 boy friend，女朋友的拼法是 girl friend。

3. 陽性名詞與陰性名詞完全不同者。

　　例如：先生的拼法是 sir，夫人的拼法是 madam。

4. 依照名詞「性」的不同，使用不同的代名詞。

　　例如：(1) 單數「陽性」名詞用代名詞 he，his，him 代替。

　　　　　(2) 單數「陰性」名詞用代名詞 she，her 代替。

　　　　　(3) 單數「通性」名詞，如指陽性，用 he，his，him
　　　　　　　 代替；如指陰性，用 she，her 代替。

　　　　　(4) 單數「無性」名詞用 it，its 代替。

　　　　　(5) 複數名詞，無論任何性別，一律用 they，their，
　　　　　　　 them 代替。

　　由此可知，在創造觀型文化下，講話時對性別的區分是清清楚楚的。

（五）同音字

　　兩個以上不同形式，且具有相同讀音的單字稱為「同音字」。

　　例如：bare（赤裸的）、bear（熊）

　　　　　meat（肉）、meet（遇見）

　　　　　flower（花）、flour（麵粉）

　　　　　pail（桶）、pale（蒼白的）

　　　　　sew（縫紉）、so（因此）（張文軒譯，2000：142）

　　同音字在英文單字中並不多見，且兩個單字彼此間並無關聯，想要區分單字的不同，只能從上下文的連結及當時的語境來加以猜測。

（六）同形字

當一個字無論在書寫或口語上都具有兩個或更多不相關的意義時，稱之為「同形字」。且兩個同形字之間的意義截然不同，只不過是巧合使之具有了相同的形式罷了，和「多義字」是不相同的。

例如：bank（河岸）、bank（銀行）

mole（痣）、mole（鼹鼠）（張文軒譯，2000：142）

同形字如同上述的同音字一樣，在英文單字中也是不多見，且兩個單字彼此間並無關聯，想要區分單字的不同，也只能從上下文的連結及當時的語境來加以猜測。

（七）多義字

當一個字具有相關聯的多重意義時，該字稱之為多義字。

例如：head（頭），這個字既可表示人體頂部，也可以表示啤酒瓶的頂端，還可以表示公司或部門的領導者。

foot（腳），既可表示人腳，也可表示床腿，還可表示山的下部。（張文軒譯，2000：142）

再翻開《英漢辭典》，bar 的解釋就有九種之多：

1. （木、金屬的）棒、棒狀物、條。
2. 門閂、橫木。
3. 阻礙（物）、障礙。
4. （在河口、港口等的）沙洲、沙灘。
5. （顏色、光線等的）條紋。
6. （樂譜的）小節線或（被小節線劃分的）小節。
7. （酒吧、旅館等的）賣酒櫃檯。

8. 法庭中將法官席、被告席、律師席與旁聽席隔開的欄杆。

9. 律師業、律師團。（紀秋郎主編，1988：80~81）

　　在英文單字中，類似的多義字多不勝舉，許多單字都含有一個以上的意思，且彼此間多有些許的關聯性可幫助記憶及連結，但這些關聯性是指彼此意思間的關聯，和字面上的形是無關聯的。

　　由於英文字的多義字相當多，如果要真確的了解英文句子所要表達的意思，唯有依靠影像或情境的配合了。此時，注意觀察、注意聽就比仔細閱讀文字來得重要了。

（八）有些表音文字不完全表音

　　並不是所有的表音文字都完全依照發音拼寫。這是因為文字多多少少都具有不移向性。發音雖因人因地而作變化，文字本身卻常會保留其原有拼法而不隨之改變。此種情況越多，該表音文字在本質上就漸漸失去了它表音的特性，而更接近於象形文字的範疇，所不同的是它仍然保持著字母拼法的外形，稱之為字母文字或字母寫法。以英文為例，有些單字字母的拼法和它的發音已無一致，且相差甚遠，同一音素可有很多不同的拼法，一個字母也可以有幾個不同的發音，且拼字內的字母有的根本也不發音（黃天麟，1987：58~59）。

　　以下論述所採用的音標為萬國音標。

　　例如：

　　1. 常有不發音的字

　　　(1) keswick〔ˊkesik〕　　　---w　不發音

　　　(2) highway〔ˊhaiwei〕　　　---gh　不發音

(3) friend〔frend〕　　　---I　　不發音

(4) night〔nait〕　　　　---gh　不發音

(5) readiness〔ŕedinis〕　---a　　不發音 ss 只發音一字

(6) nine〔nain〕　　　　---e　　不發音

2. 同一音有不同的拼法

(1) Ninety 為 90，ninth 為第九，少了 e 字。

(2) cycle 的拼字很容易拼為 cicle。

(3) 具有 sai 音素的「said」這一音節可能有 side、cide、cid、saide、said、scid、scide、cyde 等拼法。

(4) 〔riseʃən〕的發音可能有：recession、resession、resecion、resesion、rececion、recesion、recetion、ricession、risession、resecion、risesion、ricecion、ricesion、ricetion、risetion 之拼法。

3. 同一拼法有不同的發音

(1) hypocrite　　　---　　〔ĥipəkrit〕

(2) hypothecate　　---　　〔haip̂əθikeit〕

(3) miner　　　　　---　　〔ḿainə〕

(4) mineral　　　　---　　〔minərəl〕

(5) natural　　　　---　　〔ńæ tʃə rə l〕

(6) nation　　　　 ---　　〔ńeiʃən〕（黃天麟，1987：58~59）

　　由於有些音系文字中的英文字母是不完全表音的，所以對於一個生活在全英語環境下的外國人而言，聽音辨義比看字辨義來得容易。

（九）以音為主的語言，衍變性大

　　除了英語外，如統攝在印歐語系下的各國語言，以及分散在各國境內的各地方言，都是以音為主的語言，隔了一個時空，常會失去它的原樣，而它所表示的意義，也就難以理解，甚至無法理解（周慶華，2000：149~150）。這是因為以音為主的語言的文字是記錄音的，文字本身不含任何可認知的概念，當某個單字的發音因時空的阻隔而改變後，後人將無法從字面上理解它所表示的意義。

二、表義上的差異（精神性）

　　在創造觀型文化的影響下，音系文字較強調邏輯結構、因果關係，也就是說英文文法是很重要的，主詞、受詞……等的位置是固定的，不可任意更換，倘若任意更換，則會出現不合文法的結構。

第二節　形系文字

　　漢字是世界上使用最久的文字，也是現今僅存的形系文字，其他四大文明發源地原始的形系文字，如：埃及的聖書、兩河流域的楔形文、美洲的瑪雅文，都已進入歷史博物館，印度梵文雖然仍為一些學者所研究、使用，但它早已不是社會通用的文字（何九盈、胡雙寶、張猛主編，1995：10；賴慶雄，1990：107）。

　　漢字也是目前世界上使用人數最多的文字，約有近 14 億人口，範圍也很廣闊，從日本經韓國、中國到新加坡，再加上歐洲、美洲、澳洲等地的華裔華僑，人數眾多。

以下對形系文字的介紹，以漢字為例：

一、型態上的差異（物質性）

（一）漢字的組成

　　所謂的形系文字，即每一個字本身都表示一個概念，即使是由兩個或兩個以上漢字所組成的熟語（或稱複合語），其構成這些熟語的每一個漢字本身仍具有各自的概念。

　　東漢許慎在《說文解字・敘》中說：「周禮八歲入小學，保氏交國子，先以六書。一曰指事，指示者，視而可視，察而見意，『上』『下』是也。二曰象形，象形者，畫成其物，隨物詰詘，『日』『月』是也。三曰形聲，形聲者，以事為名，取譬相成，『江河』是也。四曰會意，會意者，比類合誼，以見指撝，『武』『信』是也。五曰轉注，轉注者，建類一首，同意相受，『考』『老』是也。六曰假借，假借者，本無其事，依聲托事，『令』『長』是也。」（許慎，1978：762~763）

　　由許慎所歸結出來的漢字構造原理，不難發現漢字中的每一個字都是其來有自的，每一個字本身都隱含著一個概念。

（二）漢字屬於單音節字

　　例如：「美」、「醜」、「臉」、「手」……等，是由「ㄇㄟˇ」、「ㄔㄡˇ」、「ㄌㄧㄢˇ」、「ㄕㄡˇ」……等一音節的音型所構成，且每一個漢字都隱含著一個簡單的概念，再以這些字為基本單位，選擇適當的漢字組成新的複合名詞，來表示新的概念。如「考試、兵士、尼古丁、可口可樂……」，就是用兩個或兩個以上的漢字來記錄漢語的雙音節詞以及多音節詞（董琨，1993：93~94）。

（三）動詞不因時態而變形

　　例如：1.我正在「吃」東西、我「吃」不下、我「吃」過了等語句中的動詞「吃」並不會因為時制的改變而產生變化。

　　2.在句子「這樣的精神和實質的幫助（Na），使得他更有勇氣和決心。」中的「幫助」一詞是普通名詞；在句子「多吃營養的東西可以幫助（VC）孩子成長。」中的「幫助」一詞是及物動詞。雖然兩個句子中的「幫助」一詞的詞性並不相同，但寫法並沒有不同之處。

　　在漢字中，動詞並不會因為時態的改變而改變字形，同一個詞只會因為詞位的不同而改變詞性。

　　例如：「綠」字在「春風又綠江南岸」這一句中，是形容詞當「動詞」用，具有畫龍點睛的效果。但如果套用英文文法，則會被認為不合文法，因為錯用了詞性。

（四）無名詞變化

　　漢字的名詞本身並不會因為單、複數等的不同而有所改變。

　　例如：一顆蘋果、很多蘋果、一籃子的蘋果……等句子中的「蘋果」並不會因為蘋果數的多寡而有所改變。

（五）字的本身沒有性別差異

　　雖然現行教科書中，「你」和「他」是有性別差異的，男性用「你」、「他」；女性用「妳」、「她」，但這是受到西方文化的影響後而產生的變化，中國傳統漢字中並沒有「妳」和「她」二字，這些字是後來再造的。我們以中國最具代表性的傳統文學《紅樓夢》為例，故事中的「你」和「他」並沒有性別的差異，在故事中你是看不到「妳」和「她」二字的。

（六）同音異字、同音異詞

漢字是單音節字，即使算上四聲，也遠比漢字的數量少得多，因此，幾個漢字共用一個音的情況在漢字中是很普遍的現象（黃天麟，1987：219）。如《中文百科大辭典》中唸「ㄅㄧˋ」的字就有「必、閉、幣、壁、臂、碧、避……」九十三個之多，扣除不常使用的字，也還有約三、四十個（蔡辰男等編，1989：1672）。至於熟語（複合語）也有許多相同唸法的詞，如：同樣唸「ㄧˊㄉㄨㄟˋ」的「一隊」、「一對」、「儀隊」所要表達的意思也不盡相同，所以此時字的外形便能夠幫助我們閱讀漢字，分辨其所要表達的概念，即使不認識、不會唸的字，也可由字的外形猜出一二。當然，如果能再配合視覺影像及說話情境，更能收事半功倍之效。

（七）同形字詞

當一個字詞無論在書寫或口語上都具有兩個或更多不相關的意義時，稱之為「同形字詞」。且同形字詞之間的意義截然不同，只不過是巧合使它們具有了相同的形式。

例如：「用點心」一詞就具有兩種涵義。如果作「動詞＋名詞」解時，是代表「吃點心」的意思；如果作「動詞＋形容詞＋名詞」解時，則代表「多用一點心思」，彼此之間是不相關聯的。

雖然這類字詞在漢字中並不多見，但如果偶爾被發現，其中的趣味性將常被拿來開玩笑或自我解嘲，增加生活的樂趣。

（八）多音字

多音字又稱為破音字，在漢字中相當多，如《國語活用辭典》中「著」這個字，就有「ㄓㄨˋ」、「ㄓㄨㄛˊ」、「ㄓㄠˊ」、「ㄓㄠ」、

「ㄓㄜ˙」五個音之多，各自代表不同的概念，所以用法也就不同
（周何等編，1991：1547）。

　　例如：著（ㄓㄨㄟ）作、穿著（ㄓㄨㄛˊ）、著（ㄓㄠˊ）火、
著（ㄓㄠ）涼、坐著（ㄓㄜ˙）。

　　雖然多音字的漢字相同，但每一個音被使用的概念各不相同，
所以仍可利用該複合詞所要表達的概念來加以區分。

（九）同義字詞

　　漢字造字法中的轉注字就是其中一例，如：「頂」、「顛」二字，
同指最上部的意思。又如：「美麗」、「漂亮」二詞同是形容好看的
意思。再如：形容「少」的字詞就有「稀少」、「罕見」、「一點點」、
「些許」……等。同義字詞在漢字中是很常被運用的，詞用得好與
不好往往會影響到句子或文章的優美與否，且字詞的意思很容易從
字面所提供的概念猜出一二。例如：「罕見」從字面上解釋就是：
很不容易看得見，也就是「少」的意思。

　　閱讀文學性較高的文章、故事或影片時，所使用的字詞的水準
也會相對的提高，有些並非一般常用的生活用語，畢竟書面語和口
語不盡相同。書面語較重視修辭及美感，且常出現成語、俗語或俚
語，此時倘若能配合文字的閱讀，會更容易被人所理解。

（十）諧音取義的民俗文化

　　諧音取義是漢語的一種修辭方式，也是漢族民俗文化的一個
重要特點。所謂諧音，就是指利用漢語詞語的音同或音近的特點，
由一個詞語聯想到另外一個詞語，是一種同音借代的關係。「諧
音取義」就是由一個詞語聯想到和它同音或音近的另外一個詞語
的語義，而且後者的語義是主要的交際義（常敬宇，2000：

96~103）。這些交際義有時會造成溝通上的困擾，有時卻產生了令人莞爾的效果，這也是最早被發現的文字趣味。例如：把「我們都是一國人」，聽成「我們都是異國人」，從興奮團結的感覺，變成了感傷的遊子心情。可見這種諧音取義的民俗文化，往往在對談中會產生無法預料的諧趣或誤解（盧國屏等編著，2003：92~93）。再如：一個準備要應徵某項工作的人，我們可能會開玩笑的跟他說：「你要記得提『ㄑㄧㄢˊ』來。」話中「提『ㄑㄧㄢˊ』」是個雙關語，代表「提前」和「提錢」兩個意思，其中「提錢」是主要的交際義。對於某些聽不出話中幽默的人而言，此時便很需要文字的輔助，否則大費周章的解釋一番後，漢字的趣味就蕩然無存了。

（十一）形聲化的漢字沒有絲毫的意義

形聲化的漢字只是為表達抽象概念，及方便書寫外國人的姓名。例如：外國人的姓名「Bill」在中文翻譯成「比爾」，比爾這兩個字在漢語中沒有意義，只是一串讀音相近的字元，沒有絲毫的意義（方奕譯，2005：58）。

（十二）「上聲加上聲」和「陽平加上聲」的詞組容易混淆

A組（上聲加上聲）：買馬、有井……

B組（陽平加上聲）：埋馬、油井……

王士元曾設計了一百三十多對如上的詞組，請一位在北京住了很久的人來錄音，再找三十多個能講相當標準普通話的中國人來聽錄音。測驗結果，沒有一個人能分辨55%以上（王士元，1988：101）。

這類的詞組在漢字中是很常見的，也常因此造成了不少的誤會或增加了一些生活的趣味。但如果出現在電視劇等影片中，少了文

字的輔助，可就少了解釋誤會及發現趣味的機會，因為你無法和影像畫面中的人物對話。

（十三）漢字中的音近字容易混淆

漢字中有許多音近的字，有的韻母相同，聲母相近，如：南「ㄋ
ㄢˊ」、蘭「ㄌㄢˊ」；有的聲母相同，韻母相近，如：深「ㄕㄣ」、
生「ㄕㄥ」；有的聲母、韻母都相近，如：林「ㄌㄧㄣˊ」、寧「ㄋ
ㄧㄥˊ」，還有一些韻母相同或相近，聲母為「ㄓ、ㄗ」、「ㄔ、ㄘ」、
「ㄕ、ㄙ」的字，學生都很容易讀錯（楊九俊等主編，2001：44），
當然也很容易造成聽力的混淆，進而影響語言理解。

（十四）以形為主的語言衍變性小

以形為主的語言，雖然伴隨形的音，會因時空而轉變（如上古
音、中古音、近代音、現代音各有差異[1]，而各地方言也互有不同），
但是形本身，以及形所表示的意義，卻頗穩定。這可能就是中國沒
有分裂為數個國家，以及文化綿延不斷；而西方卻分裂為數個國
家，以及文化間斷為幾個時期的主要原因（周慶華，2000：149~150）。

二、表義上的差異（精神性）

1. 在氣化觀型文化的影響下，漢字的語句中，主詞、受詞是可
   對調的，甚至完全將主詞移除。這是涉及到世界觀的不同，
   在使用漢字時可以跳躍式，邏輯較鬆散。

---

[1] 向來把研究古音的這門學問叫做「聲韻學」。而為了方便研究古音的歷史，
則將其分為四個階段：先秦兩漢稱為「上古音」，魏晉六朝隋唐兩宋稱為「中
古音」，元明清稱為「近代音」，再加上「現代音」共為四期，各有其特色
（竺家寧，1998：98）。

例如：有兩個人相約在辦公室見面。一個人走進辦公室，看到他在等的人已經在辦公室了。他可以說：「你來了！」，也可以省略主詞說：「來了！」

2. 漢字有許多多義字。字義豐富的漢字書面語，已使漢字成為儲存全部中國心智遺產的寶庫。

在中國，源遠流長的文字形式，在世代傳承之後，產生了一個特殊的結果：由於字形本身長久保持不變，所以每個字都累積了多重的含意。在世代相傳持續累積之後，使得漢字的書面語越來越豐富，成為儲存全部中國心智遺產的寶庫（曹錦清、馬振聘譯，1994：178）。

從漢字可以窺見漢族人民從心理、禮俗到生活習慣的許多情況，提供了解中國社會和文化發展許多線索，以至於有不少專門研究漢字的學者認為：「解釋一個漢字常常就是作一部中國文化史。」（董琨，1993：95）。

第三節　音系文字和形系文字的比較

歸納一、二節對形系文字和音系文字的介紹，整體來說，音系文字是音律化，用文字來記錄語音，且不含任何可認知的概念，所以文字符號跟義是不相干的；而形系文字是圖像化，用形表義，每一個漢字本身都具有各自的概念。

以下是對音系文字和形系文字的比較結果：

一、漢語與英語

　　使用形系文字的漢語屬於孤立語，使用音系文字的英語屬於屈折語。

　　漢語是屬於孤立語。所謂孤立語，是指其中詞本身不能顯示跟其他詞的語法關係，它們的形式也不受其他詞的約束，因而具有孤立的性質。這種語言的主要特點是：在一個詞裡面只有詞根，沒有形態，詞的本身沒有變化，所以各種詞類在形態上缺乏明顯的標誌，句子裡詞和詞之間的關係，透過詞序、輔助詞等語法手段來表示。

　　英語是屬於屈折語。所謂屈折語，是指其中詞除了表示詞彙意義的詞根，還有表示語法意義的附加成分，詞根和附加成分結合得非常緊密。這種語言的主要特點是：依靠內部屈折和外部屈折來形成詞的語法形式。所謂內部屈折，是指替換詞根中的某些音位，如英語的 foot（腳）是單數名詞，複數是 feet，它的單、複數就有元音的交替 u---i。所謂外部屈折，一般是指詞尾的變化，如英語詞尾的-ly、-ed、-s 等等（周慶華，1997：32~33）。

　　所以英文中動詞的語形常會因時態的不同而變形；名詞的單複數有著許多不規則的變化；名詞的性分為陽性、陰性、通性、無性等四種，且各含有不同的語形及用法。但是在漢字中則沒有類似的變化，只有因為詞位的不同而改變詞性。

二、表音性格不同

　　形系文字的表音性格和音系文字的表音性格不同，漢字是一種表音的表義文字，而英文字是一種不表義的音節組合。

　　雖然漢字的「形聲」文字，有某種程度的表音性格，但其表音性格與音系文字的表音性格大異其趣。音系文字的表音記號、字母雖仍溯源於象形符號，但已和表義表形完全脫離；而漢字的「形聲」文字是由意符和聲符所組成，意符是信息的儲存體，聲符是信息的識別體，仍具有特定的字義，是一種表音的表義文字（黃天麟，1987：22）。而且漢字大量的形聲文字並沒有形成符號化、系統化，不能像音系文字那樣，聽到一個詞就可以直接寫下來，看到一個詞也可以直接拼讀出來（楊九俊等主編，2001：43）。因此，整體來說，形系文字的表音性格和音系文字是截然不同的，圖像化的形系文字，每個字仍含有可認知的概念來幫助語言理解。

三、表義性格不同

　　形系文字的表義性格和音系文字的表義性格不同

　　漢字由於它的表義，以漢字表示的人名、地名、公司名都具有無窮的妙味。例如：以地名來說，臺東、綠島、蘭嶼……等都有其特殊的內在意義，就是臺灣東邊的縣市、綠色的島嶼、盛產蝴蝶蘭的島嶼……等。

　　且以木作為形符（偏旁）的字，都屬木本植物或與木有關，如：桐、板、杉、材……等；以水部作為形符的字，多為液體類的東西或和水有關的，如：汗、池、洋、海、溪……等（蔣世德，2004：126~127）。由此可知，既使是形聲字，我們仍可由它的形符，得知字的大意。

　　但是音系文字就不同了，London、Willesden、Manchester、Chicago……等，它們的表義除了代表各個特殊都市之外，並無任何意義（黃天麟，1978：61~62）。

　　所以閱讀漢字，可增加對語詞的理解，而閱讀英文字只是「音」的再現，對文字理解本身是沒有實質的幫助。

四、信息量

　　形系文字的信息量比音系文字大。

　　圖像化的形系文字，用形表義，絕大部分都具有二元結構的特點，它的意符是信息儲存體，它的聲符是信息識別體，至於象形字、會意字，幾乎可以望文知義（這當然要有相當的修養），說明它有豐富的文化內涵，這樣的信息載體是線性拼音文字所不具備的。十九世紀末，甲骨文開始出土，正是透過這種信息載體，使我們對殷商文化，甚至於整個中國文化源頭的認識展開了新的一頁（何九盈、胡雙寶、張猛主編，1995：10）。此時我們便要很慶幸我們所使用的是形系文字，倘若是使用以音為主的音系文字，隔了一個時空，當音改變後，文字就失去了它的原樣，想從字面了解字義可就難上加難了，更何況是距今幾千年前的文字？

　　再以一項對文字信息傳遞量所做的研究來說明。人類接收信息的器官很多，有眼睛、耳朵、鼻子、皮膚、口舌，甚至全身都是一個接收信息的大機關。雖然人類接收情報的器官眾多，其中仍以眼睛所接收信息量最大。信息量的單位為「bit」，經專家的實驗，人從閱讀、會話及書寫，每秒能夠銘記約略 50bit 的信息。當然這只是就平均值而言，情報之銘記量，依閱讀聽寫的是否為數字、文字，以及個人差異而有不同。某一日本的研究機構，曾對信息的攝取量做了一次研究。將各以數字、和字及漢字所寫的紙條讓學生讀了一次之後，再讓學生寫下所記得的字，這一經驗所得的結果，一般正常的人，每秒可以回憶 8 個數字、7 個和字和 6 個漢字。因每一個

字所含的情報量不同，將其換算成情報量之後，使用漢字時為84bit，日字假名時為 39bit，數字為 26bit。也就是同一時間，在同一情況下，每個人經閱讀所能攝取的情報量以漢字為最高，日本和字次之，數字殿後。日本和字與印歐文字同屬表音文字，我們自可推定，英文的信息量與日本和字相當。所以，我們如果單以信息傳遞的量與速度來看，漢字顯然凌駕了日本和字、英文字和數字，到現在為止尚無任何表記能出其右者（黃天麟，1987：60~61）。

再從識別模式的立場來看形系文字和音系文字，漢字的筆畫數多，筆畫越複雜的字，越容易辨認，而那些只表音不表義的字母，對小孩來說很難記住。關鍵在於漢字具有圖形效果，從視覺上考慮，正如圖畫一般，更便於右腦的感受接收，這是其他文字難以匹敵的（竺家寧，1998：79）。

由此可知，圖像化的形系文字比音律化的音系文字蘊含的信息量高。音系文字用音素符號連綴成一個詞，是一種線形文字；而單音節的方塊字，一個方塊就包含了形、音、義三個要素，成為一個信息平面，它的信息量往往大於線形的音系文字。因此，同樣內容的文章，英文版總是需要較多的篇幅，中文版總是最短小精練的，有人就把漢字比喻為 IC 版，實在是再恰當不過了（竺家寧，1998：80）。

五、不同的表義性格

不同的表義性格，影響形系文字（漢字）和音系文字（英文）的吸收功能。

由於漢語使用的是形系文字，而不是音系文字（不論它是拉丁式、斯拉夫式、假名式、阿拉伯式、諺文式的，通通都可以比較容易的轉錄單字的音節，所以音系文字在吸收外來詞時，多直

接音譯），因此漢語在吸收外來詞時，往往經歷了從音譯逐漸改變到義譯的過程。也就是說，最初遇到外來的新事物、新思想、新動作時，人們還不能十分理解它的真面貌或含義，為了趕緊「拿來」用，就採用了音譯，用方塊字音譯。但是用方塊字音譯出來的新詞，有時很難上口，有時又會使人「望文生義」（就是發生了歧義，誤解了詞的意思），於是經過一段時間的實踐，往往在很多場合廢棄了音譯，另外創造了新的義譯，或二者並存。這種現象，在很大程度上，是由於方塊字本身的構造所引起的。例如：本世紀初傳入中國的電話，起先叫「德律風」，是從「telephone」音譯過來的，這個借詞曾經流行過一陣，後來人們不愛叫「德律風」了，大概是這三個字叫起來不怎麼順口，所以改用了「電話」。於是，這個借詞就跟「電燈」、「電池」、「電鈴」、「電扇」、「電鐘」、「電纜」、「電壓」、「電力」……這一類「電＋～」型的詞語並存了（陳原，2001a：55~66）。

　　會有這樣的差別，是因為形系文字和音系文字的表義性格不同所致。音系文字是個拼音系統，遇到外來的新興文字，只要直接由音轉譯即可，但漢語不是拼音文字，所以在吸收外來詞時，往往經歷了從音譯逐漸改變到義譯的過程。且每個漢字複合名詞的文字本身，都具有特殊的內在意義，可幫助人們理解該複合名詞所要傳達的概念，當然也就可以幫助記憶。對於沒有意義的文字組合和有意義的文字組合，當然是有意義的更易於被人們所接受，沒有意義的就自然淘汰囉！

六、語言衍變性

　　以形為主的語言衍變性小；以音為主的語言衍變性大。

　　不論是臺灣或中國大陸境內，都同時存在著多種方言，這些方言很多是互不能溝通、互不理解的方言，此時統一的書面漢語就成了一種不同尋常的文化工具、溝通工具。且由於漢字具有表義的特徵，它所記錄的語言資料往往具有超時代的作用。儘管實際口語已經產生變化，後人仍可以根據漢字的形體特徵去把握它所記錄的歷史文獻的意義，並可完全直接用後來的口語語音去誦讀古書，如：文言文。這使得中國沒有分裂為數個國家，五千年文化得以綿延不絕。

　　音系文字則不然，就以現在歐洲各國使用的文字為例，他們都是採用拉丁字母，出自同源，但因語言不同，所以同一套拉丁字母卻拼寫出多種不同的文字，互不相通，分裂為數個國家，文化間斷為幾個時期。也因此，我們可以說這些使用拼音文字的國家較重視口頭語言和語音的價值，文字是隨著語言的變化而改變（曹錦清、馬振聘譯，1994：177~178）。

七、漢字是一種權力標記

　　漢字是一種權力標記。每個漢字都是一個個體，一個字就是一個標記；而在音系文字中，任何單一符號都不能單獨表示一個實體，而只能成為一個語詞的一部分。

　　在文字的演變中，漢字並沒有發展為以語音符號代表語言的拼寫系統。因此，無論從什麼角度看，我們都不能說它是口頭語言的再現。或許正是因為這樣，每個書寫符號（漢字）都和它所代表的對象一樣，一直保有原初的權威。

　　每個漢字都是一個個體，一個字就是一個標記（權力的標記，識別的標記，以代表所有權和製造者）。就以印章為例，中國的印章通常刻字，近東或西方的印章通常刻畫，單個的音節符號或字

母，都不能成為識別標記。更重要的是，在拼音文字中，任何單一符號都不能單獨表示一個個體，而只能成為一個語詞的一部分（曹錦清、馬振聘譯，1994：177~178）。

　　以形系文字和音系文字表義上的差異（精神性）來說明。在氣化觀型文化的影響下，漢字的語句中，主詞、受詞是可對調的，甚至將主詞完全移除，但如果將同樣的例子套用到英文句子中，則完全不合文法。例如：在英文句子中，倘若將「你來了！」句中的「你」省略掉，聽者可能完全不懂是誰來了。

八、調語與聲調語

　　使用形系文字的漢語屬於調語，使用音系文字的英語屬於聲調語。

　　舉凡所有的自然語都會或多或少利用調子的高低表示某種語意方面的不同，這也是調語和聲調語所共有的性質。但是調語把聲調加在每一個字，唸法固定，例：「魚」念「ㄩˊ」二聲，是固定的，即使是多音字，如：「好」有「ㄏㄠˇ」、「ㄏㄠˋ」兩種不同聲調，但表達相似概念時所使用的聲調也是固定的。聲調語則不同，聲調語是把調子加在一個聲調單位上，且聲調單位常因所要表達的語義、使用的句型而轉移，以致同一英文單字在不同的句子中，其聲調常會不同。

　　例：英文句子 [2] Are you planning a busy[3] day？是屬於 2-3（二三高揚）式的句型，在通常情況下，「day」剛好是在由 2 升 3 的揚起部分，聲調是上揚的，而在英文句子 [2] Day after tomorrow，he is going to be[3] busy[1].中，「day」的念法就不同了（曹逢甫，1993：54~55）。

　　雖然在英語中，音高具有變化，但不同於漢語的調語，英語中單字的音高並沒有區分個別語義的作用。例如：用高音調或低音調說 cat 並沒有什麼影響，它的意思指的仍是「貓」（黃宣範譯，1999：307~309）。

　　由此得知，屬於調語的漢語中，每一個字的念法固定，再加上漢語中多音字的特性，可知聲調的高低具有辨別語義的作用；屬於聲調語的英語，單字的聲調高低並不具有辨別語義的作用，但同一個英文單字可能因每一個英文句子所要表達的語義而改變聲調。

九、重音節拍語

　　使用音系文字的英語是重音節拍語，漢語不是。

　　英語是一種重音節拍語，因此英語中的韻律主要決定於重音的分布。英語重音可以分成重音和輕音二大類，重音又可分為主重音（ˊ）及次重音（ˋ），輕音又分成輕音（ˆ）及弱音（不用記號）。

　　且在正常情況下只有實詞（字彙詞素）有重音，而功能詞（文法詞素）沒有。人類溝通的主要目的是表情達意，因此有助於表情達意的部分，如實詞就會說得特別清楚；反之，和表情達意關係較不密切的功能詞（大致上他們只有某種文法功能，而在語意方面是相當虛的）就只唸輕聲。總而言之，實詞的信息內涵較多，而功能詞的信息內涵較少，因此前者有重音，而後者沒有重音。

（一）重音

　　實詞（Content Words）

名詞（Nouns）：dog，apple，matriarchy，elation，etc.

動詞（Verbs）：go，receive，believe，try，etc.

形容詞（Adjective）：happy，naughty，peculiar，etc.

副詞（Adverbs）：sadly，understandably，aptly，up，off，etc.

（二）沒有重音

功能詞（Function Words）

代名詞（Pronouns）：I，you，she，here，there，etc.

決定詞（Determiners）：a，an，the，this，that，some，etc.

數量詞（Quantifiers）：much，a few，more，one，two，three，etc.

加強詞（Intensifiers）：very，too，a little，quite，rather，etc.

對等連接詞（Coordinate Conjunctions）：and，but，or，nor，also，so，yet，etc.

副詞連接詞（Adverbial Conjuntions）：although，if，because，before，etc.

關係代名詞（Relative Pronouns）：who，which，whose，that，etc.

連接性副詞（Conjunctive Adverbs）：besides，nevertheless，hence，etc.

助動詞（Auxiliary Verbs）：can，may，have，must，etc.

聯繫動詞（Linking Verbs）：be

至於漢語，雖然也有一些所謂的輕聲字，如：《我的書，下雨了，來吧！》，但沒有像英文那樣的輕音、重音涇渭分明（曹逢甫，1993：54~81）。

所以會有這樣的差別，跟中西方世界觀的不同是有相關的。在西方創造觀型文化的影響下，較重視口頭語言和語音的價值，每句

話總要說得清清楚楚，讓輕音、重音涇渭分明，以便達到精確溝通的目的；而在中國傳統氣化觀型文化的影響下，則為仿氣的流動而較有「彈性變化」的空間。

十、閱讀速度

閱讀形系文字比閱讀音系文字迅速。

根據日人石井勳在東京「朝日新聞」的報導：日本名古屋與神戶間的高速公路通車前，曾做過一項試驗，使用羅馬字做道路標示，讀起來要花十多秒，用日本假名要數秒，漢字只要一秒的幾分之一就清楚的感知，所以最後便決定採用漢字做路標（賴慶雄，1990：114）。

由此可知，在電視、電影等多媒體中，影像是一幕接著一幕，需要快速的閱讀，閱讀傳達的效能，形系文字比音系文字更為迅速有效。

第五章　信息處理方式

　　在這一章中，我將利用第四章「兩種文字型態」所探究的結果，配合符號學方法，有系統的整理出音系文字和形系文字兩種文字符號的發展變化規律以及符號所代表的意義的理解和傳播交際的方式（包含詞彙提取、字詞辨認、文字內容記憶與構思……等）有何不同。

　　首先，我將第四章「兩種文字型態」所探究的結果整理如下：

一、型態上的差異

（一）音系文字（以英文為例）

　　1.英文字的組成

　　利用不同的音素拼組而成，文字是記錄音的，音跟義沒有關聯。

　　2.不規則的動詞變化

　　動詞的語形常會因時制的不同而變形。

　　3.不規則的名詞變化

　　名詞除了分「可數名詞」和「不可數名詞」兩種外，每一種類又細分為多種，其中關於名詞的單複數有著許多不同的變化。

　　4.名詞的性

　　依照名詞的性，可分為：陽性、陰性、通性、無性等四種，且各含許多不同的語形及用法。在創造觀型文化下，講話時對性別的區分是清清楚楚的。

5.同音字、同形字

同音字、同形字在英文單字中並不多見,且兩個單字彼此間並無關聯,想要區分單字的不同,只能從上下文的連結及當時的語境來加以猜測。

6.多義字

在英文單字中,多義字多不勝舉,許多單字都含有一個以上的意思,且彼此間都有些許的關聯性可幫助記憶及連結,但這些關聯性是指彼此意思間的關聯,和字面上的形是無關聯的。

由於英文字的多義字相當多,如果要真切的了解英文句子所要表達的意思,只有依靠影像或情境的配合了。此時,注意觀察、注意聽就比仔細閱讀文字來得重要了。

7.有些表音文字不完全表音

由於有些音系文字中的英文字母是不完全表音的,所以對於一個生活在全英語環境下的外國人而言,聽音辨義比看字辨義來得容易。

8.以音為主的語言衍變性大

以音為主的語言的文字是記錄音的,文字本身不含任何可認知的概念,當某個單字的發音因時空的阻隔而改變後,後人將無法從字面上理解它所表示的意義。

(二)形系文字(以漢字為例)

1.漢字的組成

每一個漢字本身都表示一個概念,即使是由兩個或兩個以上漢字所組成的熟語(或稱複合語),其構成這些熟語的每一個漢字本身仍具有各自的概念。

2.漢字屬於單音節字

每一個漢字都是由單一音節的音型所構成，且每一個漢字都隱含著一個簡單的概念，再以這些字為基本單位，選擇適當的漢字組成新的複合名詞，來表示新的概念。

3.動詞不因時態而變形

動詞並不會因為時態的改變而改變字形，同一個詞只會因為詞位的不同而改變詞性。

4.無名詞變化

漢字的名詞本身並不會因為單、複數等的不同而有所改變。

5.字的本身沒有性別差異

現行教科書中，「你」和「他」是有性別差異的，男性用「你」、「他」；女性用「妳」、「她」，但這是受到西方文化的影響後而產生的變化，中國傳統漢字中並沒有「妳」和「她」二字，這些字是後來再造的。

6.同音異字、同音異詞

漢字中同音異字、同音異詞相當多，所要表達的意思也不盡相同，所以此時字的外形就能夠幫助我們閱讀漢字，分辨其所要表達的概念，即使不認識、不會唸的字，也可由字的外形猜出一二。當然，如果能再配合視覺影像及說話情境，更能收事半功倍之效。

7.同形字詞

這類字詞在漢字中並不多見，但如果偶爾被發現，其中的趣味性將常被拿來開玩笑或自我解嘲，增加生活的樂趣。

8.多音字

多音字的漢字相同，但每一個音被使用的概念各不相同，所以仍可利用該複合詞所要表達的概念來加以區分。

9.同義字詞

同義字詞在漢字中是很常被運用的，詞用得好與不好往往會影響到句子或文章的優美與否，且字詞的意思很容易從字面所提供的概念猜出一二。

10.諧音取義的民俗文化

所謂諧音，就是指利用漢語詞語的音同或音近的特點，由一個詞語聯想到另外一個詞語，是一種同音借代的關係。話語中常暗藏許多幽默，對於某些聽不出話中幽默的人而言，此時就很需要文字的輔助，否則大費周章的解釋一番後，漢字的趣味就蕩然無存了。

11.形聲化的漢字沒有絲毫的意義

形聲化的漢字只是為表達抽象概念，及方便書寫外國人的姓名，只是一串讀音相近的字元，沒有絲毫的意義。

12.「上聲加上聲」和「陽平加上聲」的詞組容易混淆

這類的詞組在漢字中是很常見的，也常因此造成了不少的誤會或增加了一些生活的趣味。但如果出現在電視劇等影片中，少了文字的輔助，可就少了解釋誤會及發現趣味的機會，因為你無法和影像畫面中的人物對話。

13.漢字中的音近字容易混淆

漢字中有許多音近的字，有的韻母相同，聲母相近；有的聲母相同，韻母相近；有的聲母、韻母都相近，還有一些韻母相同或相近，聲母為「ㄓ、ㄗ」、「ㄔ、ㄘ」、「ㄕ、ㄙ」的字，學生都很容易讀錯，當然也很容易造成聽力的混淆，進而影響語言理解。

14.以形為主的語言，衍變性小

以形為主的語言，雖然伴隨形的音，會因時空而轉變，但是形本身，以及形所表示的意義，卻頗穩定。

二、表義上的差異（精神性）

（一）音系文字（以英文為例）

　　在創造觀型文化的影響下，音系文字較強調邏輯結構、因果關係，也就是說英文文法是很重要的，主詞、受詞……等的位置是固定的，不可任意更換，倘若任意更換，則會出現不合文法的結構。

（二）形系文字（以漢字為例）

1. 在氣化觀型文化的影響下，漢字的語句中，主詞、受詞是可對調的，甚至完全將主詞移除。這是涉及到世界觀的不同，在使用漢字時可以跳躍式，邏輯較鬆散。
2. 漢字有許多多義字。字義豐富的漢字書面語，已使漢字成為儲存全部中國心智遺產的寶庫。

三、音系文字和形系文字綜合比較

1. 使用形系文字的漢語屬於孤立語，使用音系文字的英語屬於屈折語。
2. 形系文字的表音性格和音系文字的表音性格不同，漢字的形聲字是一種表音的表義文字，而英文字是一種不表義的音節組合。
3. 形系文字的表義性格和音系文字的表義性格不同。閱讀漢字，可增加對語詞的理解，而閱讀英文字只是「音」的再現，對文字理解本身是沒有實質的幫助。
4. 形系文字的信息量比音系文字大。音系文字用音素符號聯綴成一個詞，是一種線形文字；而單音節的方塊字，一個方塊

就包含了形、音、義三個要素，成為一個信息平面，它的信息量往往大於線形的音系文字。因此，同樣內容的文章，英文版總是需要較多的篇幅，中文版總是最短小精練的，有人就把漢字比喻為 IC 版，實在是再恰當不過了（竺家寧，1998：80）。

5. 不同的表義性格，影響形系文字和音系文字的吸收功能。音系文字是個拼音系統，遇到外來的新興文字，只要直接由音轉譯即可，但漢語不是拼音文字，所以在吸收外來詞時，往往經歷了從音譯逐漸改變到義譯的過程。因為每個漢字複合名詞的文字本身，都具有特殊的內在意義，可幫助人們理解該複合名詞所要傳達的概念，當然也就可以幫助記憶。對於沒有意義的文字組合和有意義的文字組合，當然是有意義的易於被人們所接受，沒有意義的就會自然淘汰。

6. 以形為主的語言衍變性小；以音為主的語言衍變性大。以形為主的語言，雖然伴隨形的音，會因時空而轉變，但是形本身，以及形所表示的意義，卻頗穩定。以音為主的語言，是屬於拼音系統，文字將會隨著語言的變化而改變。

7. 漢字是一種權力標記。每個漢字都是一個個體，一個字就是一個標記；而在音系文字中，任何單一符號都不能單獨表示一個實體，而只能成為一個語詞的一部分。

8. 使用形系文字的漢語屬於調語，使用音系文字的英語屬於聲調語。屬於調語的漢語中，每一個字的念法固定，再加上漢語中多音字的特性，可知聲調的高低具有辨別語義的作用；屬於聲調語的英語，單字的聲調高低並不具有辨別語義的作用，同一個英文單字可能因每一個英文句子所要表達的語義而改變聲調。

9. 使用音系文字的英語是重音節拍語，漢語不是。在正常情況
   下英語中只有實詞（字彙詞素）有重音，而功能詞（文法詞
   素）沒有。實詞的信息內涵較多，會說得特別清楚，具有表
   情達意的作用；反之，和表情達意關係較不密切的功能詞，
   信息內涵較少，就只唸輕聲。
10. 閱讀形系文字比閱讀音系文字迅速。相同的路標，使用羅
    馬字做道路標示，讀起來要花十多秒，用日本假名要數秒，
    而漢字只要一秒的幾分之一就清楚的感知（賴慶雄，1990：
    114）。由此可知，在電視、電影等多媒體中，影像是一幕
    接著一幕，需要快速的閱讀，閱讀傳達的效能，形系文字
    比音系文字更為迅速有效。

　　整體來說，音系文字是音律化，用文字來記錄語音，詞彙的概
念、內容和字母詞形沒有關聯，文字符號跟義不相干，在記憶上就
比較困難；而形系文字是圖像化，用形表義，字形和詞義相連，每
一個漢字本身都具有各自的概念，即使不知道意義，往往也可以猜
出一二。所以同樣記憶幾萬個單詞，其難度要比音系文字來得少。
雖然漢字記憶難度遠遠大於音系文字，但到了單詞記憶，數量越
多，記憶難度與拼音文字的差距就越來越少，到某一點，就會出現
逆轉（徐水良，2007）。
　　接下來我要利用音系文字音律化和形系文字圖像化兩種不同
的特性，來分析兩種文字型態信息處理的方式各有什麼特色。
　　在開始探討前，我們還必須先對「信息處理」這個課題有更深
的認識，並對本研究中所要處理的信息有所界定，以便接下來在各
章節對「信息處理」、「語言理解」的探討有所依據和確立方向。

（一）信息處理的模式

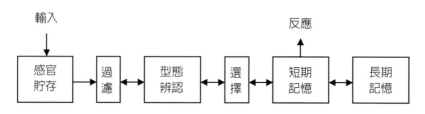

圖 5-1　信息處理模式階段圖（Reed，1988：5）

　　由圖 5-1 得知，來自環境中的信息，經由感官記錄器接收後，將作短暫的貯存，稱為感官貯存或感官記憶。此階段保留信息的原始形式一至兩秒鐘，供個體辨認。如果信息沒有引起個體的注意，就會很快消失，被後面的信息所取代。

　　過濾和選擇階段是有關注意力的兩種理論。過濾的理論是認為注意力就像一個過濾器，限制了每一次可辨認的信息量，是發生在形態辯認階段之前。選擇的理論是認為所有被辨認的信息，只有某些重要的信息才會被注意或選擇，以便作進一步的處理，進入下一階段的記憶。

　　型態辨認階段是指我們認出進入的信息是什麼。譬如我們辨認出信息是一個「美」字，是單字「beautiful」，是一隻美麗的蝴蝶等等。當我們辨認的是熟悉的信息，我們將會提取先前貯存在記憶中的知識。當我們無法辨認某些信息時，我們可能就必須貯存這個新信息在記憶中（鄭麗玉，1993：3~4）。

　　至於人類的儲存記憶的方式，則又分為「短期記憶」和「長期記憶」兩種。短期記憶的主要功能是提供最初的登錄，以便為你希望記住的信息提供短暫的貯存。而長期記憶通常可以持續終身，是你從感官記憶和短期記憶所獲得的所有經驗、事件、信息、情感、

技巧、文字、範疇、規則和判斷的貯藏室（游恆山編譯，1997：273~277）。

　　但在我這次的研究第八章實務印證中，所使用的是立即測試的模式，所以對信息處理的探討將僅止於短期記憶。所以本章節所要探討的兩種文字型態信息處理方式，包含了信息輸入、感官貯存、過濾、型態辨認、選擇、短期記憶、反應等七個階段，我將一一加以說明。

　　首先是信息輸入階段。來自環境中的信息相當多元，例如：聽覺、視覺、嗅覺、觸覺、味覺、運動知覺……等，都是信息的來源。而本研究所要探討的主題是「電視字幕對語言理解的影響」，其中聽覺和視覺是影響語言理解的主要信息來源，所以本章節所要探討的感官貯存階段，將僅以觀眾觀看電視、電影等視聽媒體時視覺和聽覺信息的貯存作介紹。

（二）視覺信息的貯存

　　觀看電視時所接收的視覺信息，在使用形系文字的漢語地區，主要為影像和文字（電視字幕）；在使用音系文字的地區，主要為影像。而當我們閱讀時，眼球急速的跳動，在跳動之間有短暫的停留，是為眼球固定。眼球跳動時並不吸收信息，只有當眼球固定時，視覺停留在某點，才吸收信息。眼球固定的時間大約 250 釐秒（一釐秒是 1／1000 秒）。且視覺信息的貯存容量大，但維持的時間很短，信息如果不轉移至較久的記憶，很快就失去。這種短暫的視覺貯存又稱為視像記憶。電視、卡通就是利用這種視覺暫留的原理設計的。假如沒有視像記憶，我們可能就無法進一步處理稍縱即逝的信息（鄭麗玉，1993：15~16）。

在本研究第八章實務印證的部分所做的立即測試，是屬於短期記憶的一種，學童除了必須依靠這種短暫的視覺貯存來記憶影像外，為避免視覺記憶的稍縱即逝，學童在短期記憶階段，還必須透過聽覺編碼[1]、視覺編碼[2]或語意編碼[3]對故事劇情有一定的理解，來幫助記憶，延長記憶的時間，以便在十五分鐘的影片觀賞時間結束後，仍可依靠短暫的記憶來作答。至於該短期記憶是否能再延長記憶的時間至長期記憶，因不在本研究範圍內，所以在此不多加闡述。

在本章節中將針對兩種文字型態不同的視覺信息量及視覺符號，進入「型態辨認」階段時，在型態的辨認方式及難易度上是否有所不同，作進一步的探討及分析。

---

[1] Conrad（1963,1964）的實驗發現短期記憶錯誤的產生是以聽覺特徵而不是以視覺特徵為基礎的。即使是視覺呈現的刺激材料，進入短期記憶時發生了形－音轉換，其編碼仍具有聽覺性質或聲音性質。Wickelgren（1965）用數字和字母進行的實驗也得到類似的結果。不僅如此，Conrad（1971）的另一項研究顯示，當記憶材料不是字母或字詞而是圖畫時，聽覺編碼還是存在的（轉引自楊治良等編著，2001：47）。

[2] 視覺編碼也是短期記憶的編碼方式之一。Posner（1967,1969）曾透過字母的視覺配對和名稱配對的實驗證實，至少在部分時間裡，信息在短期記憶中是以視覺編碼的。有些實驗顯示，漢字短期記憶的視覺編碼是明顯的。莫雷（1986）曾以漢字為材料，用信息檢測論的方法對短期記憶的編碼方式進行了研究。實驗的自變項為字型的複雜程度、字義的使用頻率以及噪音的類型。結果顯示，形近字的干擾作用較大。這說明漢字總體上來說是以形狀編碼為主的。劉愛倫等（1989）的研究也顯示，視覺呈現方式下對漢字的回憶成績明顯優於聽覺呈現方式下的回憶成績（轉引自楊治良等編著，2001：48）。

[3] 語意編碼是一種和意義有關的抽象編碼，不帶有任何一個感覺通道的特性。喻柏林（1986）曾採用中文語詞材料，在控制受試者的輸入編碼條件下發現，語意編碼比語音編碼有更好的回憶成績。莫雷（1986）的研究顯示，如果涉及到有利於語意編碼的材料時，受試者短期記憶編碼方式會顯示出語意編碼的特徵。王乃怡（1993）也發現，無論聽力正常的人還是聾人，在近義和反義字表的反應中，多數都顯示出語意的積極作用（轉引自楊治良等編著，2001：49）。

（三）聽覺信息的貯存

聽覺信息的貯存又稱之為「回聲記憶」。因為有這樣的回聲記憶，我們才有可能處理許多語言信息。奈塞曾經舉一個外語學習的例子：「不，不是 zeal，是 seal」，假如我們不能保留「Z」的音跟「S」的音來作比較，我們就無法分辨「zeal」和「seal」的不同，更無法從這些信息中獲益（Neisser，1967：201）。

而漢語和英語這兩種迥異的聽覺符號，利用回聲記憶被貯存後，經過適當過濾，將進入「型態辨認」階段。在此階段中，兩種不同的聽覺符號系統，在辨認方式及難易度上是否有所不同，將是本章節所要探討的重點之一，待後面詳述。

於是，無論是視覺或聽覺符號信息，經過「型態辨認」的階段後，某些重要的信息將會被注意及選擇，並進入短期記憶階段；而不重要的信息則很快就被淡忘。在本研究第八章實務印證中，就是在實驗看電視時，語言和文字單一「聽覺」信息的輸入和「視覺」、「聽覺」雙重信息的同時輸入，對學童語言理解有何不同的影響，待第八章詳述。

第一節　音系文字的信息處理方式

這一章節所要探討的信息，包含了「語言」和「文字」兩種截然不同的符號系統。一種是利用聲音，把聲音組織起來，賦予一定的含義，形成「聽覺符號系統」；一種是利用線條構成有形的符號，個別賦予不同的意義，形成「視覺符號系統」。它們各經由不同的管道發出信息和被接收（竺家寧，1998：56）。

　　首先，我要探討音系文字的聽覺符號信息處理模式，以英語為例。

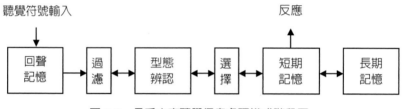

圖 5-2　音系文字聽覺信息處理模式階段圖

　　如本研究第四章第三節所說，英語是一種重音節拍語，因此英語中的韻律主要決定於重音的分布。在正常情況下只有實詞（字彙詞素）有重音，而功能詞（文法詞素）沒有。有助於表情達意的部分，如實詞就會說得特別清楚；反之，和表情達意關係較不密切的功能詞（大致上他們只有某種文法功能，而在語意方面是相當虛的）就只唸輕聲。總而言之，實詞的信息內涵較多，而功能詞的信息內涵較少，因此前者有重音，而後者沒有重音。所以在經過「過濾」階段時，我認為像「I」、「the」、「and」、「be」……等較不重要，且非重音所在的功能詞，就很可能被過濾掉，以減少信息量。

　　進入型態辨認階段後，由於英語中單字的音高並沒有區分個別語義的作用，所以信息處理系統必須利用重音的分布、所過濾出的實詞，以及整個句子的聲調來辨認語義。通過辨認階段後，信息處理系統會再從中選擇較重要的信息，以便進入短期記憶。如有需要用到，就可從短期記憶中提取相關信息，產生適當的反應。當然，每個人所獲取的短期記憶不盡相同，提取信息及反應的時間也就會有些微的差距。

　　其次，我要探討音系文字的視覺符號信息處理模式，以英文為例：

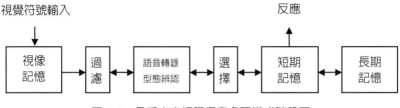

圖 5-3　音系文字視覺信息處理模式階段圖

　　當人們接收到音系文字的聲音符號時，例如：banana 的語音，不需經過腦中的「記憶層」，就可直接代換並掌握「語彙層」，了解 banana 指的就是一種彎彎的、黃色的水果──香蕉，（賴明德，2003：21）。也就是說當人們接收到音系文字的聲音符號，經過感官的貯存、過濾後，在型態辨認階段就可直接聽音辨義，進而進入短期記憶階段。

　　但是，如果人們接收到的是音系文字的視覺符號時，例如：banana 這個單字，在進入型態辨認階段前，必須先將文字轉換為語音，再和該信息的意義相連結，因此反應的時間就慢了許多。這些因素都會影響文字對語言理解的影響，待本研究第六章「形系文字和音系文字對閱讀理解的不同影響」再加以說明。

第二節　形系文字的信息處理方式

　　這一節中所要探討的形系文字的信息，同樣包含了「語言」和「文字」兩種截然不同的符號系統。一種是利用聲音，把聲音組織起來，賦予一定的含義，形成所謂的「聽覺符號系統」；一種是利

用線條構成有形的符號，個別賦予不同的意義，形成所謂的「視覺符號系統」。

　　首先，我們來探討形系文字的聽覺符號信息處理模式，以漢字為例：

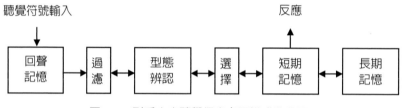

聽覺符號輸入　　　　　　　　　　　　　　　反應

| 回聲記憶 | → | 過濾 | → | 型態辨認 | ↔ | 選擇 | ↔ | 短期記憶 | ↔ | 長期記憶 |

圖 5-4　形系文字聽覺信息處理模式階段圖

　　當人們接收到形系文字的聽覺符號時，例如：「香蕉」的語音時，和音系文字的聽覺符號信息處理方式一樣，不需經過腦中的「記憶層」，就可直接代換並掌握「語彙層」，了解香蕉指的就是一種彎彎的、黃色的水果。也就是說當人們接收到音系文字的聲音符號，經過感官的貯存、過濾後，在型態辨認階段就可直接聽音辨義，進而進入短期記憶階段。但在型態辨認階段，聲音符號是否能完全準確的被辨認，則須有所質疑。因為漢語中，如同本研究第四章第二節所介紹，有許多的同音異字、同音異詞、同形字詞、諧音取義的民俗文化……這些都會造成聽覺的混淆。本來一些不清楚的語義，在平時與人對話時，可以當面詢問，以便解釋清楚，達到表情達意的作用；但倘若在觀看電視、電影等事先錄製好的節目或影集時，只有聽覺符號的輸入，將會出現表錯情會錯義的窘境，此時就很需要視覺符號的輔助了。

　　所以緊接著我要來探討形系文字的視覺符號信息處理模式，以漢字為例：

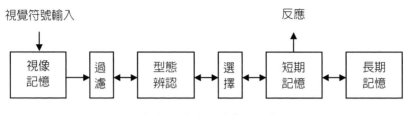

圖5-5　形系文字視覺信息處理模式階段圖

　　當人們接收到形系文字的視覺符號時，例如：「香蕉」這兩個字，也可直接和香蕉這兩個字的意義相連結。Pollatsek 與 Rayner（1989）認為：「要解讀形系文字並不需要知道口語，只要知道符號的意義，就可以將文字解碼出來」（p.31）。

　　由此可知，形系文字的聽覺符號和視覺符號都可以直接和意義作連結，彼此間有相輔相成的作用。曾志朗（1993）也曾以平行分布處理模式解釋漢字的字形、字音和字義等三種不同的信息，是以不同的方式儲存在記憶系統之中，閱讀漢字如果能綜合視覺和語音線索，將使漢字的閱讀更有效率（轉引自張漢宜，1996：3）。這些因素同樣會影響文字對語言理解的影響，待本研究第六章「形系文字和音系文字對閱讀理解的不同影響」再加以說明。

第三節　音系文字和形系文字在信息處理方式上的差異

　　總結前兩節對音系文字和形系文字在信息處理上的說明。我們可以知道，音系文字和形系文字的聲音符號在信息處理上，都可以直接由感官貯存、過濾、型態辨認、選擇，進而進入短期記憶。但是因為漢字有許多的同音異字、同音異詞、同形字詞及諧音取義的

語言文化，使得聽覺符號在型態辨認階段常會造成混淆，此時就需要視覺符號的輔助。

至於在視覺符號（文字）的信息處理上，由於音系文字是屬於拼音系統，當人們接收到音系文字的視覺符號時，必須先將文字轉錄為語音，才能和該信息的意義相連結，因此在反應的時間上就慢了許多，這對語言的理解並沒有太大的幫助。反之，由於漢字是以表義為主，且不需要再轉錄為語音，就可直接經由型態辨認，進入短期記憶，可協助聽覺符號更正確的表情達意。

再以一張拼音意義關聯圖，對兩種文字型態在視覺信息處理上的差異作說明：

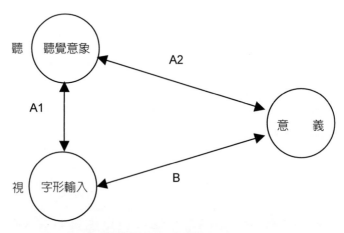

圖 5-6　拼音意義關聯圖（賴明德，2003：22）

A 線是英文讀者的視覺信息處理路線，當視覺符號信息輸入後，必須先轉換為聽覺符號，才可以和意義產生連結，在反應上明顯慢了許多；而形系文字則是循著 B 路線進行信息處理，當視覺符號信息輸入後，可直接和意義產生連結，不需再轉換為聽覺符號。

　　為了能更清楚的知道，當同時接收到視覺和聽覺兩種符號時，這兩種文字型態所發出的信息和意義之間的連結有何直接或間接的關係？我參考了賴明德的拼音意義關聯圖（賴明德，2003：22），製作了如下的兩張圖表：

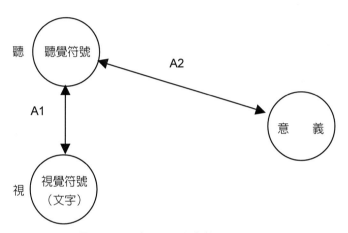

圖 5-7　音系文字信息意義關聯圖

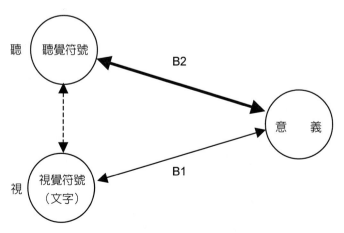

圖 5-8　形系文字信息意義關聯圖

　　由圖 5-7、圖 5-8 可知，音系文字是拼音文字，因此形與義不直接關聯，音系文字的字形是拼音用的，形與音連，音再與義連；形系文字（漢字）則不然，漢字至今保留了象形、指事、會意等的成分，形與義直接有關聯，不過不如拼音文字中形與音的關聯那麼密切罷了。而漢字中絕大多數的形聲字，是一種表音的表義文字，不是利用拼音的方法，還是有一些形與音相關聯的成分在其中，所以在圖 5-8 中是以虛線表示（許逸之，1991：173）。

　　由此可知，在使用音系文字的國家中，看電視時劇中人物的對話、語言，以聽覺符號輸入人們的耳中後，直接至腦中提取意義是最快速有效率的路徑，所以看電視時不需要電視字幕的輔助。況且如本研究第四章中所分析，音律化的音系文字，文字本身並不具任何可認知的概念，文字只是音的再現，對於閱讀理解並沒有太大的幫助，反而會因為需要先由視覺符號轉換聽覺符號，再與意義作連結而大大降低了閱讀理解的效率。

　　至如形系文字則不然，因為在使用形系文字的國家中，看電視時劇中人物的對話、語言，無論是聽覺符號或視覺符號的輸入，都可以直接和意義產生連結，語言和文字的關係是相輔相成的。所以看電視時如果能夠有字幕的輔助，將得到事半功倍的效果。如本研究第四章中所分析，圖像化的漢字，是以形表義的，每一個字本身都具有各自的概念，再加上同音異字、同音異詞、同形字詞、諧音取義的民俗文化……等特性，所以看電視時除了聽覺符號（語言）外，倘若能再加上視覺符號（文字）的輔助，將有助於劇情的理解。而電視字幕對語言理解的影響又分為正影響和反影響，將留待第七章「電視字幕對語言理解的影響」再詳細說明。

第六章　形系文字和音系文字
對閱讀理解的不同影響

　　在第六章中我將以第四章「兩種文字型態」及第五章「信息處理方式」所探究的結果為根據及研究對象，利用詮釋學方法說明不同型態文字的表音性格、表義性格、信息量及說話、聆聽速度對閱讀理解所造成的不同影響。

　　在開始詮釋前，我們還必須知道詮釋是一種複雜的、滲透性的現象（嚴平譯，1992：8~10）。而用詮釋學方法所發掘的語文現象或以語文形式存在的事物所內蘊的意義也可遍及能直接辨認的指涉、涵義等「內具」的語文面意義和能間接辨認的心理、社會、歷史文化等「夾帶」的非語文面意義等，範圍相當的廣泛，所以我先以一張影響閱讀理解因素（周慶華，2002：210；2004b：101~110）架構圖（如圖 6-1），說明影響閱讀理解的可能層面。

　　而在本研究中所要探討的閱讀理解，是指像電視、電影這類視聽媒體文本的閱讀理解，是一種多元的識讀。可從文字、圖像和聲音所提供的信息來幫助識讀。且由上圖可知，影響閱讀理解的層面也是相當多元，除了語文面的因素（形、音、義）外，還有非語文面的因素（心理條件、社會環境、文化背景）。其中屬於非語文面的這些因素，對當事人的影響，有時甚至連他本人都不自覺，所涉及的範圍和因素又相當繁雜，想要客觀的釐清這些非語文面因素對

閱讀理解的影響並非我能力所及，為避免得出以偏概全的研究結果，在本研究中僅針對第八章實務印證時所發現的閱讀現象加以闡述，其餘則暫且不談。

　　在這一章中，我將先針對語文面的因素（形、音、義），來探討漢字和英文、漢語和英語不同的表音性格、表義性格、信息量、說話和聆聽速度對觀賞電視、電影這類視聽媒體文本時的閱讀理解影響。至於圖像對閱讀理解的影響則留待第九章第三節「閱讀圖像訓練」時再一併說明。

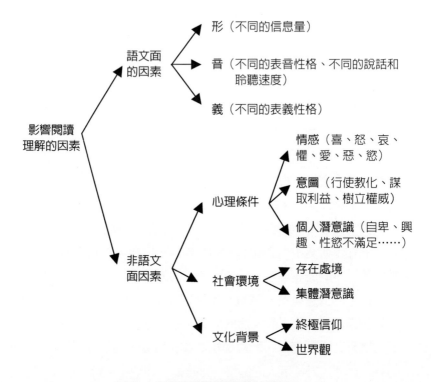

圖 6-1　影響閱讀理解因素架構圖

在開始探究前，我還必須再縮小研究範圍。因為閱讀理解的層面相當廣泛，從形式（語音、語法、詞性、時態……）到意義（主題、人物、劇情……）都有可能，但是當我們在觀賞電視時，最直接、最主要的目的，還是接收它傳達給我們的信息，而這些信息主要還是在意義這個部分。所以我使用了詮釋學的方法，希望能將閱讀理解的範圍鎖定在意義這個層面。

第一節　不同的表音性格對閱讀理解的影響

在本研究第四章提到，雖然漢字的「形聲」文字，有某種程度的表音性格，但其表音性格與音系文字的表音性格大異其趣。音系文字的表音記號、字母雖仍溯源於象形符號，但已和表義表形完全脫離；而漢字的「形聲」文字是由意符和聲符所組成，意符是信息的儲存體，聲符是信息的識別體，仍具有特定的字義，是一種表音的表義文字（黃天麟，1987：22）。

更仔細的來說明，在漢字「六書」中，象形、指示和會意都是屬於直接以形表義的編碼，至於形聲字，其表音的聲符本身原來也是個表義符號，如：「晴」、「昭」、「晨」等形聲字，其聲符「青」、「召」、「辰」等，如果離開了它們的意符「日」，仍然是個表義字，和語音並沒有直接的聯繫（陳宗明，2001：13），只能如上所說，是一種表音的表義文字。而且形聲字還有一個特色，就是「音近義通」。在早期的語言中，運用某個發音來表達某種意義或概念，這種意義的聯繫經過確定後，就會發展出一批發音相似的詞彙，來指稱同一類的意義或概念。例如：在早期的語言中，運用「ㄆㄧㄠ」這樣的發音來指稱「輕」的概念，於是指人的輕，便有了「僄、嫖」

兩個詞；指水上物的輕，便有了「漂」這個詞；指風的輕，便有了「飄」這個詞；指火花的輕揚，就有了「熛」這個詞；指蘆葦的花輕飛，就有了「𦶟」這個詞……

　　對於這種聲符兼義的現象我們還必須知道，並不是所有聲符相同的字意義都相通，例如：「鏢」，刀鋒也，這個字就沒有「輕」的意思。而且形聲字聲符兼義的癥結是在語言，不在字形，我們應該循語音去探索字義，不應該受到字形的束縛，例如：「暗、闇、黯」都有幽暗的意思，但是它們的聲符「音」並沒有幽暗的意思（林慶勳等編著，1995：470~471）。

　　再說到音系文字。音系文字的文字是記錄音的，二十六個字母其實只是構字的元件，每個字母本身並不帶有意義，不能擔負傳達的功能。例如：t、w、I 等字母形體，和它們所表示的聲音之間是沒有任何關係；只要大家重新約定俗成，完全可用另外的形體來代替（陳宗明，2001：13）。

　　綜上所述，我們可以知道，以文字本身的表音性格來說，既使是漢字的形聲字，也是一種表音的表義文字，每個漢字都仍含有可認知的概念，對閱讀理解是有幫助的；而音系文字的表音記號、字母已和表義表形完全脫離，沒有可認知的概念，對閱讀理解是沒有幫助的。

　　但是如果以兩種文字型態語音（聲音符號）的表音性格來探究，雖然如第五章所述，它們都可以直接和意義作連結，但是它們的物理屬性對於閱讀理解的影響卻是不同的。語音的物理屬性和其他聲音一樣，也具有音高、音長、音強、音色四要素，稱之為聲音的四要素（葛本儀，2002：122），其對閱讀理解的影響分述如下：

一、音高

音高是指聲音的高低，它是由發音體發出聲波的振動頻率的高低所決定。發音體震動得快，頻率高，聲音就高；發音體震動得慢，頻率低，聲音就低。人類發音，音高取決於聲帶的大小、長短、厚薄、緊鬆等，同一個人可以由調節聲帶的鬆緊來發出高低不同的音。

音高在語言中具有重要的作用，它可以構成聲調和句調。如漢語就是利用音節的音高變化來區分意義的，將聲調加在每一個字上，唸法固定，不同的聲調表示不同的意義，在語音系統中，與聲母、韻母同樣重要。如：方（ㄈㄤ）、防（ㄈㄤˊ）、訪（ㄈㄤˇ）、放（ㄈㄤˋ），四種聲調構成四個詞。除此之外，音高還可以構成句調，表達特定的語氣和感情色彩（葛本儀，2002：123），這種現象在朗讀文章時更為明顯，可感受到聲音的表情與音韻之美。

至於在英語中，則是把聲調加在一個聲調單位上，且聲調單位常因所要表達的語義、使用的句型而轉移，以致同一個英文單字在不同的句子中，聲調常會有所不同（詳見本研究第四章 p.61），也就是說，英語是利用句調的不同，來表情達意。

由此可知，雖然漢語和英語的音高都有區分語義的功能，但在這部分的功能上，漢語明顯多於英語。所以音高對閱讀理解的影響，漢語大於英語。

二、音長

音長是指聲音的長短，它是由聲波持續的時間長短所決定。發音體振動的時間長，音長就長；發音體震動的時間短，音長就短，音長在閱讀理解上也扮演著重要的角色。在英語中就常利用音的長

短形成對立,來區別意義。例如:reed〔rid〕(蘆葦、蘆笛)和 rid〔rId〕(使擺脫)就是利用母音的長短來區分意義的。

這在漢語中也有類似的現象,其「平上去入」四個聲調中,「平上去」相對較長,而「入」聲不僅讀得輕,也相對較短(葛本儀,2002:124)。

由此可知,漢語和英語單字的音長都有區分意義的功能,但相較之下,這部分表義的功能,英語明顯大於漢語。所以音長對閱讀理解的影響,英語大於漢語。

三、音強

音強是聲音的強弱,它是由發音體發出聲波的振幅所決定,造成發音體振動的力越大,振幅就越大,音強也就越強;造成發音體振動的力越小,振幅就越小,音強也就越弱。語音中的音強,取決於發音時用力的大小,發音用力越大,呼出的氣流力量就越大,對發音器官所形成的壓力就相對大,發出的音就強,反之則較弱(葛本儀,2002:124)。

構成語調的因素除了有音高、音長的變化外,音強也是重要成分之一,對閱讀理解也會造成不同的影響。它們互相協同,讓語言有了長短、輕重、抑揚頓挫等韻律特徵。在英語中,有些相同字形的單字就是利用重音位置的移動來區別意義。如:permit〔pəˊmIt〕重音在前,為名詞,表示「許可(證)」;permit〔pəˊmIt〕重音在後,為動詞,表示「允許」(葛本儀,2002:124~125)。

除此之外,如本研究第四章所述,英語本身就是一種重音節拍語,因此英語中的韻律主要決定於重音的分布。英語重音可以分成重音和輕音二大類,重音又可分為主重音(ˊ)及次重音(ˋ),輕

音又分成輕音（ˆ）及弱音（不用記號）。在正常情況下只有實詞（字
彙詞素）有重音，而功能詞（文法詞素）沒有。所以在英語中，實
詞所含的信息內涵較多，是主要重音所在，對閱讀理解的影響較
大；而功能詞所含的信息內涵較少，多為輕音，對閱讀理解的影響
較小。

　　在漢語中也有類似的情形。如：「孫子」一詞，兩個音節都重
讀，指的是我國古代著名的軍事家「孫臏」；而後一個音節讀輕聲，
指的是一種親屬稱謂：兒子的兒子（葛本儀，2002：125）。這種情
形在漢語中當然也會影響語意的區分，然而並不多見，所以對閱讀
理解的影響和英語相比，則相對較小。

四、音色

　　音色是語音的本質特色，又叫「音質」，以前也叫「音品」，它
是一個聲音區別於其他聲音的最根本也最顯著的特徵，對閱讀理解
的影響也很重要。而且音色的變化非常豐富多樣，可以幫助人們區
別各種意義（葛本儀，2002：126~127）。例如：老人的音色比較低
沉；中年男子的音色比較沉穩而且中氣充足；少女的音色比較嬌
柔……各具不同的特色。在觀賞電視影集時，劇中人物不同的音
色，可以幫助觀眾區分劇中人物的出場序，知道現在是誰在說話，
對閱讀理解是有幫助的。所以我認為不論是在使用漢語國家或是在
使用英語國家，「音色」在閱讀理解上都佔有舉足輕重的地位，其
重要性是不分軒輊的。

　　綜上所述，我們知道任何語言的語音系統，都是以不同音色的
音素為其基本構成，對閱讀理解的影響同樣重要，而其他要素（音
高、音長、音強）則並不是在每種語言中都佔據重要的地位。在漢

語中是音高最重要，而音長、音強次之；在英語中是音長、音強最
重要，而音高次之（葛本儀，2002：127）。

第二節　不同的表義性格對閱讀理解的影響

　　首先，我要說明漢字的表義性格對閱讀理解的影響。在說明
前，我先以一張架構圖更仔細的說明漢字這種符號所蘊涵的形式、
內容如何和語義產生連結：

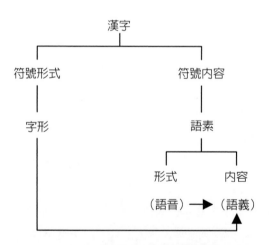

圖 6-2　漢字符號的意義關聯圖

　　符號形式指的是漢字的字形；符號內容指的是漢字這種符號所
表達出的內容。漢字又被稱為語素文字，也就是說，絕大多數的漢
字都是乘載語言中的語素，利用字形來表達漢字的語音和語義。而
漢字的字形又是如何跟語素發生關係的？主要有以下幾種途徑：

一、表形

利用形象化的字形和語素的意義發生關係，稱為「表形」。

象形字就是最好的例子。《說文解字・敘》說：「象形者，畫成其物，隨體詰詘，日月是也。」所謂象形，就是像實務的形體，也就是把客觀的實物形體，以線條描繪出來；而描繪的線條，是隨著實物的外形而屈曲的（林慶勳等編著，1995：173）。所以像象形字這樣表形的文字，我們可以利用字的外形來理解字的意義，對閱讀理解是有幫助的。

二、表義

利用字符的意義跟所要承載的語素的意義發生關係，稱為「表義」。

（一）漢字的偏旁

例如：以木作為形符（偏旁）的字，都屬於木本植物或和木有關，有桐、板、杉、材……等；以水部作為形符的字，多為液體類的東西或和水有關的，有汗、池、洋、海、溪……等（蔣世德，2004：126~127）。

再以「口」為例，它可分為三類：指人與動物的器官，如：喉、喙等；指和口有關的動作，如：命、問、唯、含、吸、噬等；指用口發出的相聲詞，如：呱、啾等（黃亞平，2001：18），這些對閱讀理解都是有幫助的。

（二）特殊內在意義

　　如本研究第四章所述，漢字由於它的表義，以漢字表示的人名、地名、公司名都具有無窮的妙味。以地名來說，臺東、綠島、蘭嶼……等，都有其特殊的內在意義，意指臺灣東邊的縣市、綠色的島嶼、盛產蝴蝶蘭的島嶼……等，這種複合名詞在漢字中非常多，可以有兩個字組成的，如：臺東；可以有三個字組成的，如：三仙臺；可以有四個字組成的，如：初鹿牧場……這些複合名詞，我們可以利用文字的內在意義來幫助閱讀理解。

三、表音

　　利用字符的聲音與所要承載的語素的聲音發生關係，稱為「表音」（這個部分在上一節已經詳述，所以不再說明）。

　　緊接著，我要說明音系文字的表義性格對閱讀理解的影響。音系文字和形系文字（漢字）不同，它是屬於拼音文字，如 London、Willesden、Manchester、Chicago……等字，只是「音」的再現，它們的表義除了代表各個特殊都市之外，並無任何意義（黃天麟，1987：61~62）。

　　然而，英文字中真的沒有任何的表義成分嗎？其實不然，例如：英文中的合成詞 four-square 就有表義功能，只是它的表義是利用 four 和 square 兩個字的字義去表達的，和「字形」本身沒有關聯。再如英文字中的過去式、現在進行式、單複數……等的詞尾變化也是有表義功能，只是這些變化只能表示時態、數量的多寡……無法表達完整的字義，和「字形」也是沒有關聯。

　　我們還可以發現，漢字中的複合名詞和英文中的合成詞很相似，但是每個漢字複合名詞的文字本身，都具有特殊的內在意義，可幫助人們理解該複合名詞所要傳達的概念，當然也就可以幫助記憶；而英文字中的合成詞就像是沒有意義的文字組合，和漢字的合成詞相比，當然是有意義的對閱讀理解較有幫助。所以整體來說，音系文字是音律化，用文字來記錄語音，詞彙的概念、內容和字母詞形沒有關聯，文字符號和義是不相干的，對閱讀理解的幫助比漢字來得小。

第三節　不同的信息量對閱讀理解的影響

　　在進行這方面的探討時，首先應當認識到，個別的詞、句、段即使是100%的符合語言規範，卻不一定能提供最大的信息量。信息量的大小和字句的多、少、長、短無關，如果傳遞了主要信息，而且這個信息量達到最大值時，縱使是一個字，也能取得最佳效能。還有信息量和概率是成反比例，概率越大，能猜測到要傳遞什麼信息的可能性越大，此時信息量就越小，接近或等於0。也就是說，如果發出的這個信息盡人都知，那麼這個消息就沒有信息量了（陳原，2001b：512~515）。

　　在本研究第四章提到，信息的銘記量，依閱讀聽寫的是否為數字、文字，以及個人差異而有不同。某一日本的研究機構，曾對信息的攝取量作了一次研究。將各以數字、和字及漢字所寫的紙條讓學生讀了一次之後，再讓學生寫下所記得的字，這一經驗所得的結果，一般正常的人，每秒可以回憶8個數字、7個和字和6個漢字。因每一個字所含的情報量不同，將其換算成情報量之後，使用漢字

時為 84bit，日字假名時為 39bit，數字為 26bit。也就是同一時間，在同一情況下，每個人經閱讀所能攝取的情報量以漢字為最高，日本和字次之，數字殿後。日本和字與印歐文字同屬表音文字，我們自可推定，英文的信息量與日本和字相當。所以，我們如果單以信息傳遞的量與速度來看，漢字顯然凌駕了日本和字、英文字和數字，到現在為止尚無任何表記能出其右者（黃天麟，1987：60~61）。再從識別模式的立場來看形系文字和音系文字，漢字的筆畫數多，筆畫越複雜的字，越容易辨認，而那些只表音不表義的字母，對小孩來說很難記住。關鍵在於漢字具有圖形效果，從視覺上考慮，正如圖畫一般，更便於右腦的感受接收，這是其他文字難以匹敵的（竺家寧，1998：79）。我在國小教書，也發現那些在小一階段對於注音符號的拼寫有困難的小朋友，一但開始接觸國字後，識字的困難很快就迎刃而解。

　　由此可知，圖像化的形系文字比音律化的音系文字蘊含的信息量高。音系文字用音素符號聯綴成一個詞，是一種線形文字；而單音節的方塊字，一個方塊就包含了形、音、義三個要素，成為一個信息平面，它的信息量往往大於線形的音系文字，對閱讀理解是有正面影響的。陳原在《在語詞的密林裡》一書還提到，音系文字中有許多多餘信息，例如：英語中表示名詞複數加的 s（一本書叫 a book，多於一本書則必須在名詞 book 後加一個 s，成為 books）就完全是多餘，英語中的多餘度是很大的。在這一點上（就是在複數名詞字尾要附加符號一點上），漢語就沒有多餘信息，一本書也是「書」，一萬本書也是「書」（陳原，2001b：514）。再如同樣一句話「我寧願走路也不願搭公車」用漢字表示是十一個字，用英文表示為「I would rather walk than take a bus」，雖然只用了八個字，但字和字之間需要空格來區別單字，加上一些關聯詞，所需的篇幅卻

比漢字大。因此，同樣內容的文章，英文版總是需要較多的篇幅，中文版則是最短小精鍊的（竺家寧，1998：80）。

第四節　不同的說話和聆聽速度對閱讀理解的影響

「聽」和「說」是口語溝通的兩大要件。說話的人試圖提供信息，聽話的人設法了解信息，這樣「聽」和「說」才真正產生了溝通及傳達信息的實質意義（陸又新，2004）。

在觀賞電視、電影等視聽媒體時也是如此，除了聆聽的意願之外，聽話者的語文能力、思維能力、聽話習慣等，也是決定「聆聽」效果的基本要素。在一般的情況下，說話的速度每分鐘平均 200 字左右，而聽話的速度每分鐘平均 300 到 500 字左右，相較起來，「聽話」比「說話」來得快。由於「聽話」和「說話」在速度上有很大的差異，所以聆聽者很容易在空檔中分心，另外講話者的聲音、速度、口音；儀表神態；環境中的景物、噪音、溫度；時間的壓力；陌生的環境等外在因素也同樣會影響到聽的品質。倘若再加上語音、語義的誤會或絃外之音而造成了特殊的趣味，在溝通上將造成某種層度的障礙（陸又新，2004）。當然這對語言理解是有負面的影響的。

由此可知，在觀賞電視、電影等視聽媒體時，同樣會有許多外在因素直接或間接影響到聽的品質，而聽的品質對於語言的理解又有直接或間接的影響，其中「聽話」和「說話」速度將是影響因素之一。在本研究第八章中將利用實務印證的方法，來探究電視字幕對語言理解的影響，除了應儘量減低因外在因素所造成的誤差外，有關「聽話」和「說話」部分，我應作以下的考量：

一、「聽話」部分

在觀賞影片前，先和孩子們作好溝通，在影片觀賞期間，每個孩子都要專心觀賞，不能和鄰座的同學聊天或討論劇情，桌上也不要放置任何東西，避免影響注意力。

二、「說話」部分

因本研究第八章實務印證部分的施測對象為國小四年級學生，尚在語言的基礎學習階段，不宜使用說話速度過快的一般影片，且在選擇影片時，還需考慮到影片中人物對話的清晰度、口音……等。例如有些卡通影片為了製造效果，在替片中人物配音時故意加快速度，或將聲音趣味、可愛化，這樣都會影響學生「聽」的品質，應避免。

所以在本研究第八章實務印證部分，我選擇了公共電視發行的聽故事遊世界系列動畫特集。影片中人物的對話和一般口語的聲音較相近，且說話速度適中、口語清晰。

第七章　電視字幕對語言理解的影響

　　如本研究第六章所說,閱讀電視、電影等視聽媒體,可從文字、圖像和聲音所提供的信息來幫助識讀,如下所示:

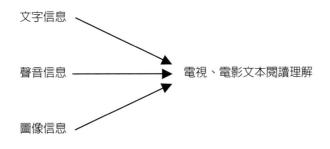

圖 7-1　電視、電影文本閱讀理解信息來源架構圖

　　其中聲音信息除了語言聲音符號外,還包括音樂和音效;圖像信息則包括影像、圖片、圖表……等。而本章節所要探討的是兩種不同型態文字的文字信息(電視字幕)對聲音信息中語言聲音符號理解的影響,而其間的信息、意義連結關係如本研究第五章中圖5-7、圖 5-8 所示是不盡相同的,必須分開來探討。

　　不過,影響又可以分為正影響和反影響二種,必須分開處理:正影響就是正面的影響,是有助益的、正向的,有被承繼和啟示的功能;而反影響可以是不自覺或自覺而產生的影響,所造成的

影響可能偏向[1]或反向。所以在這一章中，我將利用詮釋學的方法來詮釋兩種文字型態電視字幕對語言理解的影響，分別是第一節「在使用形系文字國家電視字幕對語言理解的正影響」；第二節「在使用形系文字國家電視字幕對語言理解的反影響」；第三節「在使用音系文字國家電視字幕對語言理解的正影響」；第四節「在使用音系文字國家電視字幕對語言理解的反影響」，期望這樣的詮釋能對電視字幕和語言理解之間相互的影響關係有較廣泛的了解。

　　電視字幕對語言理解的影響，所牽涉到的是一種文字閱讀的過程。最常見的閱讀過程模式主要有三種：自下而上模式、自上而下模式、交互作用模式。

一、自下而上模式

　　這種文字閱讀模式主要依賴語文面材料所提供的信息。對於西方語言來說，閱讀時信息的加工方向主要是從最低級的字母特徵開

---

[1] 我們常常會發現，甲雖然受乙影響，但影響的方向卻是朝著另一目標邁進，大有「橘逾淮而北為枳」的味道。究其原因，不外有下列三點：第一，可能受影響者對原著的精神並不能十分把握，望文生義，匆忙引進；第二，可能是因為受影響者別有懷抱，專取原著中符合自己意願的部分大為宣揚，有時候可能還會犯了斷章取義的毛病，跟原作者的意思背道而馳；第三，是受影響者根本誤解了原著，借題發揮，憑空杜撰，然後進一步鼓動風潮，呼風喚雨，聚集來一群喜新好奇的人隨聲附和（李達三等主編，1990：463）。也就是說受影響者往往會「各取所需」而不理會或無法理會影響者的究竟義，導致「影響」產生偏向。例如《格列弗遊記》原本是一個憤世嫉俗、極盡諷刺之能事的文學作品；《魯賓遜漂流記》則是替當時新興的殖民主義宣揚布道，但是這兩部作品如今卻成了被鼓勵閱讀的兒童優良圖書，跟它們原先的旨意完全不相干（葉淑燕譯，1990：137~138；周慶華，2004b：146~147）。

始，經過字母、單詞、短語、句子的加工，最後到達最高級的文本的理解。對於漢語來說，閱讀時加工的方向是從筆畫特徵開始，經過筆畫、部件、漢字、詞、短語、句子的加工，最後到達文本的理解。這樣的閱讀過程是有組織、有層次的；要達到某個高級水準的加工，必須先完成所有低級水準的加工。也就是說，低級水準的加工影響著高級水準的加工，但並不保證完成低級水準的加工，就一定能達到高級水準（江新，2008：1~2）。

然而，這種模式只能解釋文字閱讀過程的一些現象，並不能解釋閱讀的整個過程。因為如同本研究第六章圖 6-1 所示，影響閱讀理解的因素還有非語文面的因素（心理條件、社會環境、文化背景），再加上讀者的先備知識，所以讀者閱讀文本時對單字、單詞和句子的加工並不是在孤立狀態下進行的，每個層次的加工都受到高一層或低一層信息的影響；並且單字在詞中比在孤立呈現時更容易識別，詞在句子中比單獨出現時更容易識別。顯然自下而上模式不能解釋這些現象，更不用說解釋整個閱讀過程了（江新，2008：2）。

二、自上而下模式

這種模式主要依賴的是讀者的先備知識。當然，如同圖 6-1 所示，非語文面的因素也會是影響因素之一。閱讀時，信息加工的方向不是從低級到高級，而是從高級到低級；高水準的閱讀過程，包括利用語境、先備知識……對文章信息進行整合（江新，2008：2）。讀者在閱讀時積極的進行假設檢驗，利用先備知識和所提供的語文面信息，加上非語文面因素的影響，每位讀者所理解的文本內容、所承繼或得到的啟示將因人而異；而隨著時代的演變，社

會價值觀的不同，相同的文學作品也可能引來完全迥異的解讀。
例如：有名的世界文學名著《咆哮山莊》於 1847 年剛出版時，男
主角希茲克利夫常引來許多爭議，讀者都很厭惡他不擇手段的報
復手法，及陰險、兇狠的一面，而說他有「腐化清教徒嚴肅後裔
之美德的企圖」，進而認為《咆哮山莊》寫作粗糙，是部討人厭的
故事，甚至認為英國不需要這陰險的作品。半個世紀後，人們逐
漸不再著重膚淺的繁文縟節，而更著重文章的實質，並且逐漸使
用多元價值觀來衡量道德與正義，對人性的詮釋，也逐漸學會不
再以簡單的二分法來劃分善惡。所以自二十世紀後，希茲克利夫
不僅成為文壇明星，還曾七度躍登銀幕，受到熱烈的歡迎（劉本
炎，1997）。

　　只是這種單一的自上而下模式所解釋的閱讀文字過程也是有
點以偏概全，因為對於熟練讀者和不熟練讀者的解釋力是不同的。
許多研究發現，熟練讀者確實對高水準的信息或線索非常敏感，加
上大量的語言先備知識，社會經驗、文化背景……語言知識的應用
已經成為一個自動化的過程（江新，2008：3）。而對於像兒童這樣
的初學者，問題有所不同。兒童初學者已經掌握了口語，有基本的
詞彙和句法知識，也有相當的世界知識，他們最缺乏的是低水準的
技能，也就是識別書面單詞的技能。因此，他們是用自上而下的加
工代替自下而上的加工。例如：在閱讀時，他們常常用語義上恰當
的詞來代替原詞（利用語義信息進行猜測），對上下文較為依賴（江
新，2008：3）。

　　總而言之，自下而上模式和自上而下模式都僅有片面性，無法
解釋全部現象。前者沒有注意到讀者已有的背景、知識作用，後者
則忽略了低層次加工的重要性。

三、相互作用模式

　　相互作用模式認為，自下而上和自上而下兩個過程交互作用，不同來源的信息將可同時得到加工，高水準的加工可以補償低水準加工的不足，這是目前最普遍被接受的閱讀過程模式（江新，2008：4）。

　　由此可知，閱讀是一種看起來簡單，實際上卻是很複雜的行為。從現代認知心理學的觀點看，閱讀是一個讀者從閱讀材料中建構意義的過程，在這個過程中讀者與材料進行著複雜的交互作用，讀者的許多認知活動會自覺或不自覺的同時進行並且相互影響。而這影響如同本章節所要探討的，有正影響和反影響，使用形系文字和使用音系文字的影響也不盡相同，都將是所要探討的重點。

　　先以兩張架構圖分別說明正影響和反影響所產生的影響模式：

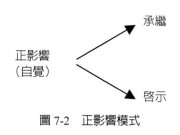

圖 7-2　正影響模式

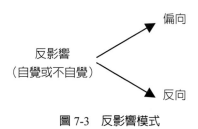

圖 7-3　反影響模式

第一節　在使用形系文字國家電視字幕
對語言理解的正影響

　　我認為在使用形系文字國家電視字幕對語言理解的影響，比使用音系文字國家電視字幕對語言理解的影響來得深。如同本研究第四章所述，根據日人石井勳在東京「朝日新聞」所作的報導，形系文字閱讀傳達的效能比音系文字來得迅速有效：使用羅馬字做道路標示，讀起來要花十多秒，用日本假名要數秒，漢字卻只要一秒的幾分之一就清楚的感知（賴慶雄，1990：114）。而且字形筆畫較多的字，在書寫時雖然較為繁瑣，但從漢字閱讀的層面來看，結構較繁的字卻具有較高的辨別條件，因而可加快閱讀的速度（黃沛榮，2001：5~6）。

　　所以形系文字具有快速閱讀的特性，加上電視、電影等視聽媒體的字幕通常比語音呈現的時間來得長（等該句話結束後才消失），使得觀眾在觀賞電視、電影等視聽媒體時，有更充足的時間瀏覽字幕，語言的理解當然就會受到字幕的影響，其中影響包括正影響和反影響。除此之外，形系文字豐富的信息量，也將使得文字對語言的理解產生更多的正影響。

一、正影響的承繼作用

（一）字幕幫助觀眾更正確的理解語言涵義

1.理解諧音取義的字詞

　　如同本研究第四章所述，諧音取義是漢語的一種修辭方式，也是漢族民俗文化的一個重要特點。所謂諧音，就是指利用漢語詞語

的音同或音近的特點，由一個詞語聯想到另外一個詞語，是一種同音借代的關係。「諧音取義」就是由一個詞語聯想到和它同音或音近的另外一個詞語的語義，而且後者的語義是主要的交際義（常敬宇，2000：96~103）。這些交際義有時會造成溝通上的困擾，有時卻產生了令人莞爾的效果，這也是最早被發現的文字趣味。例如：把「我們都是一國人」，聽成「我們都是異國人」，從興奮團結的感覺，變成了感傷的遊子心情。可見這種諧音取義的民俗文化，往往在對談中會產生無法預料的諧趣或誤解（盧國屏等編著，2003：92~93）。再如：一個準備要應徵某項工作的人，我們可能會開玩笑的跟他說：「你要記得提『ㄑㄧㄢˊ』來。」話中「提『ㄑㄧㄢˊ』」是個雙關語，代表「提前」和「提錢」兩個意思，其中「提錢」是主要的交際義。對於某些聽不出話中幽默的人而言，此時便很需要文字的輔助，否則大費周章的解釋一番後，漢字的趣味就蕩然無存了。

　　在電視、電影等視聽媒體中，影像的進行是一幕接著一幕的連續播放，而觀眾對劇情內容的理解也是持續不斷的進行著，當遇到諧音取義的字詞時，並不是每一個人都能快速的解讀其中的幽默或涵義，甚至解讀錯誤。此時倘若能有字幕的輔助，對於正確的理解語言涵義是有正面影響的。

　　2.理解同音異字、同音異詞的正確涵義

　　如同本研究第四章所述，漢字是單音節字，即使算上四聲，也遠比漢字的數量少得多，因此幾個漢字共用一個音的情況在漢字中是很普遍的現象（黃天麟，1987：219）。如《中文百科大辭典》中唸「ㄅㄧˋ」的字就有「必、閉、幣、壁、臂、碧、避……」九十三個之多，扣除不常使用的字，也還有約三、四十個（蔡辰男等編，1989：1672）。至於熟語（複合語）也有許多相同唸法的詞，如：

同樣唸「ㄧˊ ㄉㄨㄟˋ」的「一隊」、「一對」、「儀隊」所要表達的意思也不盡相同，所以此時字的外形便能夠幫助我們閱讀漢字，分辨其所要表達的正確概念。例如：一名婦人到市場購買物品，向老闆詢問物品的價錢，老闆回答：「ㄇㄟˇ ㄐㄧㄣ 十元。」如果觀眾的解讀是「美金十元」，就會認為物價高昂；如果觀眾的解讀是「每斤十元」，就會認為物價低廉。錯誤的判讀將會影響語言理解，而語言理解的錯誤當然也會直接影響到整個電視、電影文本的閱讀理解。所以此時倘若能有字幕的輔助，將大大提升語言理解的正確性。

（二）增加新字彙及提升語言技巧

電視內容雖主要依賴聲音及視覺符號傳達信息，但語言的意義呈現是非常明顯的，常配合情境出現，因此電視對兒童字彙的理解、句型的變換、表達能力與聽力都有積極的影響（吳知賢，1996）。當下次在其他場合或文本再看到相同的字彙、句型時，學童便能很快跟意義作連結。

（三）提升學習效果

如本研究第三章所述，當文字信息（經聽覺頻道接收）配合和此文字信息相關的圖像信息（經視覺頻道接收），例如：學生在同一時間內聽到「apple」這個單字的發音，又看到「apple」的圖片，將提供最豐富的教學題示，產生最佳的學習效果（Severin，1967；轉引自田耐青等，1993：12）。這種現象不論是在使用形系文字國家或在使用音系文字國家都是相同的。但如果是文字信息同時經聽覺及視覺頻道接收，例如：學生在同一時間內聽到「紅毛果」這三個字的發音，又看到「紅毛果」這三個字，其所產生的學習成效，

在使用形系文字國家和使用音系文字國家將有所不同。在漢字中「果」代表植物的果實，是可以吃的水果，再從果的部件「木」來看，還可以知道它跟植物是有相關的。即使在使用形系文字地區的人民從未見過這種外來的水果，加上字幕的輔助，也可以得到如上的額外信息。

（四）快速正確接收新詞新義

　　語言的變化發展，首先反映在詞彙上。因為詞語是語言的建築材料，是語言中最活躍、最敏感的因素，它總是伴隨著社會的變化發展而不斷的改變。社會體制的變革，工業、農業、商業……的發展，科學技術的進步，新事物、新觀念的產生，無一不在語言的詞彙上得到體現，使語言產生大量的詞彙以適應社會的新變化。新詞新義的產生，豐富了語言，增強了語言的表現力，只有如此，才能適應人們不斷發展的社會交際活動的需要（韓敬體，2002：129）。

　　這些新的詞彙最常出現的地方就是電視新聞、報章雜誌等傳播媒體。在電視新聞中，雖然新聞記者的報導字幕並非逐字的呈現，只呈現新聞重點，但電視字幕對語言的理解仍然提供了許多信息及幫助。如本研究第四章所述，形系文字在接收外來詞或產生新詞新義時，主要採用義譯的方式，例如：當有新開發的科技產品進入市場，而它是需要使用到電源的，它的名稱就有很大可能是「電＋～」的詞，「電話」、「電燈」、「電池」、「電鈴」、「電扇」、「電鐘」、「電纜」、「電壓」、「電力」……這一類「電＋～」的詞就是這樣產生的。經由義譯產生的新詞新義一旦經由字幕呈現時，對於語言理解就有很大的幫助，如「電話」一詞，我們從字面上可知那是一種需要使用到電源的器具，而且可以經由它來「說話」而不是「畫畫」。

（五）便於使用方言的觀眾欣賞國語節目

依據黃坤年在〈電視字幕改良之我見〉一文中所述，在我國有電視節目播出的初期，由於現場的節目比較少，所以國外的影片便成了主要的節目來源。而那時電視製作的技術，尚未有雙聲帶的設備，為了解決語言不通的問題，所以才在影片播出時加上了中文字幕的說明。後來自製的戲劇節目增加，為了便於使用方言的觀眾欣賞國語節目，或為了僅懂得國語的人觀賞方言節目，所以大部分本國自製的劇情節目也加上了字幕輔助（黃坤年，1973）。

（六）為聽障者提供服務

瘖啞聽障者因為無法聽到聲音，所以字幕可代替語言幫助聽障者理解電視劇情。

二、正影響的啟示作用

（一）認識漢字的諧協美和音韻美

對句和排偶在中國文學中很常見，而在電視、電影等視聽媒體中也是頗廣為使用；它不但可以呈現出我國文字的方塊整齊性，也表現了諧協美和音韻美。這是其他國家文字所沒有的。在中國文學中，不但詩詞歌賦和駢文經常使用它，如「聖人不死，大盜不止」；小說、成語、對聯、標語也經常應用它，如：「早知如此，何必當初。」（賴慶雄，1990：110）

（二）引發內心情感的作用

在電視、電影等視聽媒體中，聲音（語言）和文字雖是重複的信息，但我認為文字對語言理解的影響有引發內心情感的作用。例

如：2008 年 5 月 12 日發生的四川強震，電視新聞媒體不斷播放相關新聞，當字幕呈現「四川大地震預計死傷超過十萬人」時，除了讓觀眾對聽覺符號所傳達的信息更加確定外，由於字幕在螢幕上停留的時間比語音來得長，這樣的視覺停留也會使觀眾對「十萬」這個數字更為敏感和震驚，進而產生悲憫的情緒，讓來自臺灣各地的賑災捐款不斷。

第二節　在使用形系文字國家電視字幕對語言理解的反影響

一、反影響的偏向效應

反影響的偏向效應是一種不自覺或自覺的曲解。

（一）社會環境所造成的曲解

這樣的曲解常會因觀眾所處的社會環境（存在處境、集體潛意識），而產生不同的偏向效應。例如：當電視、電影等視聽媒體中出現有關政治的敏感話題時，觀眾常會為維護自身的權利或支持自己所擁護的政黨，而自覺或不自覺的曲解所接收到的信息。這樣的例子在電視新聞媒體中更是多不勝舉，相同的新聞由不同的電視臺所播報出來的信息往往不盡相同，而北部地區和南部地區居民對相同新聞的解讀更是南轅北轍。再如：2008 年 5 月 20 日馬英九總統就職當日，股票跌了兩百多點，不堪損失的股民則以此譏諷「馬上扯後腿」。接下來一連幾天民生物資的喊漲，再使得苦不堪言的人民開始懷疑馬政府的能力，「馬上倒」、「馬上漲」……等雙關語相

繼而出。然而，冷靜思考後，我們會發現，其實民生物資的漲跌和馬英九總統的上任並不見得有直接的關聯，有時是整個大環境所造成的影響，不能以偏概全。

（二）文化背景所造成的曲解

這樣的曲解常會因觀眾文化背景（終極信仰、世界觀）不同，而產生不同的偏向效應：

> 有一戶英國人居住在中國，他們僱用了一個中國婦人，來幫忙照料他們的孩子。這個中國婦人自從來到他們家之後，他們就發覺那個婦人似乎一直為著某一樣東西而受到很大的困擾。日子一天天的過去，那個婦人顯得越來越焦慮不安，他們很想知道為什麼她會這樣；可是她因為膽怯，遲遲不敢把事實真相告訴他們。到了最後，她才不好意思的說：「有一樣東西一直讓我無法理解。你們明明都是好人，也都非常疼愛你們的孩子，小心的照顧著他們；可是你們卻在這棟房子的每一間房間裡，甚至於樓梯上，都掛著那個死犯的像。我無法明白，你們為何要讓你們的孩子在小小的年紀時，就到處看到這種可憎的形象，受到這種可怕的影響。」（項退結編，1987：22~24）

由上面這個小故事，我們可以發現：故事中的這位中國婦人有著傳統的儒家和佛教背景，深受氣化觀型文化及緣起觀型文化的影響，所以對於耶穌基督的十字苦像做出了不相應的批評，這都是因為文化背景不同所產生的誤解。

　　推論到電視、電影等視聽媒體上也是一樣，電視、電影等視聽媒體的製作過程都或多或少受到文化背景所影響，而觀眾在觀賞時也會自覺或不自覺的受到自身的文化背景所影響，使得字幕對語言理解的影響產生偏向。

（三）心理條件所造成的曲解

　　人有七情六慾，對於所見所聞很容易加上自己的情感及主觀意見。在觀賞電視、電影等視聽媒體時更是如此，當覺得劇中人物所處的環境和自己很雷同時，很容易心有戚戚焉而產生偏向效應，對語言也就會有所曲解。

二、反影響的反向效應

　　反影響的反向效應也就是所謂的負影響。其中不受影響也是一種反影響的反向效應，使得字幕的呈現與否在觀眾觀賞電視、電影等視聽媒體時沒有發揮任何作用。這種現象在年紀越輕的幼兒身上越明顯。根據研究顯示，在一般正常情形下，大腦兩半球的功能是「分工合作」的，有關空間或圖形知覺的，由右腦來進行處理（Restak，1988）。例如：形容一間客廳的整體印象是右半球的工作；計算有多少把椅子、圖畫是左半腦的功能，而神經纖維構成的胼胝體，則負責兩半腦的信息溝通，因此個體的兩腦半球可以協調交換處理紛至沓來的各種刺激（吳知賢，1996：26）。還有些研究顯示年齡越大，左腦半球的功能發展越好，因此幼兒多半仰賴整體的方式處理訊息，也就是本章節所說的相互作用模式。而較大的兒童才能慢慢學會處理語文的資訊，更有效的製碼，同時記憶得更好（Smith，1983）。由此可知，能力高的閱讀者及有效的學習者都是

以和諧的方式統合處理兩半球的功能，也就是視覺確認後再加以字彙製碼；而閱讀技巧較差的兒童則缺乏將視覺信息有效轉換為語文的能力，無法進一步將視覺信息進一步分析處理（Singer，1980）。因此，我認為是否有電視字幕的呈現，對年紀小的幼兒而言是沒有意義的，也就是不受字幕的影響。

　　除此之外，在使用形系文字的國家電視字幕對語言理解的反影響還有「為反對而反對的叛逆」：這種現象在正值叛逆期的青少年身上尤其明顯。有許多電視、電影等視聽媒體所提供的影像內容都含有許多教條式的教義，希望人們能夠從中得到啟示，進而改變自己的行為：改過向善、謙卑有禮、博愛大眾、與人分享……等等，例如：本研究第八章實務印證所使用的影片《分享》，就有鼓勵大家要懂得與人分享、不自私的意涵。類似的影片有時不但無法引起正值叛逆期的青少年興趣，還會引起反效果，如果那是被強迫的觀賞行為，他們心中的抵抗可能還會更大。就像許多父母在管教孩子一樣，父母說一，孩子就說二；父母說東，孩子就說西，完全是為反對而反對的行為。

第三節　在使用音系文字國家電視字幕對語言理解的正影響

　　如本研究第四章所述，在英文單字中，多義字多不勝舉，許多單字都含有一個以上的意思，且彼此間都有些許的關聯性可幫助記憶及連結，但這些關聯性是指彼此意思間的關聯，和字面上的形是無關聯的。所以如果要真確的了解英文句子所要表達的意思，只有

依靠影像或情境的配合了。此時，注意觀察、注意聽比仔細閱讀文字來得重要。

　　還有因為文字多多少少都具有不移向性，所以並不是所有的表音文字都完全依照發音拼寫。發音雖因人因地而作變化，文字本身卻常會保留其原有拼法而不隨之改變。以英文為例，有些單字字母的拼法和它的發音已無一致，且相差甚遠，同一音素可有很多不同的拼法，一個字母也可以有幾個不同的發音，且拼字內的字母有的根本也不發音（詳見本研究第四章 p.49、50）。所以對於一個生活在全英語環境下的外國人而言，聽音辨義比看字辨義來得容易。

　　再加上閱讀音系文字的速度比閱讀形系文字的速度慢了許多。如本研究第四章所述，相同的路標，使用羅馬字作道路標示，讀起來要花十多秒，用日本假名要數秒，而漢字只要一秒的幾分之一就清楚的感知（賴慶雄，1990：114），類推到英文這種表音文字上，可知其閱讀文字的速度應和羅馬字是差不多的。

　　在語音方面，西方人受到創造觀型文化的影響，相信每樣東西都是上帝所造（包含語言），每樣東西都造得清清楚楚，身為受造者，必須了解上帝造人的旨意，所以說話也會清清楚楚，不敢含糊，因果關係條理分明。

　　由此可知，在觀賞電視、電影等視聽媒體時，在使用音系文字國家，電視字幕無法對語言理解產生積極的正面影響，注意觀察、注意聽比仔細閱讀文字來得重要和快速。

　　所以對於本節所要探討的電視字幕對語言理解的正影響，就只有「為聽障者提供的服務」這一項了。以美國為例，美國人並不習慣於收看影片時看字幕，所以電視節目通常無字幕呈現，但對於弱勢團體之瘖啞聽障者，如果無字幕就無法了解劇情，所以為照顧該弱勢群體，美國的電視開發了隱藏式字幕系統（Close Caption 簡稱

CC），將字幕信息裝置於垂直遮沒其間（螢幕上看不到該信息）。當瘖啞聽障者收視時，只要打開電視接收機 menu 的 CC 功能就能在螢幕上顯示該英文字幕，而正常人不需字幕，只要不打開 CC 功能，該字幕就會自動被隱藏。目前這種系統已用於大部分的影片系統中（DVD 的封面上有註明 CC 者，就有附帶該系統）。

第四節　在使用音系文字國家電視字幕　對語言理解的反影響

如同前一節所說，在使用音系文字的國家中，正常的閱聽人在觀賞電視、電影等視聽媒體時並不習慣看字幕，也不需要經由電視字幕來幫助語言理解，只有在為聽障者提供服務時才需要字幕的輔助。

既然在使用音系文字國家，電視字幕的有無對語言理解並不產生影響，當然就沒有所謂反影響的偏向效應；而反影響的反向效應就是「不受影響」：如同前一節所述，正常的閱聽人在觀賞電視、電影等視聽媒體時，字幕的呈現與否對觀眾的語言理解並沒有發揮任何作用。

至於電視字幕對聽障者所產生的反影響。我經由一位留美的英文教師所帶回來的影片「Little woman」（小婦人），透過字幕機觀賞發現：字幕呈現在影片的下方，而且為了讓字幕能清楚呈現，會在字幕後面加上黑色網底。除此之外，字和字之間又必須經由空格來區分單字，加上英文句子中的功能詞較多（詳見本研究第四章），使得同樣的一句話，使用漢字字幕可能只需要一行就能表達完畢，而英文字幕卻要使用到三行的文字才能表達清楚。電視字幕是聽障

者語言理解的一個重要管道，但是如同本章節圖 7-1「電視、電影文本閱讀理解信息來源架構圖」所示，除了文字和聲音信息外，圖像信息也是電視、電影文本閱讀理解的一個管道，聽障者過於依賴字幕，視覺焦點多停留在字幕上，對於影像反而無法更仔細的觀察與欣賞，許多精采片段或信息可能就此流失，甚為可惜。

第八章　電視字幕對國小學童 語言理解的影響

　　本研究第八章是一個實證探索的歷程，我將利用實證探索中質性研究的方法，配合參與觀察和深度訪談，以臺東縣東海國小四年級全體學生為樣本，測試字幕對受試者觀賞影帶的語言理解影響，予以佐證我個人的立論。

　　在本研究第六章中曾以一張架構圖 6-1 影響語言理解的因素，包含了語文面（形、音、義）及非語文面因素（心理因素、社會環境、文化背景），範圍相當的廣泛。其中屬於非語文面的這些因素，對當事人的影響，有時甚至連當事人都不自覺，所以想要利用實務印證的方式客觀的測量出準確數據可說是難上加難。為避免因為這些不客觀的影響因素而得出以偏概全的研究結果，所以本研究第八章實務印證僅針對電視字幕中較能客觀測量的形、音、義部分進行施測，再配合觀察及深度訪談，以便對學生整個語言理解的心理歷程有全面性的了解。但如同前面所說，有些因素對當事人的影響，有時連當事人都不自覺，所以我所能做到的只是盡量減少數據的誤差，以提高本研究的信度、效度及價值。

　　況且本研究以理論為主，實務為輔，雖然在實務印證部分不能廣及，但有理論基礎可以「以此類推」，仍有高度參考價值。

第一節 施測的對象

在正式進行研究施測前,我審慎的選擇影片,因為不同類型的電視節目或影片所使用的語文技巧和風格都不一樣,加上我所選擇的施測對象(東海國小四年級學童)的心智發展年齡,並不是所有的影片都適合他們觀賞,必須考量兒童的語言發展。

表 8-1 兒童處理電視資訊與電視刺激的交互作用表(吳知賢,1996)

刺激來源	處理方式	
	分　析	整　體
視覺刺激	1、語言的輸入 (如閱讀書面或電視上的文意)	2、整體的輸入 (如卡通、場景變幻)
聲音刺激	3、語言的輸入 (如聽劇中人物的對話或節目旁白)	4、整體的輸入 (如押韻、歌謠、廣告詞)

根據 Van Evra(1990)的研究,幼兒主要依賴 2 及 4 兩種整體方式處理電視刺激,也就是本研究第七章所述的「自上而下的閱讀模式」,因此比較容易接受類似卡通、歌謠、押韻的廣告詞及鮮明的音樂等沒有太多文字語言的刺激。而年齡較大的兒童因為認知能力的發展,能有效使用字彙編碼,且由於分析能力強,觀看電視時較容易區分緊要及無關的材料(轉引自吳知賢,1996)。所以我選擇了四年級的學童作為此次研究的施測對象,因為四年級學童的語言發展較低年級學童成熟,能較有效利用交互作用模式處理 1、2、3 及 4 的電視刺激,以提高本研究的信度及效度。

　　至於影片的情節內容、聲音、影像……等也都必須考量進去，所以為提高本研究的價值，我選擇了文學與藝術價值較高且多敘事、抒情技巧的公視「聽故事遊世界」系列影片。故事情節是敘述發生在世界各地不同國家的小故事，故事內容生動有趣具有啟發性；對話聲音、速度接近正常的人聲，不會因為口音的不同或說話速度過快而影響聽覺；影片的表現風格、使用媒材都不相同，讓人覺得新鮮有趣，可引起學童的注意力；影片的片長約 15 分鐘，避免學童因觀賞時間過長而產生更多因疲勞所衍生的變項。

表 8-2　影片基本資料一覽表

片　　名	國　　家	片　　長	表現媒材	故事情節
分享	波蘭	14 分 40 秒	2D 動畫	如附錄十一
獅子的魔咒	德國	14 分 40 秒	木刻動畫	如附錄十二
所羅門王和小蜜蜂	以色列	15 分 40 秒	2D 動畫	如附錄十三
春神來了	希臘	15 分	立體偶動畫	如附錄十四
乞丐英雄	阿拉伯	16 分	乳膠偶動畫	如附錄十五

　　施測樣本則選擇正值成長階段，可塑性較高的國小學童。我以東海國小四年級的學童為樣本，主要是因為東海國小是我服務的學校，取地利之便。由於我所任教的是二年級而非四年級，低年級的學生所認識的字不多，許多文字對他們而言僅是沒有意義的符號，所以不予考慮。而高年級的學童在課業方面又較為沉重，所以我轉向中年級，尋求中年級老師的協助，選擇了東海國小四年級一至四班全體學生作為此次研究中實務印證部分的樣本。

第二節　施測的方式和進程

表 8-3　未分班前班級人數一覽表

班級	導師	男生人數	女生人數	總人數
四年一班	教師 A	17 人	18 人	35 人
四年二班	教師 B	19 人	16 人	35 人
四年三班	教師 C	18 人	17 人	35 人
四年四班	教師 D	19 人	16 人	35 人

　　樣本人數共 140 人。四年二班、四年四班利用 96 學年度（2007年）上學期第一次段考國語的成績進行語文能力分班，將人數平均分派到兩班；四年一班、四年三班則不作語文能力分班可獨立施測。每一次的施測我及班級學生都是參與觀察者，而班級導師為協助參與觀察者。

表 8-4　第一次施測組別、觀察員及各組人數一覽表

組別	觀察員	協助觀察員	男生人數	女生人數	總人數	備註
實驗組 A1（四年二班）	研究者、班級學生	教師 B	17 人	17 人	34 人	1 人請假
控制組 A（四年四班）	研究者、班級學生	教師 D	18 人	16 人	34 人	1 人請假
實驗組 A2（四年一班）	研究者、班級學生	教師 A	18 人	17 人	35 人	
實驗組 A3（四年三班）	研究者、班級學生	教師 C	19 人	16 人	35 人	

表 8-5　第一次施測方式一覽表

施測影片	施測日期	組別	施測方式	施測問卷	答案統計	能力分班
分享	96 年 10 月 19 日（2007.10.19）	實驗組 A1（四年二班）	國語旁白有字幕	施測問卷 A（如附錄一）	附錄十六	有
	96 年 10 月 19 日（2007.10.19）	控制組 A（四年四班）	國語旁白無字幕	施測問卷 B（如附錄二）	附錄十七	有
	96 年 10 月 22 日（2007.10.22）	實驗組 A2（四年一班）	國語旁白無字幕	施測問卷 B（如附錄二）	附錄十八	無
	96 年 10 月 22 日（2007.10.22）	實驗組 A3（四年三班）	國語旁白無字幕	施測問卷 B（如附錄二）	附錄十九	無

表 8-6　第二次施測組別、觀察員及各組人數一覽表

組別	觀察員	協助觀察員	男生人數	女生人數	總人數	備註
實驗組 A（四年二班）	研究者班級學生	教師 B	18 人	17 人	35 人	
控制組 A（四年四班）	研究者班級學生	教師 D	18 人	17 人	35 人	
控制組 B（四年一班）	研究者班級學生	教師 A	18 人	17 人	35 人	
實驗組 B（四年三班）	研究者班級學生	教師 C	18 人	16 人	34 人	1 人請假

表 8-7　第二次施測方式一覽表

施測影片	施測日期	組別	施測方式	施測問卷	答案統計	能力分班
獅子的魔咒	96 年 12 月 07 日（2007.12.07）	實驗組 A（四年二班）	國語旁白有字幕	施測問卷 C（如附錄三）	附錄二十	有
	96 年 12 月 07 日（2007.12.07）	控制組 A（四年四班）	國語旁白無字幕	施測問卷 D（如附錄四）	附錄二十一	有
	96 年 12 月 10 日（2007.12.10）	控制組 B（四年一班）	國語旁白無字幕	施測問卷 D（如附錄四）	附錄二十二	無
	96 年 12 月 10 日（2007.12.10）	實驗組 B（四年三班）	國語旁白有字幕	施測問卷 C（如附錄三）	附錄二十三	無

表 8-8　第三次施測組別、觀察員及各組人數一覽表

組別	觀察員	協助觀察員	男生人數	女生人數	總人數	備註
實驗組 A（四年二班）	研究者班級學生	教師 B	18 人	17 人	35 人	
控制組 A（四年四班）	研究者班級學生	教師 D	17 人	17 人	34 人	1 人請假
實驗組 B（四年一班）	研究者班級學生	教師 A	16 人	17 人	33 人	2 人請假
控制組 B（四年三班）	研究者班級學生	教師 C	19 人	15 人	34 人	1 人請假

表 8-9　第三次施測方式一覽表

施測影片	施測日期	組別	施測方式	施測問卷	答案統計	能力分班
所羅門王和小蜜蜂	97 年 3 月 7 日（2008.03.07）	實驗組 A（四年二班）	國語旁白無字幕	施測問卷 F（如附錄六）	附錄二十四	有
	97 年 3 月 7 日（2008.03.07）	控制組 A（四年四班）	國語旁白有字幕	施測問卷 E（如附錄五）	附錄二十五	有
	97 年 3 月 10 日（2008.03.10）	實驗組 B（四年一班）	國語旁白無字幕	施測問卷 F（如附錄六）	附錄二十六	無
	97 年 3 月 10 日（2008.03.10）	控制組 B（四年三班）	國語旁白有字幕	施測問卷 E（如附錄五）	附錄二十七	無

表 8-10　第四次施測組別、觀察員及各組人數一覽表

組別	觀察員	協助觀察員	男生人數	女生人數	總人數	備註
實驗組 A（四年二班）	研究者班級學生	教師 B	17 人	17 人	34 人	1 人請假
控制組 A（四年四班）	研究者班級學生	教師 D	16 人	17 人	33 人	2 人請假
實驗組 B（四年一班）	研究者班級學生	教師 A	18 人	16 人	34 人	1 人請假
控制組 B（四年三班）	研究者班級學生	教師 C	17 人	16 人	33 人	2 人請假

表 8-11　第四次施測方式一覽表

施測影片	施測日期	組別	施測方式	施測問卷	答案統計	能力分班
春神來了	97 年 4 月 11 日（2008.04.11）	實驗組 A（四年二班）	國語旁白無字幕	施測問卷 H（如附錄八）	附錄二十八	有
	97 年 4 月 11 日（2008.04.11）	控制組 A（四年四班）	國語旁白有字幕	施測問卷 G（如附錄七）	附錄二十九	有
	97 年 4 月 14 日（2008.04.14）	實驗組 B（四年一班）	國語旁白無字幕	施測問卷 H（如附錄八）	附錄三十	無
	97 年 4 月 14 日（2008.04.14）	控制組 B（四年三班）	國語旁白有字幕	施測問卷 G（如附錄七）	附錄三十一	無

表 8-12　第五次施測組別、觀察員及各組人數一覽表

組別	觀察員	協助觀察員	男生人數	女生人數	總人數	備註
實驗組 A（四年二班）	研究者班級學生	教師 B	18 人	17 人	35 人	
控制組 A（四年四班）	研究者班級學生	教師 D	18 人	17 人	35 人	
實驗組 B（四年一班）	研究者班級學生	教師 A	17 人	16 人	33 人	2 人請假
控制組 B（四年三班）	研究者班級學生	教師 C	18 人	15 人	33 人	2 人請假

表 8-13　第五次施測方式一覽表

施測影片	施測日期	組別	施測方式	施測問卷	答案統計	能力分班
乞丐英雄	97 年 5 月 9 日（2008.05.09）	實驗組 A（四年二班）	國語旁白無字幕	施測問卷 J（如附錄十）	附錄三十二	有
	97 年 5 月 09 日（2008.05.09）	控制組 A（四年四班）	國語旁白有字幕	施測問卷 I（如附錄九）	附錄全文完三十三	有
	97 年 5 月 12 日（2008.05.12）	實驗組 B（四年一班）	國語旁白無字幕	施測問卷 J（如附錄十）	附錄全文完三十四	無
	97 年 5 月 12 日（2008.05.12）	控制組 B（四年三班）	國語旁白有字幕	施測問卷 I（如附錄九）	附錄全文完三十五	無

　　每一次的施測地點都在四年級教室，每間教室長和寬都大約九公尺。學生的桌子都是單人學生桌（桌長約 60 公分、桌寬約 40 公分），而且不併桌。放映影帶的工具為 DVD 錄放影機，電視機為 29 吋的聲寶電視機。

　　在施測過程中如有新的發現，或新的變數產生，將作適當的調整，希望能提高實驗結果的信實度。除此之外，為落實研究的信實度，本研究採取三角測定法及研究參與者的檢核。每次施測過程中，都有我及班級學生擔任觀察員；該班導師擔任協助觀察員，施測後隨即從各班抽取兩位學生進行訪談，並於討論會議中和四位協助觀察員共同分享及討論大家的觀察紀錄及發現。將訪談、觀察及施測問卷所得資料歸納整理後，如果有發現特殊現象，將再進一步作深度訪談，以確實了解學生的語言理解過程。等到資料分析結果

完成後，還會再將分析結果給受訪者參考，並聽取他們的看法，再將資料重新檢視和評估。

　　在訪談方式上，我採用一般性訪談，也就是所謂的半結構性訪談，針對劇情內容以及電視字幕對語言理解的影響，以半聊天的方式引發學生的訪談情緒，和學生自由的交談，希望能有意外的收穫。

第三節　實地觀察和訪談

一、了解受訪學生的基本資料

　　為提高此次研究的效度，除了事前詳盡的研究規畫、年級選擇、影片選擇、觀念澄清、資料蒐集……，我訪問了四年級四位願意協助參與觀察的老師，並在研究進行前對學生的基本資料、知識背景有初步的了解。

　　　　教師 A：「我們四個班級的語文程度都差不多。」

　　　　教師 C：「不過我們班有兩位學生的語文程度明顯落後，尤其是閱讀測驗部分，常常無法了解題意，上課也常常恍神，無法專心。」

　　　　教師 B：「雖然四個班級的程度差不多，但是不同的老師有不同的教法，學習環境也不同，是否會影響學生的閱讀行為？」

　　　　研究者：「既然如此，那麼我們就用第一階段評量的國語成績來作語文能力分班，將四年二班和四年四班的學生打散重新編班；而四年三班和四年四班則不進行

語文能力分班，看看不同老師的教法及不同的學習環境是否會影響學生的閱讀行為。至於四年三班的兩名語文能力明顯低落的學生，我會特別注意他們的施測結果，倘若為無效的問卷，則會從樣本中抽出。另外，請問各班有視力不良或聽力不良的學生嗎？」

教師 ABCD：「沒有，視力不良的學生都有配戴眼鏡，不會影響觀賞影片，也沒有聽力不良的學生。學生平時的學習狀況都還不錯。」

摘自 2007/09/15 討論會議

二、了解施測環境並溝通施測方式

在整個施測過程中，除了硬體設備外，環境的噪音、光線，以及觀察者的引導方式、施測時間等都有可能影響施測的結果，得將影響降到最低。

研究者：由於四個班級的學生都是在不同的班級進行施測，所以我們要將環境的影響因素降到最低，以提高施測結果的信度。

教師 A：「那施測的時間是否也要考量進去？下午第一節學生的學習狀況最差、注意力最無法集中。」

教師 B：「下午光線太強，常會直射入教室，學生常會反應電視反光看不清楚。」

教師 C：「學生如果對問卷有疑問，老師是否可以適當的回答學生問題？」

教師 D：「影片觀賞中，是否允許學生作適當的意見交流？」

研究者：統整各位老師的意見，希望老師能協助做到以下
　　　　幾點：

1. 倘若教室內光線會反光，影響學生觀賞影片，請
　　將部分窗簾拉上，降低影響。

2. 在安排施測時間時，儘量避免下午第一節，希望
　　儘量排在下午第二節，下午第三節學生剛做完整
　　潔工作，心情比較浮動也不好。而且除了星期二
　　以外，下午第二節我都有空，也可以來協助老師
　　施測及觀察。

3. 教師觀賞前的說明及準備工作程序：

(1) 有需要紙片遮蔽字幕的，請先完成。

(2) 安撫學生情緒，待全部安靜坐好後才開始說明。

(3) 請學生先將桌上的東西收拾乾淨。

(4) 告知學生在影片觀賞過程中，都不可以有任何
　　的交談、離開位置等情形。影片片長約 15 分
　　鐘，影片結束後會馬上發下施測問卷立即作
　　答。且施測問卷完全不計分，只是要了解每位
　　學生的影片閱讀習慣，針對施測問卷中的問題
　　如果有不確定的答案，可勾選選項中的「沒有
　　聽清楚」或「沒有看清楚」，千萬不要亂猜答
　　案。填答過程中倘若對施測問卷內的問題有任
　　何的疑問，也不准發問，避免影響其他學生的
　　作答。

(5) 影像播放前，須先調整電視的角度、音量，確
　　定每位學生都可清楚的觀賞到影像及聽到聲
　　音後，才可開始播放。

(6) 填答完畢的學生請先趴下休息，等所有的學生
都填答完畢後才可針對影片內容作討論。

另外，各班平時上課時會有噪音影響的困擾嗎？

教師 ABCD：除了偶爾會有幾臺車經過的聲音外，大部分的時
間都不會，而且影響也不大。

摘自 2007/10/18 討論會議

三、學生訪談紀錄

　　觀賞五部影片，共訪談學生 40 人。其中觀賞有字幕影片的計有
9 個班次，訪談學生 18 人；觀賞無字幕影片的計有 11 個班次，訪
談學生 22 人。訪談內容主要針對字幕的有／無對觀賞行為的影響。
在有字幕的部分，有些學生會有長時間依賴字幕的習慣；有些學生
只有當不了解劇情時才會尋求字幕的輔助；有些則完全不看字幕，認
為專心聽聲音、專心看影像也能了解劇情。在無字幕的部分，大部分
的學生一開始都很不習慣老師將字幕遮蔽，有些很快適應，有些則認
為沒有字幕的輔助會影響到他們觀賞影片時對內容的正確理解。

　　以下是我訪談了 40 名學生後，針對訪談內容所作的整理。

　　訪談時問題的引導：

「今天看的這部影片好不好看？」

「你以前有看過嗎？」

「你在看影片的時候會習慣看電視字幕嗎？」

「你為什麼不習慣／習慣看字幕？你覺得對你看影片會有
影響嗎？為什麼？」

「所有的字幕你都看得懂嗎？」

　　由於有些學生的回應大致雷同，為了不再重複，僅列出較具代表性的回應答案，整理如下：

（一）有字幕輔助的班級

1.大部分學生有看字幕的習慣

　　學生 a：「看字幕才知道自己聽到的是不是正確。」

訪學生 a 摘 2007/10/19 訪談記錄

　　學生 f：「大部分的時間我都會看影像，不了解的時候才會看字幕。」

訪學生 f 摘 2007/12/07 訪談記錄

　　學生 g：「我會習慣一直看字幕。」
　　深度訪談：「你一直看字幕，那會不會很多精采的影像你都沒看到？」
　　　　　　　「不會啊！我也有在看影像，很精采的時候我就會先看影像。」
　　　　　　　「看完影像再看字幕嗎？」
　　　　　　　「應該是吧！有時候會跳來跳去，一下子看影像，一下子看字幕。」
　　　　　　　「這樣跳來跳去不是很累嗎？看影像、聽聲音就好啦！為什麼還要看字幕？」
　　　　　　　「不知道耶！就很習慣看字幕。」

訪學生 g 摘 2007/12/07 訪談記錄

我們可以很清楚的發現，影響學生閱讀理解的因素，如同第六章圖 6-1 所示，很多都是學生不自覺的，很難要求學生清楚的說出來。

> 學生 j：「我好像都會先看字幕再看影像。」
>
> > 訪學生 j 摘 2008/03/07 訪談記錄

> 學生 0：「我都會影像和字幕一起看。」
>
> > 訪學生 o 摘 2008/03/10 訪談記錄

2.少部分學生無看字幕的習慣

> 學生 p：「我習慣看影像和聽聲音就好了，不用看字幕。」
> 深度訪談：「你為什麼不習慣看字幕？」
> 　　　　　「因為我看字幕比較慢，所以我不喜歡看字幕。」
> 　　　　　「你為什麼會看字幕比較慢？」
> 　　　　　「不知道，我就覺得看影像和聽聲音就可以看懂了。」
>
> > 訪學生 p 摘 2008/03/10 訪談記錄

經詢問這位學生的班級導師後發現，雖然這名學生的語文程度大概在班上的中間，但認識的國字並不多，到四年級了，造句還是很習慣寫注音，常有很多錯字要訂正。由此可知，這名學生因為缺乏低水準的技能，也就是識別書面單詞的技能，所以多用自上而下的加工代替自下而上的加工，以致於該名學生閱讀電視／電影文本時的習慣和大部分的學生不盡相同。

學生 r：「我不喜歡看字幕，而且我常常看沒有字幕的電視。」

深度訪談：「為什麼會有沒有字幕的節目可以看？」

「有啊！我很喜歡看王建民打棒球，棒球賽就沒有字幕，只有一個人在講話的聲音。」

「你是說會有一個人在說明比賽的實況嗎？」

「對啊！」

「他講的你都聽得懂嗎？」

「聽得懂啊！而且也可以看影像，上面也會顯示比賽分數。」

「那你看其他卡通影片的時候，從頭到尾都不看影像嗎？」

「聽不懂的時候才會看，大部分的時候看影像和聽聲音就可以看懂了。」

訪學生 r 摘 2008/04/11 訪談記錄

　　這名學生由於常看球類比賽的節目，很習慣看影像、聽聲音、不看字幕，我覺得那是因為球類比賽是很刺激的，整個賽程中球員的一舉一動都很重要，失掉一分可能就影響最後的勝負，所以觀眾會比較關注影像的變化，而且比賽最重要的分數在螢幕的上方也會顯示，相較之下，播報員報導內容的字幕似乎就不是這麼重要。

　　同時在深度訪談中可以發現，該名學生並不是所有的節目都不看字幕，在一般的節目或影片中，如果遇到聽不懂的時候，他還是會尋求字幕的輔助，只是大部分的時間，在不影響閱讀理解的情況下，他還是比較習慣看影像和聽聲音就好了。

3.一位學生沒有注意到自己是否有看字幕的習慣

> 學生 s：我忘記了，沒有注意到自己有沒有在看字幕。
> 深度訪談：「你再仔細的回想看看。」
> 　　　　　「真的不記得了。」
> 　　　　　「那你知道螢幕上都有顯示字幕嗎？」
> 　　　　　「知道啊！」
> 　　　　　「你會去看字幕嗎？還是你都是影像和字幕一
> 　　　　　起看？」
> 　　　　　「不知道。」

這位學生對於自己的觀賞行為及習慣也是不自覺的，即使很清楚影像中有呈現字幕，但還是無法清楚表達自己會不會去閱讀字幕來幫助理解。訪談完後，我讓該名學生再看一次影片，請他注意自己會不會去看字幕。

> 「你現在知道自己會不會去看字幕了嗎？」
> 「這一次我會一直想要去看字幕，但覺得怪怪的，看起來很
> 不習慣。」
> 「為什麼會怪怪的很不習慣？」
> 「就會一直注意字幕。」
> 　　　　　　　　　　　訪學生 s 摘 2008/04/14 訪談記錄

觀看電視、電影等視聽媒體，在現代的生活中已是相當普遍的社會行為。以臺灣的國小學童為例，扣除上學、睡覺、交通時間外，根據富邦文教基金會 2003 年的調查顯示，有 24.4%的孩子每晚都

會看電視，電視幾乎成為孩子每天都會接觸的媒體之一。高達30.8%的學童平均一週收看電視節目的時數為 15～20 小時，也就是平均每日 2～3 小時（吳翠珍，2004）。

由此可知，觀看電視已成為家常便飯，是每天必做的休閒，這樣的閱讀行為已成為打開電視後的反射動作，沒有刻意去觀察往往會完全不自覺。就像如果有人問你「走路的時候，你是先伸出右腳還是左腳？」一樣，沒有很刻意的去觀察，是很難肯定的回答。

這名受訪學生也是一樣，起先他對於自己的閱讀行為一直無法清楚表達，後來雖然讓他重新再看一次影片，但是他的心裡已經很清楚的知道，這次重新看影片的目的是要觀察自己的閱讀行為。這樣刻意的觀察反而讓他覺得很不自在，眼睛就會很刻意的去看字幕。所以這名學生是否確實會有看字幕來輔助閱讀的習慣，很難客觀作評論。

4.看字幕可以幫助語言理解。

> 學生 w：「有時候我會聽不懂影片裡面的人物在說什麼，看字幕後我就聽懂了，而且比較有安全感。」
>
> 　　　　　　　　　　訪學生 w 摘 2008/05/09 訪談記錄

> 學生 x：「有些時候會聽不清楚，聽不清楚的時候我就會看字幕。」
> 深度訪談：「為什麼會聽不清楚？電視的聲音開太小嗎？」
> 　　　　　　「不是，我們老師把聲音開很大。」
> 　　　　　　「不然是為什麼？」
> 　　　　　　「有時候影片裡面的人講話太快，我就會聽不清楚。」
>
> 　　　　　　　　　　訪學生 x 摘 2008/05/09 訪談記錄

　　這名學生聽不清楚的原因，是受到講話速度所影響，講話太快使他無法聽清楚，才會尋求字幕的輔助，這也是一個很有趣的語文現象。我回想個人去美國擔任兩個月 International camp staff 的經驗，在臺灣接受了 12 年英文教育的我，英文能力還算中上，每一個英文單字、英文句子都可以發音發得很標準。但到了美國生活的那一段時間，我發現有時候我講得越清楚、越慢，他們反而聽得越不耐煩、越聽不懂。

　　仔細推測原因，發現如同本研究第四章所述，使用音系文字的英語是重音節拍語，漢語不是，在正常情況下英語中只有實詞（字彙詞素）有重音，而功能詞（文法詞素）沒有。實詞的信息內涵較多，會說得特別清楚，具有表情達意的作用；反之，和表情達意關係較不密切的功能詞，信息內涵較少，就只唸輕聲。

　　原以漢語為母語的我，剛到一個全英語的環境，每一個字詞還是很習慣唸得清清楚楚，深怕對方不知道我念的是哪個字。但越是如此，越是得到反效果：他們唸得太快，我聽不懂；我唸得太慢，他們聽得很吃力。

　　由此可知，在使用音系文字的國家，大家習慣講話速度快，而且只有信息內涵較多的實詞才會說得較清楚，利用句子的音高變化就可以清楚了解語意。而使用形系文字的漢語則不盡相同，它把聲調加在每一個字上，唸法固定，例：「魚」念「ㄩˊ」二聲，是固定的，即使是多音字，如：「好」有「ㄏㄠˇ」、「ㄏㄠˋ」兩種不同聲調，但表達相似概念時所使用的聲調也是固定的。在語言表達時每一個音都要發音正確，一個字唸不清楚，把聲調二聲唸成三聲、把捲舌音唸成不捲舌音……就很可能產生意思的混淆。當說話者情緒激動或說話太快時，也同樣會產生類似的情形，以致接收信

息者無法完整的接收信息，此時倘若能有字幕的輔助，將可以幫助接收信息者對語言的理解。

> 學生 y：「對裡面人物講的話不了解的時候，我就會看一
> 　　　　　下字幕。」
>
> 　　　　　　　　　　　　　訪學生 y 摘 2008/05/09 訪談記錄

> 學生 d2：「裡面的字大部分都是老師教過的，所以我看得
> 　　　　　懂。而且聽聲音再加上看字幕，比較容易看得懂。」
> 　　　　　　　　　　　　　訪學生 d2 摘 2008/05/12 訪談記錄

　　如同本研究第四章所述，漢字有許多同音異字、同音異詞、同義字詞、諧音取義的特殊語文現象，再加上「上聲加上聲」和「陽平加上聲」的詞組容易混淆，觀看電視、電影等視聽媒體時，提供字幕的輔助的確有其必要性，可幫助閱讀理解。

（二）無字幕

1.沒有字幕會影響語言的理解

> 學生 b：「聽不清楚的時候不能看字，會不懂意思。我聽不
> 　　　　　清楚故事中講的是『羊齒花』還是『陽使花』。」
> 　　　　　　　　　　　　　訪學生 b 摘 2007/10/19 訪談記錄

> 學生 c：「有時候說得太快，如果有字可以看，聽不清楚的
> 　　　　　時候，就可以看文字了解意思。」
> 　　　　　　　　　　　　　訪學生 c 摘 2007/10/19 訪談記錄

學生 t：「沒有字幕，很難聽懂裡面的人物在說什麼。」

訪學生 t 摘 2008/04/14 訪談記錄

2.很專心看影片就能降低字幕的影響力

學生 i：　「我看影片的時候很專心，所以沒有字幕不會造成我的困擾。」

深度訪談：「平常你看電視都很專心嗎？」

「有時候會，有時候不會。」

「那你這次為什麼會特別專心看影片？」

「因為我知道老師用黑紙把電視字幕遮蔽的目的。」

「你覺得老師是什麼目的？」

「看完影片後就會考試，看看我們可不可以全部答對。」

訪學生 i 摘 2007/12/10 訪談記錄

經由這位學生的深度訪談內容，我們可以知道，雖然很專心看影片就能降低字幕的影響力，但這位學生為何會如此專心，很大的成分是受到老師的施測目的影響。他認為老師故意將字幕遮蔽，就是要考驗他們：沒有字幕的輔助是否還是可以看懂影片內容。學生的好勝心總是特別強，為了證明自己不受字幕的影響，便刻意的更專心看影片。

由此可知，如同本研究第六章圖 6-1 所述，該名學生這次的施測是受到非語文面因素／心理條件／意圖所影響，其觀看影片的行為是否完全不受字幕的影響，無法很客觀的得出結論。

學生 h：「只要用心聽，就可以知道影片在講什麼了。」

訪學生 h 摘 2007/12/10 訪談記錄

學生 k：「平常我看電視的時候，都沒有看字幕，只要認真
看影像和聽聲音，也可以看得懂。」

深度訪談：「所有的影片內容你都看得懂嗎？」

「看得懂啊！」

「那剛才的施測問卷你都會寫嗎？」

「會呀！我都會寫。」

「有沒有哪一題的答案你是用猜的？」

「沒有。」

訪學生 k 摘 2008/03/07 訪談記錄

　　這名學生很肯定的告訴我，對於影片內容及施測問卷裡的題目
他都看得懂，也會作答。但我特別查閱了該名學生這次施測的問
卷，發現十題的選擇題錯了兩題，而另一名認為不受字幕影響的學
生，十題的選擇題則錯了八題之多。我們可以很明顯的發現，施測
的結果並不如學生自己所想的那樣「完全不受字幕的影響」，只是
對於影響完全不自覺罷了。

學生 u：「我沒有近視，只要專心聽、專心看，有字幕或沒
字幕都是沒有差別的。」

訪學生 u 摘 2007/04/11 訪談記錄

3.說話速度太快會影響語言理解

　　學生 z：「有時候說得太快，就會聽不清楚他講的是什麼，
　　　　　　我就會亂猜。」
　　深度訪談：「亂猜？所以你剛才有些題目是亂猜的嗎？」
　　　　　　「有一兩題是亂猜的。」
　　　　　　「老師剛開始的時候不是都會說明，請小朋友
　　　　　　不要亂猜，如果真的不知道，就填第四個選項
　　　　　　『沒有看清楚』或『沒有聽清楚』嗎？」
　　　　　　「可是隨便猜還有機會答對呀！」
　　　　　　「老師不是說不計分嗎？只是要了解你們平常
　　　　　　的習慣而已。」
　　　　　　「可是我還是想猜猜看，因為我會有一點印
　　　　　　象，只是不確定。」
　　　　　　　　　　　　　　　訪學生 z 摘 2008/05/09 訪談記錄

　　由此可知，即使事前的一再說明，學生在填寫施測問卷時，還
是會受到其他心理因素的影響而隨意填答，多少都會影響到施測問
卷的效度。但即使如此，我們還是可以很合理的推論，觀看影片時
受到字幕影響的學生比例會比施測結果來得高，因為許多學生是受
到心理因素的影響，其觀賞影片時的閱讀行為已和平時放鬆狀態下
看影片不盡相同，特別的專心看、仔細聽，遇到不確定的答案甚至
亂猜。

　　學生 b2：「它說得太快了，有些我就沒有聽到。」
　　　　　　　　　　　　　　訪學生 b2 摘 2008/05/12 訪談記錄

4.音量的大小會影響語言理解

　　學生 n：「老師把音量開得很大聲，所以我都聽得到。」

　　　　　　　　　　　　訪學生 n 摘 2008/03/10 訪談記錄

　　學生 v：「音量很大，聲音很清楚。」

　　　　　　　　　　　　訪學生 v 摘 2008/04/14 訪談記錄

5.影像可以幫助語言理解

　　學生 l：「沒有字幕，我可以看影像和聽聲音。」

　　　　　　　　　　　　訪學生 l 摘 2007/03/07 訪談記錄

　　學生 a2：「有時候看影像比看字幕容易了解劇情。」

　　　　　　　　　　　　訪學生 a2 摘 2008/05/09 訪談記錄

　　學生 c2：「動作很快或很精采的時候，我比較喜歡看影像。」
　　深度訪談：「為什麼動作很快或很精采的時候你喜歡看影
　　　　　　　像？」
　　　　　　　「因為影像比較好看。」
　　　　　　　「好看？為什麼？」
　　　　　　　「有些人物的動作、表情都很好笑，我喜歡看。」
　　　　　　　「你都不看字幕嗎？」
　　　　　　　「有時候會啊！但是有時候看影像比較容易
　　　　　　　懂。」

　　　　　　　　　　　　訪學生 c2 摘 2008/05/12 訪談記錄

　　這裡我發現了一個現象，在觀賞電視、電影等視聽媒體時，影像也同樣發揮了一定的影響力。訪談後我在和班導師分享這次的施測結果，導師也提到該生的美術天分，他很喜歡畫人物，無論是動作、表情他都可以畫得栩栩如生、唯妙唯肖。我認為這和該名學生觀賞電視、電影等視聽媒體時，比較喜歡看影像有直接或間接的關係。

6.沒有字幕的輔助，會沒有安全感

　　　　學生 d：「沒有看到字幕就會沒有安全感。」

　　　　　　　　　　　　　訪學生 d 摘 2007/10/22 訪談記錄

　　　　學生 e：「沒有看到字幕就不知道自己聽到的是不是對的，寫問卷的時候就會不知道自己寫的對不對。」

　　　　　　　　　　　　　訪學生 e 摘 2007/10/22 訪談記錄

7.字幕被遮蔽後，眼睛還是會有搜尋字幕的習慣。

　　　　學生 m：「我有看字幕的習慣，所以字幕被蓋住後，還是會想要看字幕，眼睛就會一直看螢幕的下方。」

　　　　　　　　　　　　　訪學生 m 摘 2008/03/07 訪談記錄

　　　　學生 g：「聽不懂的時候，我就會想要看字幕，但是看了幾次都看不到後，就不會想看了。」

　　　　　　　　　　　　　訪學生 g 摘 2008/04/11 訪談記錄

　　　學生 d2：「沒有字幕看影片的時候會很不習慣，覺得很奇
　　　　　　　怪，眼睛不知道該看哪裡。」
　　深度訪談：「一直到影片結束都還很不習慣嗎？」
　　　　　　　「一開始會，後來就不會了。」
　　　　　　　「如果現在再讓你看有字幕的影片，你還會不
　　　　　　　會想看字幕？」
　　　　　　　「我想應該會吧！因為沒有字幕很累，要很專
　　　　　　　心看。」
　　　　　　　「你的意思是說，有字幕輔助看影片比較輕
　　　　　　　鬆？」
　　　　　　　「對呀！不用這麼累。」
　　　　　　　　　　　　　訪學生 d2 摘 2008/05/12 訪談紀錄

　　如同本研究第五章圖 5-8 形系文字信息意義關聯圖所示，視覺
符號（文字）對語言意義的理解影響，雖然不及聽覺符號（聲音）
來得大，但還是有一定的影響力，對語言理解是有幫助的。一但少
了字幕的輔助，觀眾勢必要更專注於聽覺及影像，相較之下，當然
會覺得比較累。

四、觀察紀錄

（一）第一次施測觀察紀錄

　　研究者：「今天各班的施測狀況還好嗎？」
　　教師 A：「小朋友都很喜歡看，還覺得影片太短，一下子就
　　　　　　看完了。」

教師 B：「故事內容很有意義，小朋友都很喜歡看。」

研究者：「小朋友有其他反應嗎？」

教師 B：「我們班是有字幕的，所以小朋友都很習慣。」

教師 C：「小朋友一開始會覺得很奇怪，一直問我為什麼要把字幕遮住。」

研究者：「之後？」

教師 C：「說明後就沒事了，他們也是看得很開心呀！」

研究者：「教師 D，那你們班？」

教師 D：「也是一樣，一開始覺得很奇怪，後來解釋後小朋友也可以接受，還是很開心的看影片，一直問我下次什麼時候再看？」

研究者：「大家有觀察到其他因素影響到小朋友看影片嗎？」

教師 A：「我們班有一個小朋友身體不舒服，所以都一直趴著看影片，不過後來我問他會不會寫，他說都會寫。」

研究者：「那位小朋友叫什麼名字？我等一下再看看他的施測問卷。」

教師 A：「他叫李○○。」

研究者：「好，謝謝！那其他老師還有發現什麼嗎？」

教師 C：「應該沒有了吧！我們都把窗簾拉上，避免反光，聲音也開得很大聲，外面的聲音根本聽不到，不會有影響。」

摘自 2007/10/22 討論會議

　　跟老師們座談結束後，我翻閱了學生李○○的施測問卷，只答錯了一題，所以還是將他的問卷列為有效問卷，不另外抽離。也非常感謝老師們的配合，除了協助說明施測方式外，也儘量將環境的影響因素降到最低。

（二）第二次施測觀察紀錄

研究者：「第一次施測的時候，我發現有沒有能力分班好像沒有太大影響，所以這次改成兩個班有字幕，兩個班沒字幕。老師還有觀察到什麼嗎？」

教師 B：「上次施測完你不是都會訪問幾位小朋友嗎？這些小朋友回來都會跟同學分享訪談經過，我發現他們這次好像比上一次更專心。」

研究者：「還有其他班也有類似的狀況嗎？」

教師 D：「小朋友一知道今天又要看影片的時候，每個人都很興奮，不過有一個小朋友就對著全班說：『老師又要考我們聽力了。』」

研究者：「不好意思，那時候我在四年二班，所以無法及時為小朋友解答，那教師 D 你是如何回應小朋友的？」

教師 D：「我就跟他們講這不是考試，又不打成績，不是要考他們的聽力，只是要讓他們習慣一下不看字幕而已。他們還問我可不可以拿小鐵椅到前面坐，不過被我禁止了。」

教師 C：「我們班小朋友是沒有這種狀況，只是覺得很奇怪，為什麼上次可以看字幕，這一次卻要把字幕貼上。不過解釋過後他們就沒有疑問了。」

教師A：「我們班的小朋友看完後，都還會要求我讓他們再看一次有字幕的，他們想知道自己寫的答案對不對。」

摘自 2007/12/10 討論會議

由這次的觀察紀錄，我發現連續兩次都是看無字幕影片的班級學生，已經開始疑惑老師為什麼要把字幕貼住，是不是要考驗他們的聽力？而且第一次施測受訪的學生回到班級後和同學的互動，似乎也會影響到第二次施測，有些小朋友變得比第一次更專心。我認為這也是受到心理因素／意圖的影響，因為臺灣的教育一直都是分數掛帥，使得一般的學生都會很在意分數，即使已經跟小朋友說明不算成績，他們還是很在意自己是否答對。

（三）第三次施測觀察紀錄

研究者：「上學期前兩次的施測我已經得到初步的結論，這學期我想看看如果把四年二班的有字幕改成沒有字幕，四年四班的沒有字幕改成有字幕，看看結果會不會一樣。這學期的改變小朋友有什麼不同的反應嗎？」

教師D：「小朋友很開心呀！他們說終於輪到他們可以看字幕了。」

教師A：「我們班小朋友好像已經很習慣我把字幕遮住了，這一次都不會問。」

教師B：「我們班是第一次看沒字幕的影片，所以還是很好奇，覺得紙片會擋住影像，所以我都不敢遮太大塊。」

研究者：「真的會影響到小朋友看影像嗎？」

教師 B：「是會擋到，但是對整部影片的閱讀理解應該沒有影響，因為重要的影像通常都會在螢幕的中間呈現。」

摘自 2008/03/10 討論會議

　　由教師 A 的觀察，我們發現雖然只是第三次的施測，學生似乎已經慢慢習慣老師把字幕遮住的行為。但學生的閱讀行為受到改變後，是否會影響到對影片的閱讀理解，則無法從觀察中客觀的發現，只能留待下一節，利用學生答題正確的直方圖來加以推測。

（四）第四次施測觀察紀錄

研究者：「這一次的題目好像出得太簡單，我看很多班很快就寫完在做其他事情了。」

教師 A：「對呀！我們班雖然是無字幕，小朋友在寫施測問卷時也寫得很快。」

教師 B：「我們班也是，一下子就寫完了。」

研究者：「是喔！那我再看看各班的施測問卷，是不是大家的答題正確率都很高？那還有沒有其他的發現或問題？」

教師 C：「我想知道我們班那兩位語文能力比較低的學生前幾次施測的結果，會不會差其他同學很多？」

研究者：「我之前有特別注意，不過他們的施測結果沒有差其他同學很多，以第三次來說，他們都只有錯兩題，所以我還是把他們兩個的施測結果列為有效問卷。」

摘自 2008/04/14 討論會議

　　在查看了各班學生此次的施測問卷後，發現不管是有字幕或是無字幕，答題正確率都很高，為何會造成如此的均等分配，則留待下一節成效評估時再加以說明。

（五）第五次施測觀察紀錄

　　研究者：「這一次是本次研究的最後一次施測，老師們還有
　　　　　　　發現任何的問題嗎？」

　　教師B：「這次因為太忙，所以一開始忘了測音量，影片看
　　　　　　　到一半時，小朋友才反應聲音有點小聲，聽不大清
　　　　　　　楚。」

　　研究者：「有很多小朋友反應嗎？」

　　教師B：「只有最後一排的一位小朋友，我想影響應該不
　　　　　　　大，我坐在最後面還是可以聽得到。」

　　教師D：「我們班小朋友每次看完影片後都很期待下一次
　　　　　　　的影片，他們發現每一次的影像製作方式都不太一
　　　　　　　樣，他們已經看過2D動畫、木刻動畫、立體偶動
　　　　　　　畫和乳膠動畫，很有趣。不過當我跟他們講這是最
　　　　　　　後一次施測時，他們都很失望。」

　　研究者：「這一系列影片總共有四片十二個小故事，都很有
　　　　　　　趣，內容也很棒，老師如果有需要都可以跟我借。」

　　　　　　　　　　　　　　　　摘自 2008/05/12 討論會議

　　很高興雖然已經是第五次施測，學生觀賞影片的興趣還是不減，影片內容仍然對小朋友很有吸引力，這方面的影響因素我就可以暫時放開。

　　從這一次的觀察紀錄，還可以發現，聲音的大小也同樣會影響到學生的語言理解，太大聲就會像噪音一樣令人情緒緊繃；太小聲就會聽不清楚，所以觀看電視、電影等視聽媒體前適當的音量調整是需要的。

第四節　成效的評估

一、第一次施測成效評估

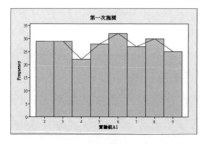

圖 8-1　第一次施測實驗組 A1（有字幕）（有語文能力分班）

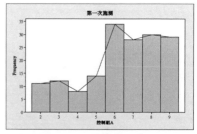

圖 8-2　第一次施測控制組 A（無字幕）（有語文能力分班）

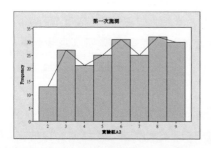

圖 8-3　第一次施測實驗組 A2（無字幕）（無語文能力分班）

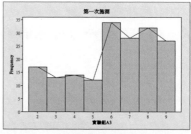

圖 8-4　第一次施測實驗組 A3（無字幕）（無語文能力分班）

　　上面各圖為第一次施測各組所有題目統計出「答題正確次數」的直方圖，施測問卷詳見附錄一、二；各班施測結果統計表詳見附錄十六、十七、十八、十九。

　　由上列各圖中我發現幾個現象：

1. 各組之間成績上是有差異的，以實驗組 A1（有字幕）成績為最好，可印證「有字幕的輔助對語言理解是有幫助的」。

2. 從圖 8-2、圖 8-3 和圖 8-4，看不出各圖之間有何明顯的差異（都為無字幕），可印證「是否採用能力分班並不影響受測者的學習吸收狀況」。

3. 問卷題號 2、題號 3、題號 4 是屬於需要靠字幕和聲音的輔助，才易答題正確的題目：第 2 題是問故事發生的國家，沒有去過波蘭這個國家的小朋友是很難從影像中辨別故事背景是發生在波蘭，只能從一開始兩位主持人的介紹中得知；第 3 題是問男主角帕沃想利用晚上到森林尋找什麼花？沒有字幕的輔助，學生很難分辨是「羊齒花」還是「陽使花」；即使有影像可以看，但是從未看過這種花的小朋友，也是很難從影像中分辨；第 4 題是問這種花只有在怎樣的夜晚才會開花？不認識這種花的小朋友，當然就無法從平常的經驗中來幫助記憶或猜測，從影像中也很難明顯的看出來，所以只能從影片的聲音及字幕中獲得線索。

　　從圖 8-1、8-2、8-3、8-4 直方圖中，我們可以很清楚的發現，題號 2、3、4 的答題正確率，有字幕的明顯高於無字幕的，可見字幕在這類題目的語言理解上發揮了一定的作用，有助於語言理解。

4. 問卷題號 5 是屬於需要仔細聽聲音或仔細看字幕才能答題正確的題目，因為該題答案的聲音、文字信息只有在影片中出現一次，稍縱即逝，所以要特別的專心。從圖 8-1、8-2、8-3、8-4 直方圖中，可發現無字幕組有兩班的答對人數明顯偏低，整體上來看還是以有字幕輔助的班級答對的人數較多。

5. 問卷題號 8 是屬於只要接收影像和聲音的信息就能輕易作答的題目，因為都有影像來和聲音作適當的搭配，學生可利用影像來幫助記憶，這部分各組答題狀況都不錯，所以沒有明顯的差異。由此可知，當影像能和語言作適當搭配、連結時，對語言理解是有幫助的。

6. 問卷題號 6、7、9 是屬於需要理解的題目，都是圍繞著整部影片的主題「分享」，這部分各組答題狀況都不錯，所以沒有明顯的差異。可見有沒有字幕的輔助，並不影響學生掌握影片的主題。

二、第二次施測成效評估

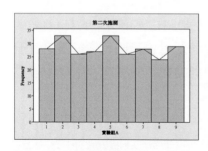

圖 8-5 第二次施測實驗組 A（有字幕）（有語文能力分班）

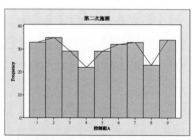

圖 8-6 第二次施測控制組 A（無字幕）（有語文能力分班）

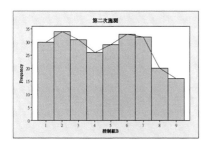 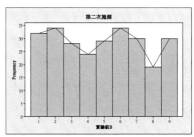

圖 8-7 第二次施測控制組 B（無字幕）　**圖 8-8** 第二次施測實驗組 B（有字幕）
　　　　（無語文能力分班）　　　　　　　　　（無語文能力分班）

　　上列各圖為第二次施測各組所有題目統計出「答題正確次數」的直方圖，施測問卷詳見附錄三、四；各班施測結果統計表詳見附錄二十、二十一、二十二、二十三。

　　依據第一次施測的情況，本次問卷設計時，部分題目是採只需靠影像和聲音的信息吸收就能答題正確的方式設計問卷；部分題目是屬於劇情理解的題目，可利用上下劇情的理解來幫助答題，而第 9 題是問這個童話故事發生在哪一個國家？學生很難單從影像中就辨別故事背景是發生在德國，只能從一開始兩位主持人的介紹中得知。

　　由上列各圖中我們發現幾個現象：

1. 除了問卷題號 9 外，其餘 1～8 題各圖的答題正確次數分佈情況，都是近似統計「均等分配」，各組之間沒有明顯差異，符合第一次施測的情況。

2. 問卷題號 9 是需要字幕和聲音的輔助才易答題的題目，然而同樣是無字幕輔助的控制組 A，答題正確次數卻不低於有字幕組，這個特殊的現象，在與班級導師討論後，有以下的推論：

　　該班學生一知道今天又要看影片的時候，每個人都很興奮，不過有一位學生在當下就對著全班說：「老師又要考我們聽力了。」雖然經過了一番說明，學生已能接受，但學生免不了還是會有所警覺性，因為知道等一下看完影片還是要寫施測問卷，即使不算成績，還是希望自己能夠都答對。而且教師 D 有發現這一次班級學生在看影片時比上一次更專心，甚至要求能拿小鐵椅到前面坐。學生特別的專注應該也是影響的因素之一。

三、第三次施測成效評估

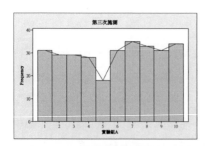

圖 8-9 第三次施測實驗組 A（無字幕）
（有語文能力分班）

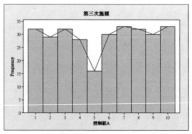

圖 8-10 第三次施測控制組 A（有字幕）
（有語文能力分班）

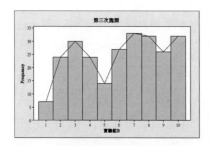

圖 8-11 第三次施測實驗組 B（無字幕）
（無語文能力分班）

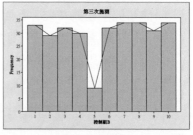

圖 8-12 第三次施測控制組 B（有字幕）
（無語文能力分班）

　　上面各圖為第三次施測各組所有題目統計出「答題正確次數」的直方圖，施測問卷詳見附錄五、六；各班施測結果統計表詳見附錄二十四、二十五、二十六、二十七。

　　依據第一次施測的情況，本次問卷多採取靠影像和聲音的吸收就能答題正確的方式設計問卷。從各圖答題正確次數分析，問卷題號 2～10 各組的答對次數都是近似統計「均等分配」，但有字幕組仍些微高於無字幕組。

　　至於實驗組 B 的問卷題號 1 出現了明顯的差異，同樣是無字幕的控制組 A，問卷題號 1 的答對人數有 32 人，僅 1 人答錯，而實驗組 B 問卷題號 1 答對的人數卻只有 7 人，差異甚大。在詢問教師 A 後發現，原來是老師在播放影片時，用快轉鍵直接轉到影片的開始處，轉得太快，不小心跳過了前面的主持人介紹而不自覺，所以學生在填施測問卷時，完全不知道這個故事的背景。

　　但再次檢視該班學生的施測結果統計表，我發現填寫答案 4「沒有聽清楚」的學生卻只有 3 人，很明顯的有 30 名學生都是隨意亂填的。其中以猜答案 2「羅馬」的人最多，共有 19 人，我認為應該是因為故事的主角「所羅門王」的名字上有一個「羅」字的緣故吧！因為形系文字在接收外來詞或產生新詞新義時，主要採用義譯的方式，如同本研究第四章所述，和電源有關的產品名稱多有「電」字。

　　除此之外，這次的錯誤也意外的印證了本研究第六章圖 6-1 所述：非語文面的影響因素在整個施測過程中，也可能直接或間接的影響整個施測的結果。

四、第四次施測成效評估

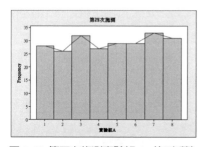

圖8-13 第四次施測實驗組A（無字幕）
　　　　（有語文能力分班）

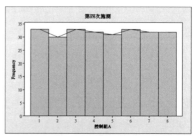

圖8-14 第四次施測控制組A（有字幕）
　　　　（有語文能力分班）

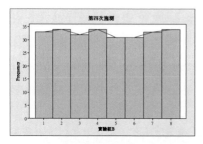

圖8-15 第四次施測實驗組B（無字幕）
　　　　（無語文能力分班）

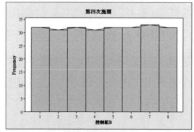

圖8-16 第四次施測控制組B（有字幕）
　　　　（無語文能力分班）

　　上面各圖為第四次施測各組所有題目統計出「答題正確次數」
的直方圖，施測問卷詳見附錄七、八；各班施測結果統計表詳見附
錄二十八、二十九、三十、三十一。

　　從各圖答題正確次數分佈情況發現，都是近似統計「均等分
配」，各組之間沒有明顯差異。這和第四次的觀察紀錄中協助觀察
者的發現一致，無論是否有無字幕輔助，學生都能很快的作答，沒
有遇到任何的問題。

　　重新檢視第四次的施測問卷，部分題目的設計是採只需靠影像
和聲音的信息吸收就能答題正確的方式設計；部分題目是屬於劇情

理解的題目，可利用上下劇情的理解來幫助答題，這一類題目四組
學生的答題正確次數都很高。但是問卷題號 7「吃下種子的波塞芬
妮，每年可以有幾個月陪在黑底斯身邊？」是無法直接從影像中得
知，也無法從上下的劇情來幫助理解，然而這四組學生的答題正確
次數卻還是很高。推測可能的原因，應該是「四個月」這個答案總
共在影片中重複出現了四次，也許第一次、第二次沒有聽清楚，但
到了第三次、第四次，小朋友早已滾瓜爛熟，所以在作答時也不會
遇到任何困擾。

五、第五次施測成效評估

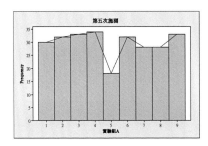

圖 8-17 第五次施測實驗組 A（無字幕）
（有語文能力分班）

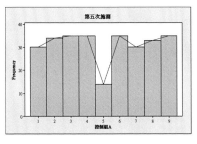

圖 8-18 第五次施測控制組 A（有字幕）
（有語文能力分班）

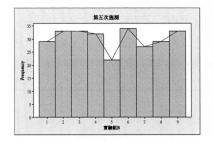

圖 8-19 第五次施測實驗組 B（無字幕）
（有語文能力分班）

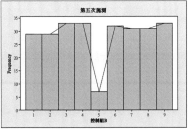

圖 8-20 第五次施測控制組 B（有字幕）
（有語文能力分班）

　　上面各圖為第五次施測各組所有題目統計出「答題正確次數」的直方圖，施測問卷詳見附錄九、十；各班施測結果統計表詳見附錄三十二、三十三、三十四、三十五。

　　從各圖答題正確次數分布情況發現，除了問卷題號 5 題外，其餘各題四組的答題正確次數都是近似統計「均等分配」，各組之間沒有明顯差異。重新檢視第五次的施測問卷，部分題目的設計是採只需靠影像和聲音的信息吸收就能答題正確的方式設計；部分題目是屬於劇情理解的題目，可利用上下劇情的理解來幫助答題，這一類題目四組的學生答題正確次數都很高。但是問卷題號 5「石頭森林裡的野人長什麼樣子？」在字幕、聲音信息中都沒有呈現，只有專心看影像才能發現他們不同於正常人的特徵。這一題無字幕組答題正確次數高於有字幕組，推測原因可能是因為無字幕組因為沒有字幕的輔助，需要更專心觀賞影片，所以較易注意到影像中的細節，而有字幕組因為有字幕的輔助，所以在觀賞影片時，比較放鬆，沒有注意到影像中的小細節，且該題字幕並沒有輔助作用。

六、施測成效評估與發現

1. 有無語文能力分班並不影響整個施測結果。推測原因可能是因為這五部影片內容都很吸引學生，而且都有影像動畫的輔助，再加上本校學生素質都很齊，影片中所使用的辭彙也淺顯易懂，所以有無語文能力分班在此次的研究中並沒有明顯的差別，不影響施測結果。

2. 有字幕的輔助有助於發音容易混淆的字詞的辨別，例如：聽到「羊齒花」或「陽使花」，因為花名是第一次聽到，如果

影片上沒有字幕，受測者無法清楚判斷，可印證「有字幕的
輔助對語言理解是有幫助的」。

3. 這五次的施測以第一次的施測最為準確，效度最高，因為第
一次的施測時學生完全沒有預期的心理，不受心理因素影
響，較能以平常心觀賞影片以及填寫施測問卷。所以整體上
可以看出各組之間成績上有明顯差異，以實驗組 A1(有字幕)
成績為最好，可印證「有字幕的輔助對語言理解是有幫助
的」。

4. 非語文面的影響因素在整個施測過程中，也可能直接或間接
的影響整個施測的結果。例如：心理因素，當特別專心時字
幕的影響力就相對降低。但在一般狀態，觀賞電視、電影等
視聽媒體是一種放鬆心情的休閒娛樂，並不會特別專心，所
以在一般狀態下，字幕的輔助對語言理解還是有一定的影響
力，有助於語言理解，可印證本研究第六章圖 6-1「影響閱
讀理解因素架構圖」。

5. 雖然在整個施測過程中，學生會受到許多心理因素的影響而
隨意填答，但即使如此，我們還是可以很合理的推論，觀看
影片時受到字幕影響的學生比例會比施測結果來得高，因為
許多受到心理因素影響的學生，其觀賞影片時的閱讀行為已
和平時放鬆狀態下看影片不盡相同，特別的專心看、仔細
聽，遇到不確定的答案甚至亂猜。所以五次的施測中，以第
一次的施測字幕對語言理解的影響最為明顯，字幕有助於語
言的理解，可印證本研究第六章圖 6-1「影響閱讀理解因素
架構圖」及「有字幕的輔助對語言理解是有幫助的」。

6. 部分學生對於自己的觀賞行為及習慣是不自覺的。

7. 有些學生會有長時間依賴字幕的習慣；有些學生只有當不了解劇情時才會尋求字幕的輔助；有些則完全不看字幕，認為專心聽聲音、專心看影像也能了解劇情，但這些學生的施測結果並不如預期中的好，一名受訪學生十題的選擇題就錯了八題，可見施測的結果並不如學生自己所想的那樣「完全不受字幕的影響」，只是對於影響完全不自覺罷了。

8. 講話速度太快、音量太小、因人物情緒變化產生的咬字不清……都會影響受測者聽覺信息的接收，此時有字幕的輔助可降低影響。

9. 少部分不習慣看字幕的學生，是因為缺乏低水準的技能，也就是識別書面單詞的技能。

10. 影像中沒有出現，需要仔細聽聲音或仔細看字幕才能答題正確的題目，如果聲音、文字信息只有在影片中出現一次，有字幕的輔助有助於語言理解；如果聲音、文字信息在影片中多次出現，字幕的影響力則相對降低。

11. 沒有字幕的輔助並不影響受測者對整部影片所要傳達的主要觀念或信息的吸收，因為可以由上下劇情的連結來作聯想或推測。

12. 沒有字幕輔助時需要更專心觀賞影片，較易注意到影像中的細節，對於人物特徵較能清楚描繪。

13. 當影像能和語言作適當搭配、連結時，字幕對語言理解的影響就會相對降低，學生可以直接利用影像來幫助語言理解。

14. 少了字幕的輔助，觀眾在觀賞電視、電影等視聽媒體時，必須比平常更專注於聽覺及影像，相較之下比較累，視覺必須承受較大負荷。

15. 四名協助觀察者協助完成五次的研究施測後，一致認為電視字幕、聲音、影像都有助於閱讀理解，彼此間有相輔相成的作用，影響力各不相同，倘若能善加運用，將有助於學生語文能力、聆聽能力、閱讀圖像能力的提升。有關這方面能力的運用推廣，詳見本研究第九章「在語文教育上的運用推廣」。

16. 綜合以上幾點發現，電視字幕對語言理解的正影響有如下幾點：

   (1) 有字幕的輔助有助於發音混淆的字詞的辨認。

   (2) 當聽覺無法正確吸收信息時，字幕的輔助將有助於信息的確認。

17. 綜合以上幾點發現，電視字幕對語言理解的反影響有如下幾點：

   (1) 少部分學生因為缺乏識別書面單詞的能力或習慣不看字幕，使得這些學生的語言理解不受字幕的影響。

   (2) 有字幕的輔助，使得大部分的學生在觀賞影片時習慣依賴字幕來幫助語言理解，較不易觀察到影像中的細節，對於人物特徵等較無法清楚描繪。

第九章　在語文教育上的運用推廣

　　從本研究第八章實務印證中可以發現，雖然影響學生整部影片閱讀理解的因素很多，除了語文面的因素外，還有非語文面的因素，但仍以語文面的影響因素為最主要，其中字幕的有／無更是主要影響因素之一。而且我認為電視字幕不僅對學童有影響，對成人一樣會有影響，尤其是文學價值越高的影片，例如：風靡全中國大陸的電視劇「紅樓夢」，劇中夾雜了一些詩詞歌賦以及文言的語句，倘若沒有字幕的輔助，對觀眾的閱讀理解將造成很大的反影響。

　　但學童正處於啟蒙階段，可塑性最高，且以臺灣的國小學童為例，扣除上學、睡覺、交通時間外，根據富邦文教基金會 2003 年的調查顯示，有 24.4%的孩子每晚都會看電視，電視幾乎成為孩子每天都會接觸的媒體之一。高達 30.8%的學童平均一週收看電視節目的時數為 15～20 小時，也就是平均每日 2～3 小時（吳翠珍，2004）。再加上學童的可觀察性、可試驗性比其他年齡層的學生或成人來得高，所以本研究第八章實務印證的施測對象選擇了國小四年級的學童，但其研究發現與結果仍可類推至其他年齡層的小孩、學生或成人。

　　所以接下來在這一章中，我將利用前幾章理論建構和實務印證所得的結果，以詮釋學的方法來推論：在使用漢字、漢語地區，這個語文現象（有字幕／無字幕）在語文教育上可以如何運用推廣。

第一節　聆聽訓練

　　沈文娟於 2002 年曾發表相關論述《國小低年級兒童口語理解能力之表現情形及相關研究》，研究中發現，早期語言理解能力表現不佳的學童，在自然的學習環境下，其語言理解能力雖然有所成長，但其相對位置仍然沒有提升，對教學者而言，及早給予這些學童語言理解能力的加強與指導，是有其必要性的（沈文娟，2002：66）。

　　但是對於學童語言理解能力的加強與指導，本國語言（形系文字）和外語（音系文字）的學習、加強指導方式是有所不同的，茲分述如下：

一、本國語言（形系文字）語言理解能力的加強與指導

　　如本研究第八章實務印證所述，電視字幕對語言理解的正影響有如下幾點：

1. 有字幕的輔助有助於發音混淆的字詞的辨認。
2. 當聽覺無法正確吸收信息時，字幕的輔助將有助於信息的確認。

　　在使用形系文字國家中，文字、聲音、影像是一體的，彼此間的影響是相輔相成的，當三者同時呈現時對閱讀理解將有最大的輔助作用。尤其是電視字幕，除了如上所述的兩點功用外，字幕的呈現對聲音信息有再確認的作用，而且有些抽象概念，當影像無法完整呈現時，字幕的輔助就更為重要了，有助於語言的理解。

　　再回顧本研究第二章文獻探討中田耐青等人為探討錄影教材之外語翻譯處理方式對國小四年級學童影像及文字內容記憶的影響所作的研究，研究結果中說到，四組控制組中，立即後測的分數以國語無字組的分數最高。我個人認為這是因為「動物的繁殖與誕生行為」這部教學影片多為一些自然現象，仔細觀察各種現象的發生，比仔細閱讀文字更讓人印象深刻。每一個影片片段都環環相扣，只要稍一失神，可能就錯過了其中一個重要環節。

　　但這項假設對於文學性較高的電視節目或影片，可能就不成立，因為劇情中文學性的語言較多優美詞、句或俚語，加上漢字多音、同音、諧音的特性，這時如沒有字幕的輔助，讀者可能會對劇情產生疑惑甚至一知半解。所以欣賞文學價值較高的電視節目或影片和欣賞程序性質較高的教學影片，電視字幕對於語言理解的影響是不同的。

　　但即便如此，「動物的繁殖與誕生行為」片中使用了許多專有名詞，例如：胎生、卵胎生……等，這些專有名詞對學童而言有些可能是第一次聽到，雖然可利用影像來了解這些專有名詞所代表的意義，但如果還能有「重點字幕」的呈現，我認為會有助於專有名詞的理解。

　　由此可知，聆聽的訓練是要幫助讀者更準確的理解聲音信息，進而幫助閱讀理解，在觀賞文學性較高的電視節目或影片時，電視字幕的呈現有助於語言的理解；在觀賞程序性較高的電視節目或影片時，「重點字幕」的呈現仍有助於語言理解。

二、外語（音系文字）語言理解能力的加強與指導

　　在使用形系文字國家，外語的學習方式和本國語言的學習方式是不同的。如本研究第四章所述，無論從型態上的差異或表義上的

差異來看，音系文字所提供的文字信息對電視、電影等視聽媒體中閱讀的理解，並沒有及時的功用，無法有效的幫助閱讀理解。而曾世杰在《聲韻覺識、唸名速度與中文讀寫障礙》一書中也有如下的推論：

1. 拼音文字的字母或字串表徵的是「音素」，因為音素不是自然的語言成分，所以拼音文字的閱讀習得比口說語言的習得困難。
2. 音素概念出現在形式教育之後，沒有受過訓練的，不識字的人，「音素」的概念應該很差。
3. 聲韻覺識和拼音文字的閱讀分數會有顯著的正相關。
4. 聲韻覺識和閱讀間有因果關係，早期的聲韻覺識可以預測晚期的閱讀，而且有效的聲韻訓練課程，可以提升兒童的閱讀能力（曾世杰，2004：82）。

所以在使用音系文字的國家中，較重視口頭語言和語音的價值，每句話總要說得清清楚楚，讓輕音、重音涇渭分明，以便達到精確溝通的目的，而且早期的聲韻覺識對閱讀理解是有幫助的。

同樣的理念套用在形系文字國家中的外語學習也應是如此，不該將形系文字的語言理解能力加強指導方式直接套用在外語（音系文字）的學習上。一篇《中國時報》的報導指出「看洋片遮掉字幕，有助於外語的學習」：宜蘭縣私立慧燈中學高三女生劉芷瑩參加多益測驗（TOEIC，國際溝通英語測驗），拿了 980 分，接近滿分 990 分，實力超過國外留學標準。劉芷瑩說，爸爸是在家為她營造交談學英語的環境；媽媽買英語歌唱帶、英語卡通影片，讓她聽、看，還將影片中的中文字幕貼上貼紙遮住，以增加她的英語聽力。她還

說學英語不要當正科讀，要培養興趣，挑自己喜歡的歌唱帶、影片或電視節目，一聽再聽，一看再看（林美忠，2008）。

　　由此可知，當我們在學習外語（音系文字）時，聲韻的覺識比文字的辨識來得重要，遮蔽字幕將有助於外語的學習。這和許多研究中指出觀賞外語節目時有字幕輔助將有助於閱讀理解是不同的，因為那樣的觀賞行為只有助於節目內容的理解，對外語的學習是沒有幫助的。所以如果要學習外語（音系文字），以遮蔽字幕來提升聲韻的覺識，是一種聆聽能力的訓練，有助於語言的理解和學習。

第二節　識字訓練

　　如本研究第七章所述，信息處理的模式可分為自上而下模式、自下而上模式和相互作用模式三種，其中自下而上模式特別重視讀者如何將文字信息轉換成有意義的語言信息，這個閱讀歷程是從最基礎的「視覺處理」、「字彙辨識」開始，一直到「記憶」和「理解」，認為閱讀是始於較低階的認知能力運作。然而兒童初學者已經掌握了口語，有基本的詞彙和句法知識，也有相當的世界知識，他們最缺乏的是低水準的技能，也就是識別書面單詞的技能。因此，他們是用自上而下的加工代替自下而上的加工。例如：在閱讀時，他們常常用語義上恰當的詞來代替原詞（利用語義信息進行猜測），對上下文較為依賴（江新，2008：3）。

　　黃淑君也曾於 2003 年發表相關論述《國小學童聽覺理解能力與閱讀理解能力之相關研究》，研究中發現一年級學童在聽覺能力的表現顯著優於閱讀理解能力（黃淑君，2003：Ⅰ）。這是因為一

年級學童剛從注音符號進入國字的學習，對國字認識得不多，所以聽覺能力的表現顯著優於閱讀理解能力，這種狀況在年紀越小的學童身上越明顯。

　　但這並不表示在觀賞電視、電影等視聽媒體時字幕的輔助對年紀越小的兒童就越不重要；相反的，有字幕的輔助可以讓尚未識字的幼兒提前認識字型，且圖像化的漢字比音律化的英文更易於辨認。至於目前電視節目中，東森幼幼臺、momo 親子臺有部分給幼兒觀賞的節目並不提供字幕，例如：「天線寶寶」，我認為並不需要因為該節目的主要觀眾群為學齡前的幼兒就不提供字幕輔助，相反的，提供字幕的輔助可讓幼兒提前識字。

　　況且當學童的識字量逐漸增加，觀賞的影片難度逐漸提升後，為了幫助語言理解，將慢慢養成依賴字幕的習慣。這種依賴字幕的習慣，在文學價值較高的影片或節目中更為明顯，可以好好利用這樣的閱讀理解習慣應用到語文教育上，以增加學童的識字量及閱讀能力。而且由本研究第八章實務印證中可以發現，當聲音無法清楚傳達信息時，學生對字幕的依賴也會相對增加。

　　還有隨著年齡及識字量的增加，在觀賞電視、電影等視聽媒體時，尤其是文學價值較高的影片或節目，讀者要達到閱讀的目標，不但需要有低階解碼的能力，如何讓讀者將低階解碼的能力自動化，減少讀者在工作記憶容量的負荷也是很重要的，這樣才能更有效率的進行較高層次的理解，進而提升語文能力（謝俊明，2003：75）。甘耀樺曾在 2003 年發表相關論述《閱讀障礙學童與一般學童閱讀速度之比較研究》，研究中還發現學童的解碼速度快慢，也會影響其中文認字的多寡和國語成績的高低。並建議學校教育應將「速度」列入評量的考量重點，對於學童的各項評量成績或測驗，除了正確性外，其測驗時反應的快慢也應納入考量（甘耀樺，2003：

74）。而電視、電影等視聽媒體又是一種快速且具時間限制的東西，如能善加利用此一特性，我覺得對於學童的識字速度及識字量都是有幫助的，進而提升學童的語言能力。

綜合上面所述可知，在觀賞電視、電影等視聽媒體時，有電視字幕的輔助，對於學齡前的兒童可以幫助他們提前識字；對於已識字或正值識字階段的兒童則有助於識字速度的提升，進而提高識字量及語文程度。

但這僅止於形系文字的學習而言。在使用形系文字國家，觀賞電視、電影等視聽媒體之所以可以提高讀者的識字量、識字速度及語文程度，是因為電視字幕對於語言理解及閱讀理解是有幫助的，並無法套用在音系文字的識字訓練上。如本研究第四章所述，音系文字的文字是記錄音的，二十六個字母其實只是構字的元件，每個字母本身並不帶有意義，不能擔負傳達的功能。所以音跟義之間沒有任何關聯，無法從字面上去認讀字義（竺家寧，1998：76）。所以如果要真確的了解英文句子所要表達的意思，只有依靠影像或情境的配合，此時，注意觀察、注意聽比仔細閱讀文字來得重要。

還有因為文字多多少少都具有不移向性，所以並不是所有的表音文字都完全依照發音拼寫。發音雖因人因地而作變化，文字本身卻常會保留其原有拼法而不隨之改變。以英文為例，有些單字字母的拼法和它的發音已無一致，且相差甚遠，同一音素可有很多不同的拼法，一個字母也可以有幾個不同的發音，且拼字內的字母有的根本也不發音（詳見本研究第四章）。所以對於一個生活在全英語環境下的外國人而言，聽音辨義比看字辨義來得容易。

再加上閱讀音系文字的速度比閱讀形系文字的速度慢了許多。如本研究第四章所述，相同的路標，使用羅馬字作道路標示，讀起來要花十多秒，用日本假名要數秒，而漢字只要一秒的幾分之

一就清楚的感知（賴慶雄，1990：114），類推到英文這種表音文字
上，可知其閱讀文字的速度應和羅馬字是差不多的。

　　由此可知，在觀賞電視、電影等視聽媒體時，在使用音系文字
國家，電視字幕無法對語言理解產生積極的正面影響，注意觀察、
注意聽比仔細閱讀文字來得重要和快速。所以類推到音系文字的識
字訓練上，觀賞電視、電影等視聽媒體，電視字幕無法有效提升音
系文字的識字量及識字速度，和形系文字的識字訓練效果是截然不
同的。

第三節　閱讀圖像訓練

　　雖然本研究第八章實務印證中曾說到，在觀賞電視、電影等視
聽媒體時，如果去除字幕的輔助，將有助於學生的圖像閱讀。但這
樣的現象在文學性較高的影片或節目中，對閱讀理解的正影響是有
限的，只有當影像的信息在聲音及字幕中都無呈現時，無字幕呈現
對圖像閱讀才有較大的正影響力。但其他時候則不盡然，有字幕的
輔助反而對閱讀圖像的理解有正影響；如果只為了讓讀者更專注於
閱讀部分圖像所提供的線索而關閉所有字幕，對整部影片的閱讀理
解反而有顧此失彼的感覺，反影響大於正影響。

　　我認為即使在像「達文西密碼」這類的偵探影片中，有提供漢
語發音，完全的字幕輔助還是有需要的，畢竟這類的影片也有相當
高的文學價值，為營造撲朔迷離的效果，常常跳躍式的變幻時空及
場景，此時倘若有字幕的輔助，不但對於整部影片的閱讀理解有正
影響，對於圖像閱讀也是正影響大於反影響。

　　至於閱讀圖像能力的訓練，則有賴長期的訓練，可多觀賞「達文西密碼」這類的偵探節目或影片，因為往往解開謎題的線索就在影像中，久而久之，讀者就會發現閱讀圖像的重要性，而在觀看字幕的同時也會注意到影像的細微變化，且這樣的閱讀圖像訓練將有助於視覺智力的提升（林妤容譯，2003：3）。

　　但電視字幕對閱讀圖像理解的幫助，僅止於形系文字。如上一節所述，在使用音系文字國家，電視字幕並無法對語言理解產生積極的正面影響，無法有效提升音系文字的識字量及識字速度，此時注意觀察、注意聽比仔細閱讀文字來得重要和快速。也基於這些原因，使得使用音系文字國家的民眾在觀看電視、電影等視聽媒體時，不需依賴字幕來幫助閱讀理解及語言理解，無字幕輔助反而可以更專注於聲音及影像，有助於閱讀圖像的理解。

第四節　解決閱讀困難學生的學習問題

　　語言理解和閱讀理解雖然都是透過認知過程中「解碼」的動作完成，但是二者所接收和使用的信息卻不盡相同。語言理解是對聲音信息進行理解；閱讀理解所接收和使用的信息則較多元，以電視、電影等視聽媒體為例，就包含了字幕、聲音、影像三者。其中語言理解的問題會導致文字理解的問題，文字理解會影響語言理解，而語言理解、文字理解、圖像理解三者則會影響整個內容的閱讀理解，詳見本研究第七章圖 7-1 電視、電影文本閱讀理解信息來源架構圖。且綜合本研究第九章前三節所述，在使用形系文字國家，字幕、聲音、影像三者的綜合掌握，對於觀賞電視、電影等視聽媒體的閱讀理解是有正影響的，可達到最佳的閱讀理解效果。

　　這樣的經驗類推到一般書面文本的閱讀理解，也是不錯的閱讀策略，有助於解決閱讀困難學生的學習問題：搭配電視、電影等視聽媒體的閱讀經驗，可幫助有閱讀障礙的學生在閱讀書面文本時的理解，利用影像、聲音來作文字意義的連結及文本內容的想像。

　　有些家長鑒於電視、電影等視聽媒體所提供的內容良莠不齊，加上害怕自己的孩子變成電視兒童，及長時間的觀看電視所導致的視力不良，所以禁止孩子看電視。但這無非是讓有閱讀障礙的學童尚失了一個學習的管道，因為觀賞電視、電影等視聽媒體比一般的書面文本更吸引小朋友，影像、聲音生動逼真，劇情內容豐富有趣，如果能善加利用，將有助於閱讀理解，進而解決閱讀困難學生的學習問題。至於前述多數父母所擔心的問題，只要能對電視、電影等視聽媒體所提供的節目或影片作適當的選擇，並在長時間觀看影像後能作適當的休息及安排適當的觀看距離，這些反面影響因素都可一一避免。

　　家長們也不必擔心孩子因為觀賞電視、電影等視聽媒體，習慣了這些視聽媒體所提供的影音聲光效果後，而降低了閱讀書面文本的興趣。我認為視聽媒體和書面文本倘若能作適當的搭配閱讀，將有助於提升學童的閱讀理解能力及閱讀書面文本的興趣。例如：在觀賞「哈利波特」電影後，如果再去閱讀書面的文本，學童將會發現書面的文本比電影更豐富有趣，此時電影中的影像、聲音都有助於書面文字意義的連結及文本內容的想像。

第十章　結論

第一節　要點的回顧

　　隨著科技的進步及經濟的發展，電視已是使用相當普遍且頻繁的大眾傳播工具。據吳知賢（1990）的調查研究指出，國內已有98%的家庭擁有電視，其中有一半以上的家庭甚至有兩部以上，更遑論是二十一世紀的現在，電視不僅會對成人造成影響，對正值成長階段的兒童影響更大，許多雙薪家庭的孩子已在不知不覺中成為了「電視兒童」（張耐，1998）。兒童長時間浸淫於螢光幕前，電視對其言行舉止所產生的仿效作用，或較正規學校教育與家庭教育尤有過之，但「影響」一詞應有正反兩面雙重意義，家長不該只看到電視對兒童所造成的反面影響就全面禁止兒童看電視，反而應善用此項資源，增加電視對兒童的正影響，降低反影響。其中「電視字幕」對語言理解的影響應不容忽視。

　　使用「形系文字」國家電視字幕對語言理解的影響比使用「音系文字」國家電視字幕對語言理解的影響來得深。由於形系文字在形、音、義各方面都不同於音系文字，以致現在世界各國只有仍使用形系文字的臺灣、香港、新加坡和中國大陸等華語地區電視節目有字幕，影響之甚可見一般。我希望利用這次研究的理論建構和實務印證來規模相關的認知途徑和運用推廣的方案，仔細探究電視字幕在語文教育上可以如何運用與推廣，回饋給更多的教學者或父

母，讓更多的人知道該如何善用電視媒體進行聆聽、識字、閱讀圖像訓練，以及如何解決閱讀困難學生的學習問題。以下是本研究各章節的重點回顧：

一、電視字幕影響語言理解的相關研究文獻

（一）劉說芳（1993）所發表的論述《電視字幕對視覺及劇情理解度影響之研究》

　　劉說芳認為，觀眾在欣賞國語發音的節目時，字幕常使觀眾分心，而無法掌握完整劇情，對劇情理解度有負面影響。但我並不以為然，因為劉說芳在設計問卷時，10 個問題題目中，一半是曾在字幕中出現，另一半則僅出現在影像中。仔細分析，答案曾在字幕中出現的這一半題目，在呈現字幕時也有影像的呈現，所以我個人認為這個時候字幕雖然有輔助的作用，但即使沒有字幕輔助，讀者也能從影像中得到答案，所以這個部分字幕的有無，對內容理解度的影響並非這 5 個題目就可觀察出來；而另一半的題目，答案僅在影像中出現，這個時候字幕當然無法發揮作用。所以我認為劉說芳會由研究中得出這樣的結論，跟問卷的設計有關，倘若在題目中增加「經由聽覺接收容易產生混淆」的題目，所得出的結論可能就不盡相同了。

（二）田耐青等（1993）所發表的論述《進口教學錄影節目之外語翻譯處理方式對國小四年級學童學習記憶之影響》

　　研究結果顯示，在四組控制組中，立即後測的分數以國語無字組的分數最高。我個人認為這是因為「動物的繁殖與誕生行為」這

部教學影片多為一些自然現象，仔細觀察各種現象的發生，比仔細閱讀文字更讓人印象深刻。每一個影片片段都環環相扣，只要稍一失神，可能就錯過了其中一個重要環節。

但這項假設對於文學性較高的電視節目或影片，可能就不成立，因為劇情中文學性的語言較多優美詞、句或俚語，加上漢字多音、同音、諧音的特性，這時如沒有字幕的輔助，讀者可能會對劇情產生疑惑甚至一知半解。所以我認為，欣賞文學價值較高的電視節目或影片和欣賞程序性質較高的教學影片，電視字幕對於語言理解的影響是不同的。

但即便如此，「動物的繁殖與誕生行為」片中使用了許多專有名詞，例如：胎生、卵胎生……等，這些專有名詞對學童而言有些可能是第一次聽到，雖然可利用影像來了解這些專有名詞所代表的意義，但如果也能有「重點字幕」的輔助，我認為會有助於專有名詞的理解。

（三）其他國外相關文獻

本研究第三章文獻探討歸納了三位國外學者所提出的看法，得到以下的結論：無字幕輔助比有字幕輔助的語言理解度高。但實際上並非全部如此，會得到此單一結論，是因為這三位國外學者及其研究對象的文化背景和所使用的語言、文字不同所致。他們所使用的語言是沒有聲調的英語，文字是音系文字，跟漢語、漢字是截然不同的。音系文字的文字是記錄音的，二十六個字母其實只是構字的元件，每個字母本身並不帶有意義，不能擔負傳達的功能。所以音跟義之間沒有任何關聯，無法從字面上去認讀字義（竺家寧，1998：76）。所以如果要真確的了解英文句子所要表達的意思，只

有依靠影像或情境的配合，此時注意觀察、注意聽比仔細閱讀文字來得重要。

二、音系文字和形系文字在形、音、義……各方面的差異

（一）音系文字

　　音律化的音系文字，用文字來記錄語音，以英文為例，二十六個字母其實只是構字的元件，每個字母本身並不帶有意義，是一種不表義的音節組合，不能擔負傳達的功能。其語言文字特色如下所述：

1. 有許多不規則的動詞時態、名詞單複數……變化，但這些變化只能表示時態、數量的多寡……無法表達完整的字義，和「字形」是沒有關聯的。
2. 多不勝舉的多義字。
3. 有些表音文字不完全表音。
4. 語言的衍變性大。
5. 線性的音系文字信息量小。
6. 屬於聲調語的英語，單字的聲調高低並不具有辨別語義的的作用，同一個英文單字可能因每一個英文句子所要表達的語義而改變聲調，也就是說，英語是利用句調的不同來表情達意。
7. 屬於重音節拍語的英語，只有信息內涵較多的實詞有重音，而功能詞則只唸輕聲。
8. 閱讀音系文字的速度比閱讀形系文字來得慢。因為當人們接收到音系文字的視覺符號時，必須先將文字轉錄為語音，才能和該信息的意義相連結，因此在反應的時間上就慢了許多。
9. 在英語中對閱讀理解的影響，音長、音強最重要，而音高次之。

10. 在英語中單字的音高並沒有區分個別語義的作用，所以信息處理系統必須利用重音的分布、所過濾出的實詞，以及整個句子的聲調來辨認語義。

由上述音系文字語言的特色，我們可以知道，音律化的音系文字，文字本身並不具任何可認知的概念，文字只是音的再現，對於閱讀理解並沒有太大的幫助，反而會因為需要先由視覺符號轉換聽覺符號，再跟意義作連結而大大降低了閱讀理解的效率。所以在使用音系文字的國家中，看電視時劇中人物的對話、語言，以聽覺符號輸入人們的耳中後，直接至腦中提取意義是最快速有效率的路徑，所以看電視時不需要電視字幕的輔助。可印證本研究第三章文獻探討中，有關國外相關文獻所得出的結論：「觀賞電視節目時，無字幕輔助比有字幕輔助的語言理解度高。」但這項研究結論並不能直接套用在使用形系文字的國家中。

（二）形系文字

圖像化的形系文字，用形表義，絕大部分都具有二元結構的特點，它的意符是信息儲存體，它的聲符是信息識別體，至於象形字、會意字，幾乎可以望文知義（這當然要有相當的修養），擁有豐富的文化內涵，這樣的信息載體是線性拼音文字所不具備的。其語言文字特色如下所述：

1. 屬於單音節字的漢字，每一個字本身都表示一個概念，即使是由兩個或兩個以上漢字所組成的熟語（或稱複合語），其構成這些熟語的每一個漢字本身仍具有各自的概念。
2. 即使是多音字，每一個音被使用的概念各不相同，所以仍可利用該複合名詞所要表達的概念來加以區分。

3. 動詞時態、名詞單複數……都不會像音系文字這樣產生變化，同一個詞只會因為詞位的不同而改變詞性。

4. 有許多同音異字、同音異詞、音近字，以及「上聲加上聲」和「陽平加上聲」等容易產生聽覺混淆的字詞。

5. 諧音取義的民俗文化。

6. 語言的衍變性小。

7. 漢字的「形聲」文字是由意符和聲符所組成，意符是信息的儲存體，聲符是信息的識別體，仍具有特定的字義，是一種表音的表義文字（黃天麟，1987：22）。而且漢字大量的形聲文字並沒有形成符號化、系統化，不能像音系文字那樣，聽到一個詞就可以直接寫下來，看到一個詞也可以直接拼讀出來（楊九俊等主編，2001：43）。

8. 漢字是單音節的方塊字，一個方塊就包含了形、音、義三個要素，成為一個信息平面，它的信息量大於線形的音系文字。

9. 豐富的信息量使得閱讀形系文字比閱讀音系文字迅速。

10. 形系文字的聽覺符號和視覺符號都可以直接和意義作連結，彼此間有相輔相成的作用。

11. 在漢語中對閱讀理解的影響，音高最重要，而音長、音強次之。

　　由上述形系文字語言的特色，我們可以知道，圖像化的形系文字是以形表義的，每一個字本身都具有各自的概念，而且富含信息量，可快速閱讀。所以在觀賞電視、電影等視聽媒體時，劇中人物的對話、語言，無論是聽覺符號的輸入或視覺符號的輸入，都可以直接和意義產生連結，加上漢字有許多容易讓聽覺產生混淆的字詞，所以在觀賞電視、電影等視聽媒體時，除了聽覺符號（語言）

外，倘若能再加上視覺符號（文字）的輔助，將有助於劇情的理解。可印證本研究第八章實務印證中，有關電視字幕對語言理解的影響的發現。

三、在使用形系文字國家電視字幕對語言理解的正影響及反影響

（一）正影響

1. 可幫助觀眾更正確的理解語言涵義。
2. 增加新字彙及提升語言技巧。
3. 提升學習效果。
4. 快速正確接收新詞新義。
5. 便於使用方言的觀眾欣賞國語節目。
6. 為聽障者提供服務。

（二）反影響

1. 因所處社會環境的不同，而對語言現象產生以偏概全的理解。
2. 因文化背景的不同，而對語言現象產生誤解或曲解。
3. 因心理條件不同，而對語言現象產生曲解。
4. 不受字幕影響。
5. 為反對某種語言現象而產生的反向效應及行為。

　　由上述電視字幕對語言理解的正影響可知，在使用形系文字國家，電視字幕有助於語言理解；再由反影響得知，有些影響是屬於

非語文面的，很難客觀的量測出來。可印證本研究第八章實務印證的研究結果。

四、在使用音系文字國家電視字幕對語言理解的正影響及反影響

（一）正影響

1.為聽障者提供服務

對於弱勢團體之瘖啞聽障者，如果無字幕就無法了解劇情，所以為照顧該弱勢群體，美國的電視開發了隱藏式字幕系統（Close Caption 簡稱 CC），將字幕信息裝置於垂直遮沒其間（螢幕上看不到該信息）。當瘖啞聽障者收視時，只要打開電視接收機 menu 的 CC 功能就能在螢幕上顯示該英文字幕，而正常人不需字幕，只要不打開 CC 功能，該字幕就會自動被隱藏。

（二）反影響

1. 不受字幕影響。
2. 聽障者過於依賴字幕，視覺焦點多停留在字幕上，對於影像反而無法更仔細的觀察與欣賞，許多精采片段或信息可能就此流失，甚為可惜。

由上述電視字幕對語言理解的正影響可知，對正常的閱聽者而言，電視字幕並沒有對語言理解產生積極的影響作用，甚至完全不受字幕影響。這使得在使用音系文字國家，電視字幕需要透過字幕機來切換顯示，平時是沒有字幕顯示的。

五、電視字幕（形系文字）對國小學童語言理解的影響

1. 有字幕的輔助有助於發音容易混淆的字詞辨認。
2. 非語文面的影響音素在整個施測過程中，會直接或間接的影響整個施測結果。
3. 部分學生對於自己的觀賞行為及習慣是不自覺的。
4. 大部分學生都有依賴字幕來幫助語言理解的習慣；少部分學生雖然認為自己完全不受字幕的影響，但施測結果卻沒有預期中的好，可見對於影響只是不自覺罷了。
5. 講話速度太快、音量太小、因人物情緒變化產生的咬字不清……都會影響受測者聽覺信息的接收，此時有字幕的輔助可降低影響。
6. 沒有字幕的輔助並不影響受測者對整部影片所要傳達的主要觀念或信息的吸收，因為可以由上下劇情的連結來作聯想或推測。

由上述可印證，在使用形系文字國家，電視字幕有助於的語言理解。

六、在語文教育上的應用推廣

在使用形系文字國家，字幕、聲音、影像三者的綜合掌握，對於觀賞電視、電影等視聽媒體的閱讀理解是有正影響的，可達到最佳的閱讀理解效果。而且有字幕的輔助可以讓尚未識字的幼兒提前認識字型；已識字的學童識字量增加，至於目前電視節目中，東森幼幼臺、momo 親子臺有部分給幼兒觀賞的節目並不提供字幕，例

如：「天線寶寶」，我認為並不需要因為該節目的主要觀眾群為學齡前的幼兒就不提供字幕輔助；相反的，提供字幕的輔助可讓幼兒提前識字。

　　在使用音系文字國家，字幕並未對語言理解產生積極的正面影響，在觀賞電視、電影等視聽媒體時，注意聽聲音、注意看影像比注意看字幕來得重要。所以在使用形系文字國家，外語的學習方式和本國語言的學習方式是不同的。當我們在學習外語（音系文字）時，聲韻的覺識比文字的辨識來得重要，遮蔽字幕將有助於外語的學習。這和許多研究中指出觀賞外語節目時有字幕輔助將有助於閱讀理解是不同的，因為那樣的觀賞行為只有助於節目內容的理解，對外語的學習是沒有幫助的。所以如果要學習外語（音系文字），以遮蔽字幕來提升聲韻的覺識，是一種聆聽能力的訓練，有助於語言的理解和學習。

第二節　未來研究的展望

　　本研究以理論為主，實務印證為輔，所以在實務印證部分雖然不能廣及，但有理論基礎可以「以此類推」，仍有高度的參考價值。

　　後續如果再有相關的研究，可增加樣本數並將實驗的樣本擴及其他地區的學校學生，以及其他五個年級的學生，將使本研究結果更為客觀。當然，如能廣及各個年齡層或各種不同社經背景的樣本，將使本研究更趨完整。

　　在實務印證影片部分，我這次研究所使用的是片長約 15 分鐘的短片，採用立即後測的方式來了解學童的閱讀理解習慣及電視字幕對語言理解的影響，但觀賞長片、延宕後測或各種不同類型的影

片，因為變項不同，也可能有更多令人意想不到的發現可應用在語文教育上。將研究結果回饋給更多的教學者或父母，知道如何為正值成長階段的孩子選擇適當的節目或影片，知道如何善用電視媒體進行聆聽、識字、閱讀圖像訓練，以及更有效的解決閱讀困難學生的學習問題。

　　最後也要提醒爾後的研究者，別忽略了非語文面的影響層面。在此次的研究中，因考量時間及個人能力，所以實務印證部分的研究設計僅以語文面的因素為主，但仍能由訪談及觀察紀錄中發現，非語文面的影響因素在整個施測過程中，可能直接或間接的影響整個施測的結果。非語文面的因素必須長時間的觀察紀錄，爾後的研究者倘若有此雄心壯志願意延續相關研究，非語文面的因素必須妥善處理，如下圖 10-1（前面圖 6-1 所不便處理的部分）所示：

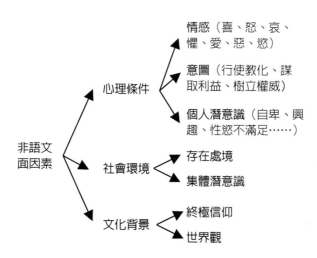

圖 10-1　影響閱讀理解非語文面因素架構圖

參考文獻

王瑋、黃克義譯（2001），Edward Pincus & Steven Ascher 著，《電影製作手冊》，臺北：遠流。

王士元（1988），《語言與語音》，臺北：文鶴。

王克先（1996），《學習心理學》，臺北：桂冠。

王海山主編（1998），《科學方法百科》，臺北：恩楷。

方奕譯（2005），《文字的歷史》，臺中：晨星。

田耐青等（1993），《進口教學錄影節目之外語翻譯處理方式對國小四年級學童學習記憶之影響》，行政院國家科學委員會專題研究計畫成果報告，臺北：國立臺北師範學院視聽教育中心。

古添洪（1984），《記號詩學》，臺北：東大。

甘耀樺（2003），《閱讀障礙學童與一般學童閱讀速度之比較研究》，臺東：國立臺東大學教育研究所特殊教育教學碩士論文。

江新（2008），《對外漢語字詞與閱讀學習研究》，北京：北京語言大學。

李梵（2002），《文字的故事》，臺中：好讀。

李政賢譯（2006），Catherine Marshall、Gretchen B. Rossman 著，《質性研究》，臺北：五南。

李達三等主編（1990），《中外比較文學研究第一冊（下）》，臺北：學生。

李瑞華主編（1996），《英漢語言文化對比研究》，上海：外語教育。

何九盈、胡雙寶、張猛主編（1995），《中國漢字文化大觀》，北京：
　　北京大學。

沈文娟（2002），《國小低年級兒童口語理解能力之表現情形及相關研
　　究》，臺中：國立臺中師範學院教育測驗統計研究所碩士論文。

吳知賢(1990)，〈電視暴力對國小學童社會態度影響之研究〉，《臺
　　南師院學報》第 23 期，頁 99-132。

吳知賢（1996），〈電視與兒童的語言發展〉，《教學科技與媒體》第
　　30 期，頁 24-32。

吳翠珍（2004），〈臺灣媒體教育的實驗與反思〉，《臺灣教育》第
　　629 期，頁 30。

林好容譯（2003），John Bremner 著，《視覺智力測驗》，臺北：稻田。

林美忠（2008.1.18），〈看洋片遮掉字幕劉芷瑩多益考 980〉，《中國
　　時報》C4 版。

林慧芳（2002），《國小六年級低閱讀能力學生工作記憶與推論能力
　　之研究》，彰化：國立彰化師範大學特殊教育研究所碩士論文。

林慶勳等編著（1995），《文字學》，臺北：國立空中大學。

竺家寧（1998），《中國的語言和文字》，臺北：臺灣書店。

周何等（1991），《國語活用辭典》，臺北：五南。

周慶華（1997），《語言文化學》，臺北：揚智。

周慶華（2000），《文苑馳走》，臺北：文史哲。

周慶華（2002），《故事學》，臺北：五南。

周慶華（2004a），《文學理論》，臺北：五南。

周慶華（2004b），《語文研究法》，臺北：洪葉。

香港聖經公會（1995），《聖經》，香港：香港聖經公會。

紀秋郎（1991），《新知識英漢辭典》，臺北：黃帝。

唐諾（2000），《文字的故事》，臺北：聯合。

唐維敏譯（1995），Roy Armes 著，《錄影學》，臺北：遠流。

孫振聲（1995），《白話易經》，臺北：星光。

高敬文（1999），《質化研究方法論》，臺北：師大書苑。

徐水良（2007），〈語言、符號、文字〉，《大紀元》12 月 23 日訊，檢索日期：2008 年 4 月 3 日，網址：http://www.epochtimes.com/b5/7/12/23/n1951466.htm。

徐宗國譯（1997），Anselm Strauss and Juliet Corbin，《質性研究概論》，臺北：巨流。

許慎（1978），《說文解字》，段玉裁注本，臺北：南嶽。

許逸之（1991），《中國文字結構說彙》，臺北：商務。

許嘉璐（1999），《語言文字學及其應用研究》，東莞：新豐。

陳原（2001a），《語言與語言學論叢》，臺北：商務。

陳原（2001b），《在語詞的密林裡》，臺北：商務。

陳宗明（2001），《漢字符號學》，南京：江蘇教育。

陳清河（2000），《電影製作》，臺北：五南。

常敬宇（2000），《漢語詞彙與文化》，臺北：文僑。

張耐（1998），〈電視媒體與兒童暴力〉，《師友》第 374 期，頁 25-30。

張文軒譯（2000），George Yule 著，《語言學導論》，臺北：書林。

張世錄（1979），《語言學概論》，臺北：中華。

張京媛等譯（1994），Frank Lentricchia 等編，《文學批評術語》，香港：牛津大學。

張漢宜（1996），《兒童音韻、聲調覺識，視覺技巧，短期記憶發展與閱讀能力之關係》，臺南：國立臺南師範學院國民教育研究所碩士論文。

張蓮滿（1991），〈談電視與兒童〉，《國教之聲》第 25 卷第 1 期，頁 4-11。

郭麗玲（1991），〈電視、兒童面面觀〉,《初教雙月刊》43 期,頁 63-65。

陸又新（2004）,〈聆聽與溝通兼談聆聽教學〉,《國教天地》第 9 期,頁 9-10。

曹逢甫（1993）,《應用語言學的探索》,臺北：文鶴。

曹錦清、馬振聘譯（1994）,Georges Jean 著,《文字與書寫》,臺北： 時報。

游恆山編譯（1997）,Philip G. Zimbardo & Richard J. Gerrig 著,《心 理學導論》,臺北：五南。

項退結編（1987）,《現代世界與宗教》,臺北：久大。

黃文卿、林晏州（1998）,〈深度訪談之理論與技巧──以陽明山國 家公園遊園專車推動為例〉,《國家公園學報》第 8 卷第 2 期, 頁 166-178。

黃天麟（1987）,《中國文,中國話》,臺北：弘明。

黃亞平（2001）,《漢字符號學》,上海：上海古籍。

黃沛榮（2001）,《漢字教學的理論與實踐》,臺北：樂學。

黃坤年（1973）,〈電視字幕改良之我見〉,《廣播與電視》第 23 期, 頁 70-74。

黃宣範譯（1999）Victoria Fromkin & Robert Rodman 著,《語言學 新引》,臺北：文鶴。

黃淑君（2003）,《國小學童聽覺理解能力與閱讀理解能力之相關研 究》,臺中：國立臺中師範學院教育測驗統計研究所教學碩士 論文。

曾世杰（2004）,《聲韻覺識、唸名速度與中文讀寫障礙》,臺北： 心理。

游恆山編譯（1997），Philip G. Zimbardo & Richard J. Gerrig 著，《心理學導論》，臺北：五南。

葛本儀（2002），《語言學概論》，臺北：五南。

董琨（1993），《和自發展史話》，臺北：商務。

楊九俊等主編（2001），《小學語文教學概論》，南京：南京大學。

楊治良等編著（2001），《記憶心理學》，臺北：五南。

葉淑燕譯（1990），Robert Escarpit 著，《文學社會學》，臺北：遠流。

齊力、林本炫（2005），《質性研究方法與資料分析》，嘉義：南華教社所。

趙碧華、朱美珍編譯（2000），Allen Rubin・Earl Babbie 著，《研究方法》，臺北；學富。

蔣世德（2004），《中國文字淺談》，臺北；商務。

蔣麗蓮（1970），《廣播電視學研究》，臺北：黎明。

鄭明萱譯（2006），Herbert Marshall McLuhan 著，《認識媒體》，臺北：貓頭鷹。

鄭樹森（1986），《文學理論與比較文學》，臺北：時報。

鄭麗玉（1993），《認知心理學》，臺北：五南。

蔡辰男等編（1989），《中文百科大辭典》，臺北：百科。

劉本炎（1997.1.27），〈網路上的希茲克利夫──由「電子論壇」上的「咆哮山莊」論戰，看文學的新時代〉，《中央日報》28版。

劉說芳（1992），《電視字幕對視覺及劇情理解度影響之研究》，臺南：國立成功大學工業設計研究所碩士論文。

潘淑滿（2004），《質性研究：理論與應用》，臺北：心理。

盧國屏等編著（2003），《中國文字》，臺北；國立空中大學。

賴明德（2003），《中國文字教學研究》，臺北：文史哲。

賴慶雄（1990），《認識字詞句》，臺北：國語日報。

謝俊明（2003），《閱讀障礙學生與一般學生在唸名速度上之比較研究》，臺東：國立臺東大學教育研究所特殊教育教學碩士論文。

謝國平（1986），《語言學概論》，臺北：三民。

韓敬體（2002），《語文應用漫談》，臺北：商務。

嚴平譯（1992），Palmer, Richard E.著，《詮釋學》，臺北：桂冠。

Neisser, U. (1967), Cognitive Psychology, New York: Appleton - Century - Crofts.

Pollatsek, A.. & Rayner, K (1989), The Psychology of Reading, Englewood Cliffs: Prntice-Hall, Inc..

Reed, S. K. (1988) , Cognition: Theory and Apllications, Pacific Grove, Ca.: Brooks/Cole.

Restak, R. M. (1988), The Mind，Toroto: Bantam Books.

Singer, J. L. (1980), The Power and Limitations of Television: A Cognitive-Affective Analysis. In P. H. Tannenbaum (Ed.), The Entertainment Functions of Television, Hillsdale, NJ: Lawrence Erlbaum Associates, p31~65。

Smith, C. R. (1983), Learning Disabilities, Boston: Little, Brown.

附　錄

聽故事遊世界（一）

一、施測問卷（A）──分享／波蘭（有字幕組）

四年（　　）班　　姓名：（　　　　　　　）

選擇題

1. (　　) 你以前曾經看過這部影片嗎？　①有　②沒有。

2. (　　) 這個故事是發生在哪一個國家？　①沒有聽清楚　②芬蘭　③香蘭　④波蘭。

3. (　　) 故事中的男主角帕沃想利用晚上到森林尋找什麼？　①沒有聽清楚　②陽使花　③羊齒花　④太陽花。

4. (　　) 聽說這種花只有在怎樣的夜晚才會開花？　①沒有聽清楚　②沒有月光的夜晚　③有月亮的夜晚　④仲夏夜的夜晚。

5. (　　) 故事中的一家人都是如何稱呼那一群黑色的鳥？　①沒有聽清楚　②貪心的壞東西　③愛吃的壞東西　④可惡的壞東西。

6. (　　) 帕沃因為摘到那朵花而變得很富有，但是他不能做哪一件事，否則他的財富就會消失？　①沒有聽清楚　②不能拿去買東西　③不能和別人分享　④不能讓別人碰到他的金幣。

7. (　　) 帕沃一進到宮殿，發現許多他從未見過的人，哪一種在故事裡沒有出現？　①女朋友　②僕人　③樂師　④朋友。

8. (　　) 變富有後的帕沃第一次回到家時，為什麼所有的家人都認為他是陌生人？　①不知道　②他的長相變化太大，家人已經不認得他了

③因為帕沃失去了記憶　④因為帕沃變得很自私，不懂得和別人分享。

9. (　　) 最後小女孩為什麼認為真正的帕沃已經回來了？　①不知道　②因為帕沃恢復了記憶　③因為帕沃施捨給他一塊麵包　④因為帕沃願意與人分享東西了。

10. (　　) 你在看這部影片的時候，會不會很習慣看螢幕的字幕來幫助你了解影片的內容？　①我會一直看字幕　②聽不懂的時候我才會看一下字幕　③我只看影片不看字幕　④沒有注意到，不記得了。

二、施測問卷（B）——分享／波蘭（無字幕組）

　　　　四年（　　）班　　姓名：（　　　　　　　　）

選擇題

1. (　　) 你以前曾經看過這部影片嗎？　①有　②沒有。

2. (　　) 這個故事是發生在哪一個國家？　①沒有聽清楚　②芬蘭　③香蘭　④波蘭。

3. (　　) 故事中的男主角帕沃想利用晚上到森林尋找什麼？　①沒有聽清楚　②陽使花　③羊齒花　④太陽花。

4. (　　) 聽說這種花只有在怎樣的夜晚才會開花？　①沒有聽清楚　②沒有月光的夜晚　③有月亮的夜晚　④仲夏夜的夜晚。

5. (　　) 故事中的一家人都是如何稱呼那一群黑色的鳥？　①沒有聽清楚　②貪心的壞東西　③愛吃的壞東西　④可惡的壞東西。

6. (　　) 帕沃因為摘到那朵花而變得很富有，但是他不能做哪一件事，否則他的財富就會消失？　①沒有聽清楚　②不能拿去買東西　③不能和別人分享　④不能讓別人碰到他的金幣。

7. (　　) 帕沃一進到宮殿，發現許多他從未見過的人，哪一種在故事裡沒有出現？　①女朋友　②僕人　③樂師　④朋友。

8.（　　）變富有後的帕沃第一次回到家時，為什麼所有的家人都認為他是陌生人？　①不知道　②他的長相變化太大，家人已經不認得他了　③因為帕沃失去了記憶　④因為帕沃變得很自私，不懂得和別人分享。

9.（　　）最後小女孩為什麼認為真正的帕沃已經回來了？　①不知道　②因為帕沃恢復了記憶　③因為帕沃施捨給他一塊麵包　④因為帕沃願意與人分享東西了。

10. 沒有字幕的輔助，在看影片的時候會不會造成你任何的困擾？為什麼？

　　答：□會因為：＿＿＿＿＿＿＿＿＿＿＿＿＿＿＿＿＿＿＿＿＿

　　　　□不會：＿＿＿＿＿＿＿＿＿＿＿＿＿＿＿＿＿＿＿＿＿＿＿

聽故事遊世界（二）

三、施測問卷（C）──獅子的魔咒／德國（有字幕組）

　　　　　四年（　　）班　　姓名：（　　　　　　　）

選擇題

1.（　　）故事中漢娜的父親若要帶走玫瑰保住性命，必須答應獅子什麼條件？　①把女兒嫁給獅子　②把第一個出來迎接他的人交出來給獅子　③請漢娜來救他　④沒有看清楚。

2.（　　）漢娜為什麼要去見獅子？　①因為獅子強迫漢娜要嫁給他　②因為她要信守父親對獅子的承諾　③因為她知道獅子不會傷害她　④沒有看清楚。

3.（　　）下面哪一個不是魔女對獅子下的咒語　①不能和心愛的女生結婚　②聽到他最愛的旋律會變成鴿子　③白天變成獅子　④不清楚。

4.（　　）要解除獅子的魔咒，下面哪些條件是不需要的？　①在魔女的宮裡面　②在魔女面前被心愛的女人親吻　③心愛的女人的眼淚　④沒有看清楚。

5. ( ) 魔女為什麼要對漢斯下咒語？ ①因為她要強迫漢斯娶她 ②因為漢斯說她很醜 ③因為她已經不愛漢斯 ④不清楚。

6. ( ) 太陽阿姨告訴漢娜她沒有看到漢斯的原因是什麼？ ①她剛好睡著了 ②她剛好被雲遮住了 ③她剛好在和風說話 ④不清楚

7. ( ) 月亮告訴漢娜他沒有看到漢斯的原因是什麼？ ①他剛好睡著了 ②他剛好被雲遮住了 ③他剛好在和星星捉迷藏 ④不清楚

8. ( ) 風先生告訴漢娜，若要把漢斯救走，需要怎麼做？ ①用榕樹枝打魔女變成的龍 ②到南海找已經又變成獅子的漢斯 ③在漢斯變成人時，要比魔女更快抓住她的手臂 ④不清楚。

9. ( ) 這個童話故事是發生在哪一個國家？ ①瑞典 ②丹麥 ③德國 ④不清楚。

四、施測問卷（D）——獅子的魔咒／德國（無字幕組）

四年（   ）班　　姓名：（   ）

選擇題

1. ( ) 故事中漢娜的父親若要帶走玫瑰保住性命，必須答應獅子什麼條件？ ①把女兒嫁給獅子 ②把第一個出來迎接他的人交出來給獅子 ③請漢娜來救他 ④沒有看清楚。

2. ( ) 漢娜為什麼要去見獅子？ ①因為獅子強迫漢娜要嫁給他 ②因為她要信守父親對獅子的承諾 ③因為她知道獅子不會傷害她 ④沒有看清楚。

3. ( ) 下面哪一個不是魔女對獅子下的咒語 ①不能和心愛的女生結婚 ②聽到他最愛的旋律會變成鴿子 ③白天變成獅子 ④不清楚。

4. ( ) 要解除獅子的魔咒，下面哪些條件是不需要的？ ①在魔女的宮裡面 ②在魔女面前被心愛的女人親吻 ③心愛的女人的眼淚 ④沒有看清楚。

5. ( ) 魔女為什麼要對漢斯下咒語？ ①因為她要強迫漢斯娶她 ②因為漢斯說她很醜 ③因為她已經不愛漢斯 ④不清楚。

6. (　) 太陽阿姨告訴漢娜她沒有看到漢斯的原因是什麼？　①她剛好睡著了　②她剛好被雲遮住了　③她剛好在和風說話　④不清楚。

7. (　) 月亮告訴漢娜他沒有看到漢斯的原因是什麼？　①他剛好睡著了　②他剛好被雲遮住了　③他剛好在和星星捉迷藏　④不清楚。

8. (　) 風先生告訴漢娜，若要把漢斯救走，需要怎麼做？　①用榕樹枝打魔女變成的龍　②到南海找已經又變成獅子的漢斯　③在漢斯變成人時，要比魔女更快抓住她的手臂　④不清楚。

9. (　) 這個童話故事是發生在哪一個國家？　①瑞典　②丹麥　③德國　④不清楚。

10. (　) 雖然看不到電視字幕，但是你在看這部影片的時候，眼睛會不會很習慣的一直看螢幕的下方？　①會　②不了解劇情的時候才會　③完全不會　④沒有注意到自己的習慣是什麼，所以不清楚。

聽故事遊世界（三）

五、施測問卷（E）
——所羅門王和小蜜蜂／以色列（有字幕組）

四年（　　）班　　姓名：（　　　　　　）

選擇題

1. (　) 這個故事是發生在哪一個國家？　①阿富汗　②羅馬　③以色列　④沒有聽清楚。

2. (　) 下列對所羅門王的敘述哪一個錯誤？　①他懂得很多動物的語言　②他很聰明　③他只懂得鳥類的語言　④沒有看清楚。

3. (　) 誰是女王的信差？　①鳥　②士兵　③郵差　④沒看清楚。

4. (　) 為迎接女王的到來，鴕鳥們努力拍動翅膀擺出最漂亮的姿勢，下列敘述何者正確？　①鴕鳥的翅膀五彩繽紛很漂亮　②鴕鳥拍動翅膀

時會產生嗡嗡嗡的聲音很好聽　③鴕鳥拍動翅膀時會產生很大的風
④沒看清楚。

5. (　) 蜜蜂為何要叮國王的鼻子？下列敘述何者錯誤　①國王的鼻子美得
像一朵花　②國王的鼻子像花一樣香　③蜜蜂只是跟國王開一個小
玩笑　④沒聽清楚。

6. (　) 所羅門王為何願意原諒小蜜蜂？　①小蜜蜂很會說笑話　②所羅門
王覺得小蜜蜂很勇敢，願意承認自己的錯誤　③很久沒有人能讓所
羅門王這麼高興了　④沒聽清楚。

7. (　) 女士告訴所羅門王誰偷了她的麵粉？　①太陽　②風　③月亮　④
沒聽清楚。

8. (　) 女士希望所羅門王能幫她懲罰誰？　①風　②老乞丐　③小男孩
④沒聽清楚。

9. (　) 示巴女王為何要將金銀珠寶獻給所羅門王？　①因為崇拜所羅門王
的智慧　②因為當示巴女王在海上遇到風暴時，是呼喊所羅門王的
聖名而得救的　③因為所羅門王用麵粉把船底的破洞補起來　④沒
聽清楚。

10. (　) 誰幫所羅門王辨識真花？　①小蜜蜂　②風　③女士　④沒看清
楚。

六、施測問卷（F）
──所羅門王和小蜜蜂／以色列（無字幕組）

四年（　）班　　姓名：（　　　　　　）

選擇題

1. (　) 這個故事是發生在哪一個國家？　①阿富汗　②羅馬　③以色列
④沒有聽清楚。

2. (　) 下列對所羅門王的敘述哪一個錯誤？　①他懂得很多動物的語言
②他很聰明　③他只懂得鳥類的語言　④沒有看清楚。

3. (　) 誰是女王的信差？　①鳥　②士兵　③郵差　④沒看清楚。

4. (　) 為迎接女王的到來，鴕鳥們努力拍動翅膀擺出最漂亮的姿勢，下列敘述何者正確？　①鴕鳥的翅膀五彩繽紛很漂亮　②鴕鳥拍動翅膀時會產生嗡嗡嗡的聲音很好聽　③鴕鳥拍動翅膀時會產生很大的風　④沒看清楚。

5. (　) 蜜蜂為何要叮國王的鼻子？下列敘述何者錯誤　①國王的鼻子美得像一朵花　②國王的鼻子像花一樣香　③蜜蜂只是跟國王開一個小玩笑　④沒聽清楚。

6. (　) 所羅門王為何願意原諒小蜜蜂？　①小蜜蜂很會說笑話　②所羅門王覺得小蜜蜂很勇敢，願意承認自己的錯誤　③很久沒有人能讓所羅門王這麼高興了　④沒聽清楚。

7. (　) 女士告訴所羅門王誰偷了她的麵粉？　①太陽　②風　③月亮　④沒聽清楚。

8. (　) 女士希望所羅門王能幫她懲罰誰？　①風　②老乞丐　③小男孩　④沒聽清楚。

9. (　) 示巴女王為何要將金銀珠寶獻給所羅門王？　①因為崇拜所羅門王的智慧　②因為當示巴女王在海上遇到風暴時，是呼喊所羅門王的聖名而得救的　③因為所羅門王用麵粉把船底的破洞補起來　④沒聽清楚。

10. (　) 誰幫所羅門王辨識真花？　①小蜜蜂　②風　③女士　④沒看清楚。

11. 沒有字幕的輔助，在看影片的時候會不會造成你任何的困擾？為什麼？

　　答：□會因為：＿＿＿＿＿＿＿＿＿＿＿＿＿＿＿＿＿＿＿＿＿＿

　　　　□不會：＿＿＿＿＿＿＿＿＿＿＿＿＿＿＿＿＿＿＿＿＿＿＿

聽故聽故事遊世界（四）

七、施測問卷（Ｇ）——春神來了／希臘（有字幕組）

　　　　四年（　　　）班　　　姓名：（　　　　　　　）

選擇題

1. (　　) 天神宙斯的老婆蒂蜜特是掌管什麼工作？　①她掌管愛情　②她掌管穀物收成　③她掌管地獄　④沒有聽清楚。

2. (　　) 下列對蒂蜜特的敘述何者正確？　①她認為波賽芬妮只需要她的愛　②她希望波賽芬妮能有一個幸福美滿的婚姻　③她希望宙斯能用愛神的箭射向波塞芬妮　④沒有聽清楚。

3. (　　) 天神宙斯擔心他的老婆蒂蜜特生氣時會有什麼事情發生？　①日夜顛倒　②看不到白天　③所有的農作物、植物都無法生長　④沒有聽清楚。

4. (　　) 天神宙斯因為擔心地面上的人活不下去，而做出了怎樣的決定？　①命令黑底斯交還波賽芬妮給她的母親　②命令人去把蒂蜜特抓起來　③讓蒂蜜特變老失去神力　④沒有聽清楚。

5. (　　) 波塞芬妮對於父親將她許配給黑底斯有什麼感覺？　①一直覺得很憤怒，寧可死去也不願留在黑底斯身邊　②起先很不願意，後來漸漸感覺到自己的幸福　③第一眼看到黑底斯就愛上他了　④沒有看清楚。

6. (　　) 為了讓回到母親身邊的波塞芬妮還能夠回到自己的身邊，黑底斯讓波塞芬妮吃了什麼水果的種子？　①火龍果　②石榴　③仙桃　④沒有看清楚。

7. (　　) 吃下種子的波塞芬妮，每年可以有幾個月陪在黑底斯身邊？　①四個月　②一個月　③三個月　④沒有聽清楚。

8. (　　) 每年當波塞芬妮回到黑底斯身邊的那四個月，大地會呈現怎樣的景象？　①萬物再次生長，一切欣欣向榮　②所有植物都枯萎，白雪覆蓋著大地　③動物們各各活潑亂跳　④沒有看清楚。

八、施測問卷（H）──春神來了／希臘（無字幕組）

四年（　　）班　　姓名：（　　　　　　　）

選擇題

1. （　） 天神宙斯的老婆蒂蜜特是掌管什麼工作？　①她掌管愛情　②她掌管穀物收成　③她掌管地獄　④沒有聽清楚。

2. （　） 下列對蒂蜜特的敘述何者正確？　①她認為波賽芬妮只需要她的愛　②她希望波賽芬妮能有一個幸福美滿的婚姻　③她希望宙斯能用愛神的箭射向波塞芬妮　④沒有聽清楚。

3. （　） 天神宙斯擔心他的老婆蒂蜜特生氣時會有什麼事情發生？　①日夜顛倒　②看不到白天　③所有的農作物、植物都無法生長　④沒有聽清楚。

4. （　） 天神宙斯因為擔心地面上的人活不下去，而做出了怎樣的決定？　①命令黑底斯交還波賽芬妮給她的母親　②命令人去把蒂蜜特抓起來　③讓蒂蜜特變老失去神力　④沒有聽清楚。

5. （　） 波塞芬妮對於父親將她許配給黑底斯有什麼感覺？　①一直覺得很憤怒，寧可死去也不願留在黑底斯身邊　②起先很不願意，後來漸漸感覺到自己的幸福　③第一眼看到黑底斯就愛上他了　④沒有看清楚。

6. （　） 為了讓回到母親身邊的波塞芬妮還能夠回到自己的身邊，黑底斯讓波塞芬妮吃了什麼水果的種子？　①火龍果　②石榴　③仙桃　④沒有看清楚。

7. （　） 吃下種子的波塞芬妮，每年可以有幾個月陪在黑底斯身邊？　①四個月　②一個月　③三個月　④沒有聽清楚。

8. （　） 每年當波塞芬妮回到黑底斯身邊的那四個月，大地會呈現怎樣的景象？　①萬物再次生長，一切欣欣向榮　②所有植物都枯萎，白雪覆蓋著大地　③動物們各各活潑亂跳　④沒有看清楚。

9. （　） 雖然看不到電視字幕，但是你在看這部影片的時候，眼睛會不會很習慣的一直看螢幕的下方？　①會　②不了解劇情的時候才會　③完全不會　④沒有注意到自己的習慣是什麼，所以不清楚。

聽故事遊世界（五）

九、施測問卷（Ｉ）──乞丐英雄／阿拉伯（有字幕組）

四年（　　）班　　姓名：（　　　　　　）

選擇題

1. (　　) 下面對故事中乞丐的敘述，何者錯誤？ ①他是乞丐也是小偷 ②他很喜歡幫助人 ③他曾經去過石頭森林 ④沒有看清楚。

2. (　　) 乞丐為何要將自己乞討來的食物和金錢送給婦人？ ①他愛上這名婦人 ②他覺得婦人比他還可憐 ③感謝婦人的先生死前對他的照顧 ④沒有聽清楚。

3. (　　) 平時大家為什麼不敢進入石頭森林？ ①裡面住著一群會吃人的野人 ②石頭森林裡住著雙頭怪 ③只要走入石頭森林就會迷路而走不出來 ④沒有聽清楚。

4. (　　) 乞丐為何想要離開這個村子？ ①他想要去找一個人比較善良的地方 ②因為他在這個村子乞討不到食物 ③因為他想到石頭森林探險 ④沒有聽清楚。

5. (　　) 石頭森林裡的野人長什麼樣子，下面敘述何者錯誤？ ①頭比一般的人大 ②眼睛比一般的人大 ③鼻子尖尖翹翹的 ④沒有看清楚。

6. (　　) 乞丐誤闖石頭森林，為什麼還可以安全離開並成為大富翁？ ①因為大王叫乞丐把他的皇冠（缽）和手杖（拐杖）送給他，乞丐願意 ②因為乞丐騙大王他的缽和拐杖很值錢，要送給他 ③乞丐趁著深夜偷溜走，並帶走一大包寶石 ④沒有看清楚。

7. (　　) 下面對乞丐的敘述何者正確？ ①自從有了錢後，乞丐變得越來越臭屁 ②雖然變有錢了，乞丐還是很喜歡幫助別人 ③變有錢後，乞丐開始報復那些以前看不起他的人 ④沒有看清楚。

8. (　　) 惡商到了石頭森林後，換回了什麼東西？ ①許多發亮的石頭 ②皇冠（缽）跟權杖（拐杖） ③一大袋的金幣 ④沒有看清楚。

9.（　　）從石頭森林回來後的惡商有哪些改變？　①變得更有錢，到處幫助需要幫助的人　②變得更吝嗇、小氣　③變得像乞丐一樣，四處乞討　④沒有看清楚。

十、施測問卷（J）──乞丐英雄／阿拉伯（無字幕組）

　　　　四年（　　）班　　姓名：（　　　　　　）

選擇題

1.（　　）下面對故事中乞丐的敘述，何者錯誤？　①他是乞丐也是小偷　②他很喜歡幫助人　③他曾經去過石頭森林　④沒有看清楚。

2.（　　）乞丐為何要將自己乞討來的食物和金錢送給婦人？　①他愛上這名婦人　②他覺得婦人比他還可憐　③感謝婦人的先生死前對他的照顧　④沒有聽清楚。

3.（　　）平時大家為什麼不敢進入石頭森林？　①裡面住著一群會吃人的野人　②石頭森林裡住著雙頭怪　③只要走入石頭森林就會迷路而走不出來　④沒有聽清楚。

4.（　　）乞丐為何想要離開這個村子？　①他想要去找一個人比較善良的地方　②因為他在這個村子乞討不到食物　③因為他想到石頭森林探險　④沒有聽清楚。

5.（　　）石頭森林裡的野人長什麼樣子，下面敘述何者錯誤？　①頭比一般的人大　②眼睛比一般的人大　③鼻子尖尖翹翹的　④沒有看清楚。

6.（　　）乞丐誤闖石頭森林，為什麼還可以安全離開並成為大富翁？　①因為大王叫乞丐把他的皇冠（缽）和手杖（拐杖）送給他，乞丐願意　②因為乞丐騙大王他的缽和拐杖很值錢，要送給他　③乞丐趁著深夜偷溜走，並帶走一大包寶石　④沒有看清楚。

7.（　　）下面對乞丐的敘述何者錯誤？　①自從有了錢後，乞丐變得越來越臭屁　②雖然變有錢了，乞丐還是很喜歡幫助別人　③變有錢後，乞丐開始報復那些以前看不起他的人　④沒有看清楚。

8. （　） 惡商到了石頭森林後，換回了什麼東西？　①許多發亮的石頭　②皇冠（缽）跟權杖（拐杖）　③一大袋的金幣　④沒有看清楚。

9. （　） 從石頭森林回來後的惡商有哪些改變？　①變得更有錢，到處幫助需要幫助的人　②變得更吝嗇、小氣　③變得像乞丐一樣，四處乞討　④沒有看清楚。

10.在看這部影片時，有沒有什麼因素會影響到你看影片？

　　　答：□沒有：_____

　　　　　□有：_____

十一、「分享」影片內容逐字稿及問卷題目設計

【A】：影像中有出現　【B】：文字中有出現　【C】：聲音中有出現

故事引導

君君：今天我們要講的這個故事啊
　　　是傳說中在波蘭裡面呢
　　　有一種蕨類植物的花
　　　長在這個非常幽暗的森林裡面
　　　誰要是得到它
　　　你就能得到自己想要的東西喔
　　　好，那現在馬上
　　　就跟我們去『聽故事遊世界』
　　　收看今天波蘭的
君君豪豪：分享

> 問題一
> （　） 你以前曾經看過這部影片嗎？　①有　②沒有。

故事內容

很久以前
在波蘭住著一家人
他們雖然很窮可是很快樂
他們辛勤的工作

> 問題二【B】【C】
> （　） 這個故事是發生在哪一個國家？　①沒有聽清楚　②芬蘭　③香蘭　④波蘭。

就是希望秋天的收成
幫他們度過寒冷的冬天
所以他們總希望著
夏天的陽光可以快點到來

帕沃媽：好了，別再發呆了
帕沃妹：人家討厭縫衣服嘛
帕沃媽：除非這裡裝滿了
　　　　否則你不能嫁
帕沃妹：我才不管呢
　　　　我喜歡住在這裡
帕沃媽：你等一等
　　　　去跟他們說
　　　　今天晚上只挑最好的
帕沃：慢一點
　　　這才對嘛
友人A：帕沃，快來幫我的忙
帕沃：我得先幫我爸的忙才行
友人B：你今天晚上會來嗎
　　　　來跳舞
友人A：跳舞
　　　　我們今天晚上要去探險
帕沃爸：今天晚上
　　　　你們要不是很勇敢
　　　　就是很笨了
友人A：我們要去森林找神奇的羊齒花
帕沃妹：羊齒類植物才沒有花呢
友人A：在仲夏夜夜晚就有
帕沃妹：真的嗎
帕沃爸：我聽說過
　　　　可是從沒見過有誰看過它
　　　　也許是羊齒類植物的寶藏已經變成……
帕沃妹：在森林裡有神奇的寶藏
帕沃：這樣冒然去找
　　　沒有什麼意義

問題三【A】【B】【C】
（　）故事中的男主角帕沃想利用晚上到森林尋找什麼？①沒有聽清楚　②陽使花③羊齒花　④太陽花。

問題四【B】【C】
（　）聽說這種花只有在怎樣的夜晚才會開花？①沒有聽清楚　②沒有月亮的夜晚　③有月亮的夜晚　④仲夏夜的夜晚。

　　　　你不可能一個晚上
　　　　就找到一大片森林的啊
帕沃妹：如果你是一隻鳥就可以啦
帕沃：只是鳥而已
　　　　別害怕
　　　　冷靜一點
　　　　冷靜一點
　　　　冷靜一點
　　　　乖
帕沃爸：走開……
　　　　　走開
　　　　　貪心的壞東西
　　　　　走開
　　　　　我們種的東西都毀了
帕沃妹：你看
帕沃：別擔心
　　　　今天晚上還是有烤雞可以吃
帕沃爸：還有麵包
　　　　　糟了
帕沃媽：是狐狸
　　　　　牠們把雞給叼走了
　　　　　連最後一隻都不放過
　　　　　我們該怎麼辦
帕沃妹：怎麼啦
帕沃爸：仲夏之夜
　　　　　動物們已經先察覺到了
帕沃妹：牠們把我們的大餐給搶走了
帕沃：不，沒有啊
　　　　我們會有兔子
　　　　鴨子或是魚
　　　　不管我抓到什麼
帕沃妹：鴨子
帕沃爸：我不准你去那個森林
帕沃媽：至少今天不准
帕沃：我一點都不怕

> 問題五【A】【B】【C】
> (　　) 故事中的一家人都是如何
> 　　稱呼那一群黑色的鳥？
> 　　①沒有聽清楚　②貪心的
> 　　壞東西　③愛吃的壞東
> 　　西　④可惡的壞東西。

　　　　反正太陽下山之前
　　　　我就會回來了
帕沃媽：我們還有麵包啊
帕沃：還有一口氣
　　　看
　　　為了今晚我幫你做了這個

可是儘管帕沃找了好幾個鐘頭
卻連個動物的影子也找不到

帕沃：魚總不會躲起來吧
　　　這裡應該有才對啊
　　　在哪裡呢
友人 B：我以為你去了森林
友人 A：要我錯過狂歡的機會
　　　　才不呢
　　　　聽說得秘密的去找
　　　　要不然沒有用的
帕沃妹：他一定在這裡
　　　　他不會迷路的
　　　　他不會因為花而迷路
友人 B：好了嗎
　　　　快點，太陽要下山囉
帕沃：不會吧
　　　哪條路呢
　　　河呢
　　　少來了，你一定知道路
　　　羊齒
　　　怎麼會有花呢
　　　羊齒：摘我吧
　　　摘我吧
　　　你將會是世界上
　　　擁有最多黃金的人
帕沃：那你等我的家人一起來看
羊齒：不，帕沃

　　　　這只有屬於你的
帕沃：你是說
　　　　我不可以跟別人一起分享
羊齒：如果你和別人一起分享
　　　　這全都會消失
　　　　這是你的，帕沃
帕沃：我的
　　　　你不了解
　　　　你只需要草而已
羊齒：你的，帕沃
　　　　這是你的
　　　　這只是你的，帕沃
　　　　你的
　　　　只有你
僕人：我是你的僕人，主人
帕沃：那你是誰
樂師：我是你的樂師，主人
帕沃：那麼你們又是誰
僕人：我們是你的人
帕沃：我的人
僕人：是你的朋友，主人
帕沃：是我的耶
　　　　我的屋頂
　　　　走開，你這個貪心的壞東西
　　　　是我的
　　　　我的馬車
　　　　快跑

那個小孩就這樣不見了蹤影
雖然如此帕沃還是不停的找
可是不管他跑得多遠
始終就是找不到女孩
有一天帕沃發現
自己又回到了國土的心臟地帶

問題六【A】【B】【C】

（　　）帕沃因為摘到那朵花而變得很富有，但是他不能做哪一件事，否則他的財富就會消失？　①沒有聽清楚　②不能拿去買東西　③不能和別人分享　④不能讓別人碰到他的金幣。

問題七【A】【B】【C】

（　　）帕沃一進到宮殿，發現許多他從未見過的人，哪一種在故事裡沒有出現？　①女朋友　②僕人　③樂師　④朋友。

帕沃：停

帕沃妹：媽
　　　　媽，你看

帕沃媽：帕沃

羊齒：你的
　　　全是你的

帕沃：我的

帕沃妹：那不是帕沃
　　　　那不是我哥
　　　　可是那……
　　　　不，那不是帕沃

帕沃媽：搞錯了吧

帕沃爸：不會錯
　　　　如果帕沃變成有錢人
　　　　我們也會跟著有錢
　　　　難道他會讓我們挨餓嗎

帕沃：挨餓

帕沃媽：先生，如果你想喝水的話
　　　　就自己拿吧
　　　　還是你要麵包
　　　　對於分享給陌生人的東西
　　　　在我們家是永遠足夠的

帕沃妹：他死了
　　　　我們不是才說過嗎
　　　　帕沃永遠都不會再回來了

帕沃：帶我離開這裡

馬夫：主人，你要去哪裡

帕沃：哪裡都可以

馬夫：回家嗎

帕沃：對，我應該……
　　　帶我回家

所以帕沃回到了他所謂的家
那個充滿了黃金，珠寶
和他的朋友的家

問題八【A】

(　) 變富有後的帕沃第一次回到家時，為什麼所有的家人都認為他是陌生人？ ①不知道 ②他的長相變化太大，家人已經不認得他了 ③因為帕沃失去了記憶 ④因為帕沃變得很自私，不懂得和別人分享。

帕沃：難道沒有麵包了嗎
　　　我的小丑呢
　　　我的小丑到哪裡去了
　　　快點，讓我笑吧
　　　笑啊
　　　停

帕沃：停
　　　讓我進去
　　　拜託，讓我進去
　　　難道你不記得我了嗎

帕沃妹：外地人，你曾來過這裡一次
　　　　而且你傷了我爸媽的心

帕沃：我……
　　　我可以親自跟他們道歉

帕沃妹：我想跟他們說話的時候
　　　　就會來這裡
　　　　可是他們已經不能回答我了

帕沃：原諒我
　　　請你們原諒我
　　　我真是個笨蛋
　　　我現在想通了
　　　我和當初一樣什麼都沒有
　　　除了……
　　　我的一口氣
　　　還有麵包
　　　對於分享給陌生人的東西
　　　在我們家永遠是足夠的

帕沃妹：媽
　　　　爸
　　　　他不是陌生人
　　　　他是我們家的帕沃
　　　　他真的回來

問題九【A】【B】【C】

(　　) 最後小女孩為什麼認為真正的帕沃已經回來了？
①不知道　②因為帕沃失去了記憶　③因為帕沃施捨給他一塊麵包　④因為帕沃願意與人分享東西了。

【A】：影像中有出現　【B】：文字中有出現　【C】：聲音中有出現

故事引導

豪豪：君君姊姊
　　　我們循著文明的路線圖
　　　上一站是到童話王國丹麥
　　　接下來就是……

君君：接下來我們這一站要去的
　　　就是另一個童話王國德國

豪豪：哇，太棒了
　　　可以連續去兩個童話王國

君君：你知道嗎
　　　這個德國的格林童話
　　　跟這個丹麥的安徒生童話
　　　它們兩個是相提並論的喔

豪豪：那我們的今天童話故事是什麼

君君：今天要聽的故事
　　　是跟愛情有關係喔
　　　你知道嗎
　　　愛情的力量有多偉大
　　　愛情可以使一個女人因愛生恨
　　　然後把她心愛的人
　　　變成一頭獅子

豪豪：哇，這是什麼樣的人啊
　　　怎麼那麼心狠
　　　那他變成了獅子要怎麼辦

君君：其實也是跟愛情有關喔
　　　你知道嗎
　　　愛情可以使一個女人
　　　因恨轉為愛
　　　然後去保護她心愛的男人
　　　想不想知道
　　　到底發生什麼樣的故事
　　　請看

君君豪豪：獅子的魔咒

> 問題九【B】【C】
>
> (　) 這個童話故事是發生在哪一
> 　　 個國家？　①瑞典　②丹麥
> 　　 ③德國　④不清楚。

故事內容

有一位商人和他的僕人
在經過了一趟長長的旅程後
正準備要回家
這位商人為兩個寶貝女兒
準備了非常貴重的禮物
要送給她們
但他最寵愛的小女兒漢娜
卻只想要一朵
不可能在寒冬裡盛開的玫瑰花

獅子：小偷
　　　竟敢偷摘我心愛的玫瑰花
商人：我只是想摘一朵玫瑰
　　　送給女兒當禮物罷了
獅子：玫瑰就跟城堡一樣
　　　是有主人的
　　　不過你可以跟我商量
商人：是嗎
獅子：要帶走玫瑰保住性命
　　　可以
　　　條件是
　　　只要你把第一個
　　　迎接你回來的人
　　　交出來就行了
商人：這麼說誰都有可能啊
　　　有可能是漢娜
傑可：主人……我想到一個辦法
獅子：要不要接受在你
商人：好吧，我接受你的條件
傑可：主人
　　　要不要到家之前我先回去
　　　然後安排一隻狗狗來迎接您
傑可：這樣的距離應該夠了
　　　你等一下

問題一【A】【B】【C】

(　　) 故事中漢娜的父親若帶走玫瑰保住性命，必須答應獅子什麼條件？ ①把女兒嫁給獅子 ②把第一個出來迎接他的人交出來給獅子 ③請漢娜來救他 ④沒有看清楚。

商人：不會吧

　　　你看

　　　是漢娜

　　　傑可，我們該怎麼辦

傑可：或許對獅子的承諾可以不算數

漢娜：爸爸

　　　爸爸

　　　好漂亮啊

　　　會不會很貴啊

傑可：我先回去了

漢娜：您累了，爸爸

　　　我們慢慢走

漢娜的爸爸

把取得這朵玫瑰花

所要付出的代價告訴了她

商人：或許我們並不需要遵守

　　　跟獅子的承諾

漢娜：我們需要

　　　這是你教我的

　　　或許這就在測試你是不是守信

　　　說不定他會讓我回來的

商人：會這樣嗎

就這樣

漢娜獨自一個人

到了獅子的城堡裡

為的是信守她父親的承諾

漢娜：我來這裡是找城堡的主人

　　　獅子

　　　可是我卻見到一個人

　　　你不會就是剛好那個跟我爸

　　　訂下殘酷交易的獅子吧

問題二【B】【C】

（　　）漢娜為什麼要去見獅子？
　　　①因為獅子強迫漢娜要嫁
　　　給他　②因為她要信守父
　　　親對獅子的承諾　③因為
　　　她知道獅子不會傷害她
　　　④沒有看清楚。

漢斯：玫瑰在這個季節
　　　本來就很稀少
　　　你爸爸既然想要玫瑰
　　　條件自然嚴苛了

漢娜：是嗎

漢斯：喜歡你的禮物嗎

漢娜：一開始是的
　　　我是你希望找的人嗎

漢斯：一起吃晚餐

漢娜：你確定我不是你的晚餐嗎

漢斯：我必須要解釋一下
　　　你知道我被詛咒了

魔女：為什麼你不想娶我
　　　我又不醜

漢斯：因為我不愛你

魔女：不，你恨我對不對
　　　但是你最後還是得娶我
　　　我有力量可以逼得你娶我

漢斯：你好可惡
　　　邪惡
　　　沒錯，我恨你

魔女：你前一分鐘會像鴿子一樣溫柔
　　　下一分鐘像獅子一樣狂野
　　　你怎麼敢拒絕我
　　　我詛咒你
　　　讓你在白天的時候
　　　變成一隻獅子

漢斯：即使是這樣也比娶你的還好

魔女：然後我會用音樂讓你記住
　　　只要你一聽到那個
　　　你最愛的旋律一次
　　　你就會變成一隻鴿子
　　　四處亂飛
　　　飛上七年之久

問題五【A】【B】【C】

（　）魔女為什麼要對漢斯下咒語？　①因為她要強迫漢斯娶她　②因為漢斯說她很醜　③因為她已經不愛漢斯　④不清楚。

問題三【A】【B】【C】

（　）下面哪一個不是魔女對獅子下的咒語？　①不能和心愛的女生結婚　②聽到他最愛的旋律會變成鴿子　③白天變成獅子　④不清楚。

　　　　當然，除非你願意娶我囉
漢斯：休想
　　　　休……
漢娜：漢斯
　　　　難道沒有解除咒語的辦法嗎
漢斯：魔女說我只能在她的宮裡
　　　　還要在她的面前被愛人親吻
漢娜：我們總會想出辦法解決的
　　　　不管要花多大的代價
漢斯：我很高興來的是你
　　　　而不是一隻狗

漢斯和漢娜兩人墜入了情網
很快的就生了一個兒子

漢娜：這是他第一次過生日
　　　　很開心吧
　　　　不知道等他發現
　　　　白天跟他玩的是一隻獅子
　　　　他會怎麼樣
　　　　等他長大了
　　　　我們再解釋給他聽
漢斯：你應該帶他去參加你姊姊的婚禮
　　　　他們看到你們一定會很高興的
漢娜：他們也想見見孩子的爸爸啊
漢斯：可是不行啊
漢娜：沒有可是
　　　　我們可以安排讓你天黑了再現身
漢斯：婚禮那個場合到處都是音樂
　　　　是我最不應該去的地方啊
　　　　漢娜
漢娜：我保證
　　　　可以不讓你聽到那個旋律
　　　　我會跟樂師說好
　　　　你必須參加我姊姊的婚禮

問題四【A】【B】【C】
（　　）要解除獅子的魔咒，下面哪些條件是不需要的？　①在魔女的宮裡面　②在魔女面前被心愛的女人親吻　③心愛的女人的眼淚　④沒有看清楚。

魔女：這是歡迎最心愛的小女兒
　　　回家的小禮物
　　　商人：怎麼啦，漢娜
　　　發生什麼事啦
漢娜：他被詛咒
　　　會變成鴿子七年
　　　怎麼辦
漢斯：漢娜，你會跟著我嗎
　　　我需要你跟著
　　　從現在開始我每到一個地方
　　　就會留下羽毛讓你知道
　　　最後你會幫我把咒語解除
　　　只要一解除
　　　我就永遠得救了
漢娜：漢斯
　　　漢斯
漢娜：不

　　　漢娜和她家的僕人在這七年裡
　　　則是跟著鴿子的身影四處漂泊
　　　但是七年的時間一到
　　　麻煩又來了
　　　因為他們再也找不到任何一片羽毛
　　　於是漢娜向太陽阿姨求助

太陽：我知道你死心塌地的
　　　跟著鴿子四處奔波
　　　可是連我也沒看到他
　　　因為我被雲遮住了
　　　不過我可以給你一樣東西幫忙
　　　就在那裡
　　　在樹下面
漢娜：謝謝你，太陽
　　　謝謝你
太陽：去問月亮吧

問題六【B】【C】
（　）太陽阿姨告訴漢娜她沒有看到漢斯的原因是什麼？
①她剛好睡著了　②她剛好被雲遮住了　③她剛好在和風說話　④不清楚。

　　　也許他會知道

漢娜：月亮叔叔

　　　請問哪裡可以找到漢斯

月亮：我很抱歉

　　　我恐怕也幫不上忙

　　　因為鴿子飛過的時候

　　　我剛好睡著了

　　　可是我也可以送你一樣禮物

　　　在靠近樹叢那邊

　　　拿去用吧

　　　去問風先生好了

漢娜：謝謝你

　　　哇，好漂亮的禮物啊

漢娜：風先生

　　　你有沒有看到鴿子飛過呢

風先生：有，我看過

　　　　　他已經飛到紅海了

　　　　　而且又變成了獅子

　　　　　可是又被魔女變成的龍給纏住了

　　　　　我可以帶你去那裏

　　　　　到時候你就用柳樹竿打龍就行了

漢娜：傑可

　　　風先生：可是一旦漢斯變回人的時候

　　　你一定要比魔女快抓住他的手臂

　　　那漢斯就可以跟你回去了

漢娜：不，漢斯

　　　漢斯，回來啊

風先生：不要放棄

　　　　　我會帶他去見你

　　　　　可是我們要快

　　　　　因為魔女在逼漢斯娶她

漢娜：如果我進了魔女宮裡的話

　　　可是我看起來不像貴賓吧

傑可：或許你應該把禮物打開

　　　現在沒有人會懷疑你的身分了

問題七【B】【C】
(　　) 月亮告訴漢娜她沒有看到漢斯的原因是什麼？　①她剛好睡著了　②她剛好被雲遮住了　③她剛好在和星星捉迷藏　④不清楚。

問題八【A】【B】【C】
(　　) 風先生告訴漢娜，若要把漢斯救走，需要怎麼做？　①用榕樹枝打魔女變成的龍　②到南海找已經又變成獅子的漢斯　③在漢斯變成人時，要比魔女更快抓住她的手臂　④不清楚。

漢娜：希望還來得及
魔女：那個女人是要來這裡破壞我的婚禮的
　　　先要到那套禮服再說吧
　　　你的禮服真漂亮
　　　要是穿去結婚的話
　　　大家會愛死我的
　　　那麼你要不要跟我交換啊
漢娜：好啊
　　　如果你能夠讓我跟漢斯在結婚前
　　　見最後一面的話
魔女：你還真大方呢
　　　帶她去漢斯的房間
　　　可是先把他弄昏再說
　　　給他安眠藥
　　　一定要讓他吃下去
漢娜：我終於來了
　　　愛可以讓我們解除這可怕的咒語
　　　醒醒吧，漢斯
　　　醒醒吧
　　　漢斯，快起來
　　　是我，漢娜
　　　趁她回來以前醒來吧
魔女：我已經給過你機會了
　　　在我把你扔出去之前
　　　你快滾吧
漢娜：又沒救到他
傑可：還有顆蛋啊
漢娜：我可以扮成
　　　要送禮物給新郎的鄉下女人
魔女：你來幹什麼
　　　我可沒邀請你
漢娜：這位女主人你好
　　　我們帶了一樣
　　　很特別的結婚禮物來
魔女：最好是這樣

　　　　讓我看看

漢娜：女主人

　　　　我們必須送給新郎本人

　　　　否則魔法會消失

　　　　看吧，女主人

魔女：好吧，你自己給他

　　　　不過要快

　　　　我們的婚禮要開始了

漢娜：漢斯

　　　　漢斯

　　　　漢斯

　　　　你不認得我了嗎

　　　　我整整跟了你七年了

　　　　我們可以把咒語解除的

　　　　漢斯

　　　　可是你得先記起我來啊

漢斯：漢娜

魔女：不，你們在幹什麼

　　　　你們不能這樣對我

　　　　停下來

　　　　不要啊

　　　　一個吻

　　　　在我家裡又在我面前

漢斯：漢娜，你把我從昏睡中

　　　　一場恐怖的惡夢裡給叫醒了

　　　　謝謝你的幫忙

　　　　還有傑可

　　　　謝謝你們為我做的一切

　　　　我的詛咒終於解除了

魔女：啊……

　　　　就這樣

　　　　漢斯和漢娜回到了家裡

　　　　後來漢斯跟他們的兒子說

　　　　關於他黃色頭髮的由來

　　　　可是那孩子真的不知道

到底該不該相信漢斯

【A】：影像中有出現　【B】：文字中有出現　【C】：聲音中有出現

故事引導

君君：哇，我們要去以色列耶

豪豪：以色列
　　　以色列有什麼好聽的故事嗎

君君：你有沒有聽過所羅門王

豪豪：所羅門王

君君：他是西元前一千多年的以色列國王
　　　傳說中他可以精通動物的語言
　　　而且你知道嗎
　　　他還是非常有智慧的一個人

豪豪：人可以精通動物語言

君君：不過呢雖然他最有智慧
　　　可是呢
　　　你知道他還是面臨到了一個難題
　　　而這個難題卻被一個跟他來報恩的小蜜蜂給解決了
　　　想不想聽啊

豪豪：好啊……

君君：那我們就來聽聽這個故事

豪豪：所羅門王和小蜜蜂

> 問題一　【B】【C】
>
> (　　) 這個故事是發生在哪一個國家？　①阿富汗　②羅馬　③以色列　④沒有聽清楚。

故事內容

小鳥1：等我長大以後我要飛到太陽那裡去

小鳥2：那我要飛到星星去

小鳥3：等我真的長大

鳥媽媽：孩子們，別這樣
　　　　所羅門王等一下早上散步的時候
　　　　隨時都會經過這裡

小鳥1：誰要管他啊

鳥媽媽：我啊
　　　　因為所羅門王是人類裡最聰明的
　　　　他還懂得動物跟我們鳥類的語言喔

> 問題二　【A】【B】【C】
>
> (　　) 下列對所羅門王的敘述哪一個錯誤？　①他懂得很多動物的語言　②他很聰明　③他只懂得鳥類的語言　④沒有看清楚。

如果待會兒他聽到你們瞎說

他會怎麼想我們啊

（喇叭聲）【兩個人正在吹喇叭】

鳥媽媽：他來了

所羅門王：我實在是想不通耶

　　　　　我讓我們皇宮裡的信差送信給示巴女王

　　　　　請他到我的宮殿裡來

　　　　　怎麼到現在都沒消息呢

　　　　　（鳥叫聲）

所羅門王：你的鳥兒都已經學會飛啦

隨扈：國王陛下女王的信差回來了

所羅門王：好啊，各位

　　　　　我想女王已經接受了我的邀請

　　　　　順便還想測試一下我的聰明才智

　　　　　各位……

　　　　　她的船隨時會到咱們準備囉

　　　　　【動物們從四面八方前來集合】

所羅門王：嘿，鴕鳥

　　　　　大家準備好了

　　　　　待會兒女王到的時候

　　　　　你們要用力拍翅膀

　　　　　來個最漂亮的姿勢

　　　　　來，練習練習

　　　　　【鴕鳥們用力拍動翅膀，產生強大的風力】

所羅門王：好，好得不得了啊

　　　　　【所羅門王轉向孔雀們】

所羅門王：各位孔雀的工作呢

　　　　　就是要負責展開五彩繽紛的羽毛

　　　　　給我們點顏色瞧瞧

　　　　　【孔雀們一一展開漂亮的羽毛】

　　　　　【所羅門王轉向變色龍】

所羅門王：變色龍你們看我的手勢來變顏色啊

　　　　　預備，起

　　　　　再來一次

　　　　　這樣就沒問題了

問題三【A】

（　）誰是女王的信差？　①鳥　②士兵　③郵差　④沒看清楚。

問題四【A】

（　）為迎接女王的到來，鴕鳥們努力拍動翅膀擺出最漂亮的姿勢，下列敘述何者正確？　①鴕鳥的翅膀五彩繽紛很漂亮　②鴕鳥拍動翅膀時會產生嗡嗡嗡的聲音很好聽　③鴕鳥拍動翅膀時會產生很大的風　④沒看清楚。

女王一定會很喜歡的

【一隻蜜蜂叮到睡夢中的國王的鼻子】

所羅門王生氣的說：我要每一隻蜜蜂

黃蜂，蚊子

只要會咬人的昆蟲

跟我有關係的

跟我的鼻子有關係的

都給我滾出來

你們看我這個鼻子

怎麼去見女王啊

我不管

你們現在去

通通把他們抓來

叫他們來跟我負責

【所有的昆蟲從四面八方往皇宮集合】

所羅門王：我現在就要問你們

你們看這是誰幹的

連我國王的鼻子也敢叮

我現在命令你給我滾出來

【一隻蜜蜂飛了出來】

所羅門王：我沒有要生氣

我也沒有很憤怒

我只是希望你告訴我

當你咬我鼻子的時候

你在想些什麼

如果理由不夠充分

我就要生氣

我就要憤怒了

小蜜蜂：國王陛下，請原諒我

我只是犯了一個小錯

因為你的鼻子實在是太美了

聞起來又好香

我一時恍惚

就把它誤認為美麗的花朵

問題五【B】【C】

(　) 蜜蜂為何要叮國王的鼻子？下列敘述何者錯誤　①國王的鼻子美得像一朵花　②國王的鼻子像花一樣香　③蜜蜂只是跟國王開一個小玩笑　④沒聽清楚。

　　　　　　　我實在是忍不住
　　　　　　　然後⋯⋯
所羅門王開心的說：什麼，一朵花
　　　　　　　　　　你說我的鼻子像朵花
　　　　　　　　　　一點都沒錯
　　　　　　　　　　其實我想到就覺得它
　　　　　　　　　　真的狠漂亮
小蜜蜂：我答應國王
　　　　　如果你原諒我的話
　　　　　我一定會回報您的
　　　　　對，沒錯
　　　　　有一天我一定會報恩的
所羅門王大笑的說：你
　　　　　　　　　　就憑你要回報我
　　　　　　　　　　還有一隻小小的蜜蜂
　　　　　　　　　　還要⋯⋯
　　　　　　　　　　還要回報我
　　　　　　　　　　你能夠回報我所羅門王
　　　　　　　　　　好久沒人能讓我這麼高興了
　　　　　　　　　　就憑這點我原諒你
　　　　　　　　　　好了⋯⋯你快飛走吧
　　　　　　　　　　這隻小蜜蜂
　　　　　　　　　　現在呢我告訴你們這些昆蟲
　　　　　　　　　　全給我走
　　　　　　　　　　我還有正經事要做呢
　　　　　　　　　　真是好笑
　　　　　　　　　　越想越好笑
　　　　　　　　　　一隻蜜蜂想救我所羅門王

問題六【B】【C】
（　）所羅門王為何願意原諒小蜜蜂？　①小蜜蜂很會說笑話　②所羅門王覺得小蜜蜂很勇敢，願意承認自己的錯誤　③很久沒有人能讓所羅門王這麼高興了　④沒聽清楚。

士兵：所羅門王法庭現在開庭
　　　傳第一位申訴者
　　　【一位女士向所羅門王磕頭】
所羅門王：這位女士，你有什麼問題
　　　　　你說我來做
女士：我要公理

　　　　懲罰偷走我食物的小偷

所羅門王：如果有人偷了你的東西

　　　　　他會受到嚴厲的處分

　　　　　告訴我他是誰

女士：您可能不相信

　　　是風偷的

所羅門王：風

女士：是風

所羅門王：我想知道整個故事

女士：我是個可憐的寡婦

　　　平常都是撿人家收成後

　　　剩下來的稻子做麵包

　　　那天剛好夠裝成三小袋的麵粉

　　　勉強可以過冬

　　　（小男孩的哭聲）【一個小男孩在哭】

女士：你為什麼哭呢

小男孩：我肚子好餓喔

　　　　已經三天沒有吃東西了

　　　　【女士把一袋麵粉送給小男孩後繼續向前走】

　　　　【一位老乞丐在路旁乞討】

女士：沒關係，我還夠

　　　拿去吧，先生【女士把第二包麵粉送給老乞丐】

　　　【女士把最後一包麵粉推回家，就在開門的時候，一陣風吹了過來】

女士：然後最後一袋被風捲走了

　　　聰明的國王

　　　請懲罰風吧

　　　把屬於我的東西還我

所羅門王：這個嘛

　　　　　這個就難辦囉

　　　　　（號角聲響起）【示巴女王剛好蒞臨】

所羅門王：歡迎啊，示巴女王

　　　　　歡迎駕臨我的皇宮

　　　　　請坐，不要客氣

示巴女王：國王陛下

　　　　　我們這樣突然出現

> 問題七【A】【B】【C】
>
> (　　) 女士告訴所羅門王誰偷了她的麵粉？　①太陽　②風　③月亮　④沒聽清楚。

> 問題八【A】【B】【C】
>
> (　　) 女士希望所羅門王能幫她懲罰誰？　①風　②老乞丐　③小男孩　④沒聽清楚。

一定讓你覺得很奇怪吧

所羅門王：奇怪呀

是有那麼一點

示巴女王：簡直超乎想像

你不會相信的

事情是這樣發生的

我一接到你的信

就立刻起程要回到這裡

一開始的時候

海洋很平靜

一直到有一天

出現了一個可怕的風暴

示巴女王：發生了什麼事

快叫船長過來

士兵：女王陛下

傳底破了一個大洞

我們已經盡力了

現在只有等待奇蹟

才能救我們了

示巴女王：哦，所羅門王

是您把我們帶到海上來

我請求您和萬能的天神

來拯救我們

請救救我們吧

【頓時風平浪靜】

士兵：奇蹟

奇蹟出現啦

船底的洞被補起來啦

整個補起來了

我們得救了

太好了，我們得救了

示巴女王：為了表示我們對您的感謝

我們帶回了金銀珠寶要獻給您

畢竟我們是因為

呼喊您的聖名而得救的

問題九【A】【B】【C】

(　)示巴女王為何要將金銀珠寶獻給所羅門王？①因為崇拜所羅門王的智慧　②因為當示巴女王在海上遇到風暴時，是呼喊所羅門王的聖名而得救的　③因為所羅門王用麵粉把船底的破洞補起來　④沒聽清楚。

所羅門王：可是那個從天上掉下來
　　　　　那個補了破洞的東西是什麼
示巴女王：是一袋麵粉啊
　　　　　真不敢相信
女士：啊，那袋是我的
　　　是我的
　　　是風從我這兒偷走的那袋麵粉啊
所羅門王：謝謝這位女士的麵粉
　　　　　讓你得救了
　　　　　因為這樣
　　　　　我想您會把金銀珠寶
　　　　　分給這位女士吧
　　　　　你看正義伸張了
示巴女王：好了，我們也該休息了
　　　　　等明天我們見面的時候
　　　　　我會給您來個小測試
　　　　　因為我非常想知道
　　　　　您是不是像大家所說的一樣聰明
所羅門王：我會讓您刮目相看的
示巴女王：國王陛下
　　　　　在您面前有好多盆花
　　　　　但其中只有一盆是真的
　　　　　您的測驗呢
　　　　　就是把真的找出來
　　　　　以前呢
　　　　　從來沒有人成功過
　　　　　現在就請您讓我們見識見識
　　　　　什麼叫做聰明才智吧
示巴女王：找到了沒有
所羅門王：當然
　　　　　當然沒問題啦
　　　　　再給我幾分鐘
　　　　　幾分鐘
示巴女王：在這個時候大部分的人都會放棄
　　　　　但是我們可以等

所羅門王：別那麼說嘛

　　　　　我只不過是因為

　　　　　現在有國家大事要商量

　　　　　要商量

示巴女王：我們又不趕時間

　　　　　【小蜜蜂飛了出來，在花朵間穿梭】

所羅門王：只要再給我幾秒鐘

　　　　　我想我就會有正確的答案了

　　　　　【小蜜蜂躺在其中一盆花上，所羅門王就拿起了那盆花】

示巴女王：真令人不敢相信

　　　　　一般人是沒有辦法

　　　　　辨識出它們的不同的

　　　　　我必須承認

　　　　　您是這個世界上最聰明的人

所羅門王：對不起，我馬上過來

　　　　　小蜜蜂啊，你還真的幫了我

　　　　　真沒想到一隻小小的蜜蜂

　　　　　可以幫助國王

　　　　　謝謝你

　　　　　請你原諒我的自大

所羅門王：宴會可以開始了

　　　　　當然還有你啦，小蜜蜂

　　　　　你是我的貴賓啊

示巴女王：我可以再問您一個問題嗎

所羅門王：當然可以

示巴女王：您的鼻子……

所羅門王：我可以告訴你

　　　　　不過你不會相信

> 問題十【A】【B】【C】
>
> （　）誰幫所羅門王辨識真花？　①小蜜蜂　②風　③女士　④沒看清楚。

【A】：影像中有出現【B】：文字中有出現【C】：聲音中有出現

故事引導

君君：我們今天要說的故事啊

　　　就是跟這個希臘奧林匹克宙斯神有關

豪豪：每次一聽到希臘羅馬神話裡
　　　那些神和神錯綜複雜的關係
　　　我就頭昏眼花了
君君：不會，其實很有趣的
　　　你知道嗎
　　　天神宙斯他老婆蒂蜜特
　　　而這個蒂蜜特
　　　也就是專門掌管
　　　這個穀物收成的女神喔
　　　不過呢
　　　她為了她自己心愛的女兒
　　　波賽芬妮的婚事
　　　卻跟這個天神宙斯意見不合
　　　想要知道他們會怎麼處理嗎
　　　讓我們一起收看
君君豪豪：春神來了

> 問題一 【B】【C】
>
> (　　) 天神宙斯的老婆蒂蜜特是掌管什麼工作？ ①她掌管愛情 ②她掌管穀物收成 ③她掌管地獄 ④沒有聽清楚。

故事內容

曾經在這裡
一整年都會盛開著花朵
農作物的生長都很茂盛
善良的女神蒂蜜特
則居住在靠近奧林帕斯山的神殿裡
負責看管著大地
而蒂蜜特
時常會飛越這片肥沃的大地
去探訪她的女兒波賽芬妮
而圍繞在波賽芬妮身旁的花朵
總是最甜美的
你媽媽來了喔，波賽芬妮

波賽芬妮：每一件事物都是這麼的美好
　　　　　可是為什麼我還是不開心
　　　　　少了什麼
　　　　　愛神丫，你在哪兒

為什麼你從來不用你的箭射向我
媽

蒂蜜特：波賽芬妮
你不會希望愛神的箭真的射向你的
你還太年輕了
他的箭會傷了你的
你只需要我的愛就夠了
是你爸爸
我要回去了

宙斯：蒂蜜特，讓開
不小心劈到你怎麼辦

蒂蜜特：宙斯，我親愛的老公
你已經有好多年
沒有把愛神的箭射向我了

厄洛斯：幹嘛

蒂蜜特：那你又為什麼把我叫回來呢

宙斯：我聽到我們的女兒在嘆氣
我正準備要送她一支愛神的箭
希望你不要像抓隻雞一樣的對待她

蒂蜜特：就像我以前的作法一樣
她哪裡都別想去
你有權可以掌管天神和決定生死
我的女兒我自己管總可以吧

宙斯：沒有人敢這樣對我說話
厄洛斯，射

旁白：
然後
開了一朵新的花
在我看來不太對勁
聞起來也不太對
我想告訴波賽芬妮
可是她並沒有注意到我
而且……
快跑，波賽芬妮
快跑

問題二【B】【C】

(　　) 下列對蒂蜜特的敘述何者正確？　①她認為波賽芬妮只需要她的愛　②她希望波賽芬妮能有一個幸福美滿的婚姻　③她希望宙斯能用愛神的箭射向波塞芬妮　④沒有聽清楚。

波賽芬妮：啊
　　　　　媽媽，救救我啊
　　　　　救我啊
　　　　　救命啊，爸爸
蒂蜜特：波賽芬妮
波賽芬妮
波賽芬妮
旁白：
　　　　　是地獄之王黑底斯
　　　　　帶走了波賽芬妮
　　　　　她不知道該怎樣思考
　　　　　每件事情看起來都是那麼的不一樣
　　　　　而黑底斯對她卻是百般的呵護

黑底斯：波賽芬妮
　　　　　這樣的情況對我們來說都很不尋常
　　　　　你的美麗
　　　　　加上我對你的愛
　　　　　這是全新的感覺
波賽芬妮：黑底斯
　　　　　　你怎麼敢在我的面前
　　　　　　談到我的美貌和你對我的愛
　　　　　　你是住在地獄的人耶
　　　　　　你怎麼可以愛我
　　　　　　我看你之前根本從來沒見過我吧
黑底斯：不，我常看著你
　　　　　看著你的倒影
　　　　　你看
　　　　　愛神用這隻箭射向我
　　　　　而你的父親
　　　　　也同意了這椿婚事
波賽芬妮：是嗎，那我寧可死去
　　　　　　你把我從我的母親身邊搶走了
蒂蜜特：波賽芬妮，你到底在哪兒

波賽芬妮
波賽芬妮
波賽芬妮，你在哪兒
波賽芬妮
波賽芬妮，你在哪兒
赫利俄斯
我命令你幫助我
波賽芬妮在哪兒
誰帶走了我的孩子
赫利俄斯：蒂蜜特，我告訴你
宙斯已經把波賽芬妮
許配給黑底斯當老婆了
蒂蜜特……
蒂蜜特……
黑底斯會是個好老公的
他是地獄之王
波賽芬妮就會是皇后啊
蒂蜜特，你想想看
地底下的世界
可比地上還要大
她永遠會是個皇后
黑底斯：你已經有好幾天沒吃東西了
請你至少喝點水吧
波賽芬妮：你看起來跟以前不一樣了
黑底斯：是有點不一樣
波賽芬妮：我也是
這裡
可是這是害怕
還是幸福呢
黑底斯：我想應該是幸福吧
宙斯：管你是不是我老婆
我要剝光你的羽毛
蒂蜜特：你敢從我身邊搶走我的女兒
宙斯：你表現的好像是我安排你女兒
去嫁給一個凡夫俗子似的

我讓她嫁的是地獄之王
我們的女兒是個女人
該是她離開你的時候
她需要強壯的臂膀
而且就我所知
她過得挺幸福的

蒂蜜特：不……

宙斯：你
你就是不肯放手對吧
赫密斯
赫密斯

赫密斯：什麼事，宙斯天神

宙斯：還不是我老婆

赫密斯：你們又打架了

宙斯：一般人啊太幸運啦
當他們的老婆生氣的時候
頂多打破一兩個盤子
但是我這個瘋婆子
會毀了整個世界啊

赫密斯：送她一朵玫瑰花呀

宙斯：玫瑰
我上哪兒去找玫瑰啊
她已經讓地面上的花都枯萎了
還有農作物樹木都無法生長
半點東西都長不出來呀

赫密斯：那麼地面上的人
要拿什麼來孝敬我們呢

宙斯：什麼也沒有
很快的他們全都活不下去了
連我們的飯碗也得丟了
去找黑底斯
告訴他
我下令要他交還波賽芬妮給她的母親
而且要快
哎呀，這些個母親啊

問題三【B】【C】

(　　) 天神宙斯擔心他的老婆蒂蜜特生氣時會有什麼事情發生？　①日夜顛倒　②看不到白天　③所有的農作物、植物都無法生長　④沒有聽清楚。

問題四【A】【B】【C】

(　　) 天神宙斯因為擔心地面上的人活不下去，而做出了怎樣的決定？　①命令黑底斯交還波賽芬妮給她的母親　②命令人去把蒂蜜特抓起來　③讓蒂蜜特變老失去神力　④沒有聽清楚。

波賽芬妮越是和黑底斯相處
就越感覺到自己的幸福
可是她還是很想念她的母親

黑底斯：你看起來有點悲傷
　　　　為什麼呢
　　　　做我的皇后難道不好嗎
波賽芬妮：我的母親讓大家受苦了
　　　　　如果她知道我過得很幸福就好了
黑底斯：她並不想知道
　　　　她只希望你是她的
　　　　就屬於她一個人
波賽芬妮：可是我不再只屬於她了

地獄之王的助手
打斷了黑底斯的談話
而且通報赫密斯來了

黑底斯：很抱歉，我現在有個訪客
於是我一路跟著他們兩個
但差一點就被抓到了
我想赫密斯會願意來到這些死靈的面前
一定有很重要的事

黑底斯：我才不要把她送回去
　　　　宙斯哪懂得愛
　　　　他交換的情人
　　　　跟女人買的衣服一樣多
赫密斯：拜託嘛
　　　　你必須把波賽芬妮還給她母親
　　　　她母親什麼事都做得出來
黑底斯：上面的世界發生什麼事
　　　　我可沒興趣
赫密斯：你應該關心的

問題五【A】【B】【C】

（　）波塞芬妮對於父親將她許配給黑底斯有什麼感覺。　①一直覺得很憤怒，寧可死去也不願留在黑底斯身邊　②起先很不願意，後來漸漸感覺到自己的幸福　③第一眼看到黑底斯就愛上他了　④沒有看清楚。

　　　　　　　萬一上面的世界沒了
　　　　　　　你的地獄也會因此消失
黑底斯：宙斯宙斯
　　　　　總愛破壞人家的好事
赫密斯：我可以提供你一個好方法喔
黑底斯：好，說來聽聽
赫密斯：讓波賽芬妮吃下這裡面的種子
　　　　　那麼她一年就可以跟你相處一個月了
黑底斯：才一個月
　　　　　她是我的老婆
赫密斯：可是蒂蜜特是你的岳母啊
　　　　　也只有這個方法才能擺平大家
　　　　　但是只能吃一顆喔

雖然只吃一顆
可是黑底斯會怎麼做呢

黑底斯：波賽芬妮，你聽我說
　　　　　你的父親命令我
　　　　　要把你送還給你母親
波賽芬妮：我受夠了我爸爸
　　　　　　總是支配我的生活
　　　　　　我愛你
　　　　　　我不想離開你
黑底斯：如果你愛我
　　　　　那麼請你回去吧
波賽芬妮：你不了解我媽
　　　　　　她不會讓我回來的
黑底斯：如果你愛我
　　　　　相信我
　　　　　吃下這個你就不會忘記我

黑底斯，她吃一顆了耶
波賽芬妮：我還要再吃
第……第二顆

波賽芬妮：我還要再吃一些
第三顆了
不……不會吧
波賽芬妮：我絕對不會忘記你的
不能再吃了
黑底斯：好了，你該回去了

於是波賽芬妮
就這樣回到了蒂蜜特的身邊

蒂蜜特：波賽芬妮
　　　　親愛的女兒
　　　　我真希望能永遠陪著你
　　　　你的嘴巴怎麼那麼紅
　　　　是不是黑底斯讓你吃了什麼
波賽芬妮：只是石榴而已
蒂蜜特：石榴
　　　　你吃了幾顆種子
波賽芬妮：四顆
蒂蜜特：黑底斯騙了你
　　　　那你現在一年
　　　　就有四個月得陪著他
波賽芬妮：媽，您別生氣嘛
　　　　　大部分的時間我都是陪著您的
蒂蜜特：沒有你在身邊我該怎麼辦
　　　　那四個月
　　　　我會讓植物都枯萎
　　　　用白雪覆蓋著大地
波賽芬妮：媽，我會回來的
蒂蜜特：我只有在你回來的時候
　　　　我才會讓萬物再次生長
　　　　就像大地出現了奇蹟
　　　　我要讓這片土地的人也好
　　　　動物也好
　　　　鳥兒也好
　　　　讓他們都知道

問題六【A】【B】【C】
（　　）為了讓回到母親身邊的波塞芬妮還能夠回到自己的身邊，黑底斯讓波塞芬妮吃了什麼水果的種子？　①火龍果　②石榴　③仙桃　④沒有看清楚。

問題七【B】【C】
（　　）吃下種子的波塞芬妮，每年可以有幾個月陪在黑底斯身邊？　①四個月　②一個月　③三個月　④沒有聽清楚。

問題八【A】【B】【C】
（　　）每年當波塞芬妮回到黑底斯身邊的那四個月，大地會呈現怎樣的景象？　①萬物再次生長，一切欣欣向榮　②所有植物都枯萎，白雪覆蓋著大地　③動物們各各活潑亂跳　④沒有看清楚。

　　　　我的波賽芬妮又回來了
波賽芬妮每個月都會想辦法
給黑底斯消息

波賽芬妮：就快要見面了
黑底斯：波賽芬妮
蒂蜜特：你很快就會跟他再見面了
波賽芬妮：四個月過去後我又會再回來的
蒂蜜特：對，那你離開之後
　　　　又會風雲四起
　　　　整片大地又會覆蓋上
　　　　白雪

【A】：影像中有出現　【B】：文字中有出現　【C】：聲音中有出現

故事引導

君君：今天我們要講的這個故事
　　　是發生在阿拉伯的沙漠裡面
　　　有一個乞丐
　　　他專門喜歡去幫助別人
　　　可是有一天
　　　他不小心誤入了石頭森林
　　　想知道他發生什麼事嗎
豪豪：故事很緊張嗎
君君：很快你就知道了
豪豪：一起看阿拉伯的『乞丐英雄』

> 問題一【A】【B】【C】
>
> (　)下面對故事中乞丐的敘
> 述，何者錯誤？　①他是乞
> 丐也是小偷　②他很喜歡
> 幫助人　③他曾經去過石
> 頭森林　④沒有看清楚。

故事內容

水果販：桃子，西瓜，葡萄
　　　　桃子，西瓜，葡萄
乞丐：好心的人，賞點東西
　　　求求你
　　　賞點東西給我吃吧

惡商：又是你
　　　我不是警告過你別靠近我嗎
乞丐：拜託你嘛
　　　我從昨天開始就沒吃東西
惡商：你不知道大家怎麼說你嗎
　　　你是乞丐也是小偷
　　　快給我滾
乞丐：誰可憐我，幫幫忙
乞丐：不行，他不能走那條路耶
　　　先生，請停下來
　　　你聽我說
　　　你不能走那條路的
先生：為什麼
乞丐：那裡很危險
　　　尤其是晚上
先生：有地方可以讓我的駱駝歇會兒嗎
乞丐：有啊
　　　請跟我來，先生
　　　這邊走
先生：來，拿去吧
　　　這應該夠你吃豐盛的一餐了
乞丐：謝謝你啊，先生
恩人之妻：誰呀
乞丐：是我啊
恩人之妻：走開
　　　　　我們自己什麼都沒有
　　　　　怎麼可能有東西給你呢
乞丐：我不是來討東西的
　　　請開門
　　　我有東西要給你們呢
　　　因為以前你先生就很照顧我
恩人之妻：是啊，他一向很慷慨
　　　　　就因為這樣
　　　　　他死後什麼都沒留給我們
　　　　　謝謝你，先生

問題二【B】【C】
（　）乞丐為何要將自己乞討來的食物和金錢送給婦人？①他愛上這名婦人　②他覺得婦人比他還可憐　③感謝婦人的先生死前對他的照顧　④沒有聽清楚。

乞丐：還有這個

恩人之妻：這是什麼

乞丐：這是我全部的錢
　　　　請你把它收下吧

恩人之妻：可是你自己怎麼辦啊

乞丐：我反正只要吃飽就行了
　　　　明天的事明天再說吧

理髮師：原來你在這裡
　　　　我今天生意很好
　　　　賞你的

水果販：桃子，西瓜，葡萄
　　　　你今天真幸運
　　　　來，拿去
　　　　賞給你

先生：乞丐
　　　　過來這裡拿些烤肉去吃吧

乞丐：你要送東西給我吃啊
　　　　太謝謝你了

先生：那天你為什麼說那條路很危險

乞丐：因為在山的那一邊
　　　　是石頭森林，先生

先生：石頭森林

乞丐：是呀，聽說石頭森林裡面
　　　　住著野人
　　　　凡是路過的人都會被他們吃掉

烤肉販：我爸爸也說那些野人不歡迎外地人
　　　　會把他們給吃了
　　　　先生：那我真要謝謝你了

惡商：到我這邊來吧
　　　　把它撿起來呀，笨蛋
　　　　今天真棒啊
　　　　這個外地人讓我們都成了有錢人了

乞丐：謝謝你，先生

理髮師：我的天啊
　　　　我的天啊

問題三【A】【B】【C】

(　) 平時大家為什麼不敢進入石頭森林？①裡面住著一群會吃人的野人　②石頭森林裡住著雙頭怪　③只要走入石頭森林就會迷路而走不出來　④沒有聽清楚。

　　　　　我的小羊被偷了

　　　　　我可愛的小羊被偷了

　　　　　我美麗的小羊被偷了

惡商：會做這件事的人一定是乞丐

烤肉販：沒錯，你說的沒錯

　　　　　他常在小羊附近走動

乞丐：你聽我說啊

　　　　我連住的地方都沒有

　　　　我偷了羊要藏哪裡呢

理髮師：你把我的小羊還給我

　　　　　你以為我是笨蛋嗎

　　　　　還給我……

先生：等等，你們確定他就是小偷嗎

惡商：當然是他啦

　　　　他一定是趁大家入睡的時候

　　　　偷偷把羊抱走了

理髮師：我的小羊

　　　　　我可愛的小羊你去哪兒啦

先生：你們剛才說他是小偷

惡商：反正可以趁機會教訓教訓他嘛

恩人之妻：你受傷了

乞丐：這些吃的是給孩子的

　　　　這些錢是給你的

　　　　你收下來吧

恩人之妻：可是你比我更需要這些啊

乞丐：我不需要

　　　　我要離開這個村子了

恩人之妻：你要去哪裡

乞丐：我要去一個人比較善良的地方

恩人之妻：你對我們這麼好

　　　　　　你要離開這裡我會很難過

乞丐：沒關係啦

　　　　有一天或許我們會再見的

問題四【B】【C】

（　）乞丐為何想要離開這個村子？　①他想要去找一個人比較善良的地方　②因為他在這個村子乞討不到食物　③因為他想到石頭森林探險　④沒有聽清楚。

乞丐：不會吧
　　　糟了我一定是闖進石頭森林了
　　　可是我怎麼進來的呢
野人：你是誰呀
　　　你在我們的土地上幹什麼
乞丐：我不知道我為什麼會在這裡
　　　我真的不曉得
　　　我想我一定是走錯路了
　　　我只不過是一個又窮又笨的乞丐
野人一：乞丐
　　　　乞丐是什麼
野人二：我也不知道
野人三：帶他去見大王吧
　　　　走
大王：你知不知道
　　　沒有經過允許就闖進這裡
　　　會有什麼下場呢
乞丐：不
　　　我不知道啊，大王
　　　【乞丐的缽掉了出去，從缽裡長出了一顆發亮的石頭】
大王：你來這裡
　　　是為了要拿那些會發亮的石頭的吧
乞丐：石頭，我不知道啊
　　　我只是因為天黑我就走丟了
　　　迷了路
大王：夠了
　　　我可以饒了你
　　　給你很多會發亮的石頭
　　　只要……
乞丐：只要什麼，大王
大王：只要你把你的皇冠還有手杖給我
乞丐：我的皇冠跟我手杖
大王：對，把它們給我
乞丐：拿去吧
大王：你想要什麼都可以拿走了

問題五【A】
（　）石頭森林裡的野人長
　　　什麼樣子，下面敘述何
　　　者錯誤？　①頭比一
　　　般的人大　②眼睛比
　　　一般的人大　③鼻子
　　　尖尖翹翹的　④沒有
　　　看清楚。

問題六【B】【C】
（　）乞丐誤闖石頭森林，為什
　　　麼還可以安全離開並成為
　　　大富翁？　①因為大王叫
　　　乞丐把他的皇冠（缽）和
　　　手杖（拐杖）送給他，乞
　　　丐願意　②因為乞丐騙大
　　　王他的缽和拐杖很值錢，
　　　要送給他　③乞丐趁著深
　　　夜偷溜走，並帶走一大包
　　　寶石　④沒有看清楚。

惡商：他怎麼可能在這麼短時間
　　　就變出這麼多錢來呀
　　　不可能
　　　一星期之前他還是個流浪漢
　　　可是現在比我還有錢
　　　他是這村最有錢的人了
理髮師：他是這附近最有錢的
烤肉販：他是全世界最有錢的
惡商：夠了
　　　說夠了沒有
　　　他怎麼這麼有錢
水果販：不會是從他太太那拿到的吧
乞丐：你們現在在做什麼
恩人之妻：在哄孩子睡覺
惡商：歡迎啊，大老闆
　　　歡迎我們這兒最有錢的人
乞丐：你們好啊
　　　大家的生意怎麼樣
理髮師：我想擴充我的店面
　　　　但是錢不夠
乞丐：不要擔心，我會幫你忙的
理髮師：我不會忘記你的恩情
烤肉販：我正打算賣掉一些土地
　　　　因為我還需要一些鍋子什麼的
乞丐：我可以買呀
惡商：現在就剩下我們兩個了
　　　告訴我
　　　你是怎麼突然變的這麼有錢的
乞丐：如果我跟你說你會相信嗎
惡商：當然當然
乞丐：那你聽我說
　　　有一天我去山上的時候
　　　後來
惡商：太不可思議了
　　　就是那個托缽還有爛木條

問題七【A】【B】【C】

（　）下面對乞丐的敘述何者正確？　①自從有了錢後，乞丐變得越來越臭屁　②雖然變有錢了，乞丐還是很喜歡幫助別人　③變有錢後，乞丐開始報復那些以前看不起他的人　④沒有看清楚。

　　　　讓你變得有錢的

乞丐：你是不覺得

　　　可是他們說那是皇冠跟權杖呢

惡商：我一定可以比你更有錢

惡商：過來呀

　　　不管怎麼樣

　　　我要變得很有錢很有錢

野人一：站住，這裡是我們的地盤

惡商：先生，你好

　　　你好

　　　我想見你們的大王

　　　我帶了很多禮物喔

　　　這些都是要送給大王的

大王：你是誰

　　　你來幹嘛

惡商：大王，我是個商人

　　　聽說您對陌生人非常的友善和慷慨

　　　所以我就賣了土地

　　　舖子跟屋子

　　　換了這些

　　　表達我對您和子民的一點心意

大王：很好

　　　你替我跟我的子民

　　　帶來了許多珍貴的禮物

惡商：只要大王開心

　　　我就心滿意足了

大王：我被你的慷慨給感動了

　　　我一定要送你一些東西作為回報

惡商：當然要了

　　　大王，我要這些會發亮的石頭

　　　我全部都要

大王：不，跟你的禮物比起來

　　　這些太沒價值了

　　　我倒是有個東西配得上你

　　　什麼東西呀

問題八【A】【B】【C】

（　）惡商到了石頭森林後，換回了什麼東西？　①許多發亮的石頭　②　皇冠（缽）跟權杖（拐杖）　③一大袋的金幣　④沒有看清楚。

　　　　就是我的皇冠跟權杖啊
　　　　我可是誰都不會給的
　　　　只給你
　　　　作為你如此大方的回饋
惡商：我不要
　　　　為什麼
　　　　怎麼會這樣

惡商：求求你
　　　　行行好
　　　　賞我點東西吃吧
　　　　好心的人
　　　　拜託，賞我點東西吧
　　　　從昨天到現在我都沒吃東西
乞丐：我也正好要去吃點東西
　　　　不然你乾脆跟我來吧

問題九【A】【B】【C】

(　　) 從石頭森林回來後的惡商
　　　　有哪些改變？　①變得更
　　　　有錢，到處幫助需要幫助的
　　　　人　②變得更吝嗇、小氣
　　　　③變得像乞丐一樣，四處乞
　　　　討　④沒有看清楚。

十六、施測問卷 A 答案統計表（實驗組 A1）

施測影片：聽故事遊世界（一）分享　　施測日期：96 年 10 月 19 日（2007.10.19）
施測組別：實驗組 A1（有能力分班）　　施測方式：國語旁白，有字幕
施測問卷：施測問卷 A（如附錄一）
施測結果：

題號	答案 1	答案 2	答案 3	答案 4	標準答案
1	5 人	29 人			
2	3 人	1 人	1 人	**29 人**	答案 4
3	2 人	3 人	**29 人**		答案 3
4	5 人	5 人	2 人	**22 人**	答案 4
5	1 人	**28 人**	3 人	2 人	答案 2
6		1 人	**32 人**	1 人	答案 3
7	**27 人**	3 人		4 人	答案 1
8	3 人	1 人		**30 人**	答案 4
9	**3 人**	1 人	5 人	**25 人**	答案 4

1 人請假

十七、施測問卷 B 答案統計表（控制組 B）

施測影片：聽故事遊世界（一）分享　　施測日期：96 年 10 月 19 日（2007.10.19）
施測組別：控制組 A（有能力分班）　　施測方式：國語旁白，無字幕
施測問卷：施測問卷 B（如附錄二）
施測結果：

題號	答案 1	答案 2	答案 3	答案 4	標準答案
1	2 人	32 人			
2	18 人	4 人	1 人	**11 人**	答案 4
3	13 人	7 人	12 人	2 人	答案 3
4	18 人	3 人	5 人	**8 人**	答案 4
5	6 人	**14 人**	1 人	13 人	答案 2
6			**34 人**		答案 3
7	**28 人**	1 人	2 人	3 人	答案 1
8	2 人	2 人		**30 人**	答案 4
9	**3 人**		**23 人**	**29 人**	答案 4

1 人請假

十八、施測問卷 B 答案統計表（實驗組 A2）

施測影片：聽故事遊世界（一）分享
施測日期：96 年 10 月 22 日（2007.10.22）
施測組別：實驗組 A2（無能力分班）
施測方式：國語旁白，無字幕
施測問卷：施測問卷 B（如附錄二）
施測結果：

題號	答案 1	答案 2	答案 3	答案 4	標準答案
1	8 人	27 人			
2	18 人	1 人	3 人	**13 人**	答案 4
3	3 人	5 人	**27 人**		答案 3
4	4 人	6 人	4 人	**21 人**	答案 4
5	1 人	**25 人**	3 人	6 人	答案 2
6		2 人	**31 人**	2 人	答案 3
7	**25 人**		1 人	9 人	答案 1
8	1 人		2 人	**32 人**	答案 4
9	1 人	1 人	3 人	**30 人**	答案 4

十九、施測問卷 B 答案統計表（實驗組 A3）

施測影片：聽故事遊世界（一）分享
施測日期：96 年 10 月 22 日（2007.10.22）
施測組別：實驗組 A3（無能力分班）
施測方式：國語旁白，無字幕
施測問卷：施測問卷 B（如附錄二）
施測結果：

題號	答案 1	答案 2	答案 3	答案 4	標準答案
1	1 人	34 人			
2	5 人	12 人	1 人	**17 人**	答案 4
3	4 人	18 人	**13 人**		答案 3
4	7 人	10 人	4 人	**14 人**	答案 4
5	1 人	**12 人**	4 人	18 人	答案 2
6	1 人		**34 人**		答案 3
7	**28 人**	1 人	2 人	3 人	答案 1
8	1 人	2 人		**32 人**	答案 4
9			8 人	**27 人**	答案 4

二十、施測問卷 C 答案統計表（實驗組 A）

施測影片：聽故事遊世界（二）獅子的魔咒
施測日期：96 年 12 月 07 日（2007.12.07）
施測組別：實驗組 A（無能力分班）
施測方式：國語旁白，有字幕
施測問卷：施測問卷 C（如附錄三）
施測結果：

題號	答案 1	答案 2	答案 3	答案 4	標準答案
1	3 人	**28 人**		4 人	答案 2
2	2 人	**33 人**			答案 2
3	**26 人**	6 人	3 人		答案 1
4	4 人	3 人	**27 人**	1 人	答案 3
5	**33 人**	2 人			答案 1
6	5 人	**26 人**	2 人	2 人	答案 2
7	**28 人**	3 人		4 人	答案 1
8	9 人	1 人	**24 人**	1 人	答案 3
9	1 人	2 人	**29 人**	3 人	答案 3

二十一、施測問卷 D 答案統計表（控制組 A）

施測影片：聽故事遊世界（二）獅子的魔咒
施測日期：96 年 12 月 07 日（2007.12.07）
施測組別：控制組 A（有能力分班）
施測方式：國語旁白，無字幕
施測問卷：施測問卷 D（如附錄四）
施測結果：

題號	答案 1	答案 2	答案 3	答案 4	標準答案
1	1 人	**33 人**		1 人	答案 2
2		**35 人**			答案 2
3	**29 人**	3 人	1 人	2 人	答案 1
4	2 人	10 人	**22 人**	1 人	答案 3
5	**29 人**	5 人		1 人	答案 1
6		**32 人**		3 人	答案 2
7	**33 人**		2 人		答案 1
8	14 人	2 人	**23 人**		答案 3
9		1 人	**34 人**		答案 3
10	7 人	6 人	21 人	1 人	

PS.第 8 題有 2 人有 3 個答案

二十二、施測問卷 D 答案統計表（控制組 B）

施測影片：聽故事遊世界（二）獅子的魔咒
施測日期：96 年 12 月 10 日（2007.12.10）
施測組別：控制組 B（無能力分班）
施測方式：國語旁白，無字幕
施測問卷：施測問卷 D（如附錄四）
施測結果：

題號	答案 1	答案 2	答案 3	答案 4	標準答案
1	1 人	**30 人**	4 人		答案 2
2	1 人	**34 人**			答案 2
3	**31 人**	2 人	1 人	1 人	答案 1
4	3 人	6 人	**26 人**		答案 3
5	**29 人**	6 人	3 人		答案 1
6		**33 人**	2 人		答案 2
7	**32 人**	1 人	1 人	1 人	答案 1
8	14 人	1 人	**20 人**		答案 3
9	8 人	4 人	**16 人**	7 人	答案 3
10	4 人	6 人	25 人		

二十三、施測問卷 C 答案統計表（實驗組 B）

施測影片：聽故事遊世界（二）獅子的魔咒
施測日期：96 年 12 月 10 日（2007.12.10）
施測組別：實驗組 B（無能力分班）
施測方式：國語旁白，有字幕
施測問卷：施測問卷 C（如附錄三）
施測結果：

題號	答案 1	答案 2	答案 3	答案 4	標準答案
1	2 人	**32 人**			答案 2
2		**34 人**			答案 2
3	**28 人**	6 人			答案 1
4	1 人	6 人	**24 人**	3 人	答案 3
5	**29 人**	2 人	3 人		答案 1
6		**34 人**			答案 2
7	**30 人**	4 人			答案 1
8	13 人		**19 人**	2 人	答案 3
9	2 人	1 人	**30 人**	1 人	答案 3
10	11 人	14 人	4 人	5 人	

1 人請假

二十四、施測問卷 F 答案統計表（實驗組 A）

施測影片：聽故事遊世界（三）所羅門王和小蜜蜂
施測日期：97 年 3 月 7 日（2008.03.07）
施測組別：實驗組 A（有能力分班）
施測方式：國語旁白，無字幕
施測問卷：施測問卷 F（如附錄六）
施測結果：

題號	答案 1	答案 2	答案 3	答案 4	標準答案
1	2 人		31 人	2 人	答案 3
2	3 人	2 人	29 人	1 人	答案 3
3	29 人	2 人	2 人	2 人	答案 1
4	3 人	2 人	28 人	2 人	答案 3
5	8 人	9 人	18 人		答案 3
6	2 人	2 人	31 人		答案 3
7		35 人			答案 2
8	33 人	1 人		1 人	答案 1
9	1 人	31 人	2 人	1 人	答案 2
10	34 人		1 人		答案 1

二十五、施測問卷 E 答案統計表（控制組 A）

施測影片：聽故事遊世界（三）所羅門王和小蜜蜂
施測日期：97 年 3 月 7 日（2008.03.07）
施測組別：控制組 A（有能力分班）
施測方式：國語旁白，有字幕
施測問卷：施測問卷 E（如附錄五）
施測結果：

題號	答案 1	答案 2	答案 3	答案 4	標準答案
1			32 人	1 人	答案 3
2	2 人	13 人	29 人	1 人	答案 3
3	32 人	1 人			答案 1
4	3 人	1 人	28 人	1 人	答案 3
5	14 人	4 人	16 人		答案 3
6	1 人	1 人	30 人	1 人	答案 3
7		33 人			答案 2
8	32 人			1 人	答案 1
9	1 人	30 人	1 人	1 人	答案 2
10	33 人				答案 1

PS. 1 人請假
第 5 題有 1 人填 2 個答案

二十六、施測問卷 F 答案統計表（實驗組 B）

施測影片：聽故事遊世界（三）所羅門王和小蜜蜂
施測日期：97 年 3 月 10 日（2008.03.10）
施測組別：實驗組 B（無能力分班）
施測方式：國語旁白，無字幕
施測問卷：施測問卷 F（如附錄六）
施測結果：

題號	答案 1	答案 2	答案 3	答案 4	標準答案
1	4 人	19 人	7 人	3 人	答案 3
2	2 人	5 人	24 人	2 人	答案 3
3	30 人		3 人	1 人	答案 1
4	5 人	4 人	24 人		答案 3
5	14 人	5 人	14 人		答案 3
6	2 人	4 人	27 人		答案 3
7		33 人			答案 2
8	32 人			1 人	答案 1
9	3 人	26 人	4 人		答案 2
10	32 人		1 人		答案 1

PS.2 人請假

二十七、施測問卷 E 答案統計表（控制組 B）

施測影片：聽故事遊世界（三）所羅門王和小蜜蜂
施測日期：97 年 3 月 10 日（2008.03.10）
施測組別：控制組 B（無能力分班）
施測方式：國語旁白，有字幕
施測問卷：施測問卷 E（如附錄五）
施測結果：

題號	答案 1	答案 2	答案 3	答案 4	標準答案
1	1 人		33 人		答案 3
2	1 人	3 人	29 人	1 人	答案 3
3	32 人		2 人		答案 1
4	4 人		30 人		答案 3
5	11 人	14 人	9 人		答案 3
6		2 人	32 人		答案 3
7		34 人			答案 2
8	34 人				答案 1
9		31 人	3 人		答案 2
10	34 人				答案 1

1 人請假

二十八、施測問卷 H 答案統計表（實驗組 A）

施測影片：聽故事遊世界（四）春神來了
施測日期：97 年 4 月 11 日（2008.04.11）
施測組別：實驗組 A（有能力分班）
施測方式：國語旁白，有字幕
施測問卷：施測問卷 H（如附錄八）
施測結果：

題號	答案 1	答案 2	答案 3	答案 4	標準答案
1	5 人	28 人	1 人		答案 2
2	26 人	2 人	3 人	3 人	答案 1
3		1 人	32 人	1 人	答案 3
4	27 人	3 人		4 人	答案 1
5	2 人	29 人	1 人	2 人	答案 2
6	3 人	29 人	2 人		答案 2
7	33 人		1 人		答案 1
8	2 人	31 人		1 人	答案 2
9	4 人	5 人	23 人	2 人	

1 人請假

二十九、施測問卷 G 答案統計表（控制組 A）

施測影片：聽故事遊世界（四）春神來了
施測日期：97 年 4 月 11 日（2008.04.11）
施測組別：控制組 A（有能力分班）
施測方式：國語旁白，有字幕
施測問卷：施測問卷 G（如附錄七）
施測結果：

題號	答案 1	答案 2	答案 3	答案 4	標準答案
1		33 人			答案 2
2	30 人	2 人	1 人		答案 1
3			33 人		答案 3
4	32 人			1 人	答案 1
5	1 人	31 人	1 人		答案 2
6		33 人			答案 2
7	32 人	1 人			答案 1
8	1 人	32 人			答案 2

2 人請假

三十、施測問卷 H 答案統計表（實驗組 B）

施測影片：聽故事遊世界（四）春神來了
施測日期：97 年 4 月 14 日（2008.04.14）
施測組別：實驗組 B（無能力分班）
施測方式：國語旁白，無字幕
施測問卷：施測問卷 H（如附錄八）
施測結果：

題號	答案 1	答案 2	答案 3	答案 4	標準答案
1		33 人	1 人		答案 2
2	34 人				答案 1
3	2 人		32 人		答案 3
4	34 人				答案 1
5	3 人	31 人			答案 2
6		31 人	2 人	1 人	答案 2
7	33 人		1 人		答案 1
8		34 人			答案 2
9		2 人	28 人	4 人	

1 人請假

三十一、施測問卷 G 答案統計表（控制組 B）

施測影片：聽故事遊世界（四）春神來了
施測日期：97 年 4 月 14 日（2008.04.14）
施測組別：控制組 B（無能力分班）
施測方式：國語旁白，有字幕
施測問卷：施測問卷 G（如附錄七）
施測結果：

題號	答案 1	答案 2	答案 3	答案 4	標準答案
1	1 人	32 人			答案 2
2	31 人		1 人	1 人	答案 1
3			32 人	1 人	答案 3
4	31 人	2 人			答案 1
5	1 人	32 人			答案 2
6		32 人	1 人		答案 2
7	33 人				答案 1
8		32 人		1 人	答案 2

2 人請假

三十二、施測問卷 J 答案統計表（實驗組 A）

施測影片：聽故事遊世界（五）乞丐英雄
施測日期：97 年 5 月 9 日（2008.05.09）
施測組別：實驗組 A（有能力分班）
施測方式：國語旁白，無字幕
施測問卷：施測問卷 J（如附錄十）
施測結果：

題號	答案 1	答案 2	答案 3	答案 4	標準答案
1	30 人	2 人	2 人	1 人	答案 1
2		3 人	32 人		答案 3
3	33 人	1 人	1 人		答案 1
4	34 人	1 人			答案 1
5	1 人	3 人	18 人	8 人	答案 3
6	32 人	2 人		1 人	答案 1
7	2 人	28 人	2 人	3 人	答案 2
8	3 人	28 人	2 人	1 人	答案 2
9	2 人		33 人		答案 3

三十三、施測問卷 I 答案統計表（控制組 A）

施測影片：聽故事遊世界（五）乞丐英雄
施測日期：97 年 5 月 09 日（2008.05.09）
施測組別：控制組 A（無能力分班）
施測方式：國語旁白，有字幕
施測問卷：施測問卷 I（如附錄九）
施測結果：

題號	答案 1	答案 2	答案 3	答案 4	標準答案
1	27 人	3 人	4 人	1 人	答案 1
2		1 人	34 人		答案 3
3	35 人				答案 1
4	35 人				答案 1
5	15 人	3 人	14 人	4 人	答案 3
6	35 人				答案 1
7	4 人	30 人	1 人		答案 2
8	1 人	33 人	1 人		答案 2
9			35 人		答案 3

三十四、施測問卷 J 答案統計表（實驗組 B）

施測影片：聽故事遊世界（五）乞丐英雄
施測日期：97 年 5 月 12 日（2008.05.12）
施測組別：實驗組 B（無能力分班）
施測方式：國語旁白，無字幕
施測問卷：施測問卷 I（如附錄九）
施測結果：

題號	答案 1	答案 2	答案 3	答案 4	標準答案
1	**29 人**	3 人	2 人		答案 1
2	1 人		**33 人**		答案 3
3	**33 人**	1 人			答案 1
4	**32 人**	2 人			答案 1
5	5 人	4 人	**22 人**	3 人	答案 3
6	**34 人**				答案 1
7	1 人	**27 人**	4 人	2 人	答案 2
8	4 人	**29 人**	1 人		答案 2
9	1 人		**33 人**		答案 3

2 人請假

三十五、施測問卷 I 答案統計表（控制組 B）

施測影片：聽故事遊世界（五）乞丐英雄
施測日期：97 年 5 月 12 日（2008.05.12）
施測組別：控制組 B（無能力分班）
施測方式：國語旁白，有字幕
施測問卷：施測問卷 I（如附錄九）
施測結果：

題號	答案 1	答案 2	答案 3	答案 4	標準答案
1	**23 人**	8 人	2 人		答案 1
2		4 人	**29 人**		答案 3
3	**33 人**				答案 1
4	**33 人**				答案 1
5	12 人	9 人	**7 人**		答案 3
6	**32 人**	1 人			答案 1
7		**31 人**	1 人	1 人	答案 2
8	2 人	**31 人**			答案 2
9			**33 人**		答案 3

2 人請假

三十六、訪談資料、討論會議資料編碼表

（一）學生訪談資料編碼表

訪談對象	資料類型	時間	地點	紀錄方式	編碼
學生 a		2007/10/19			訪學生 a 摘 2007/10/19
學生 b		2007/10/19			訪學生 b 摘 2007/10/19
學生 c		2007/10/19			訪學生 c 摘 2007/10/19
學生 d		2007/10/22			訪學生 d 摘 2007/10/22
學生 e		2007/10/22			訪學生 e 摘 2007/10/22
學生 f		2007/12/07			訪學生 f 摘 2007/12/07
學生 g		2007/12/07			訪學生 g 摘 2007/12/07
學生 h		2007/12/10			訪學生 h 摘 2007/12/10
學生 i		2007/12/10			訪學生 i 摘 2007/12/10
學生 j		2008/03/07			訪學生 j 摘 2008/03/07
學生 k	訪談	2008/03/07	圖書館	摘記	訪學生 k 摘 2008/03/07
學生 l		2008/03/07			訪學生 l 摘 2008/03/07
學生 m		2008/03/07			訪學生 m 摘 2008/03/07
學生 n		2008/03/10			訪學生 n 摘 2008/03/10
學生 o		2008/03/10			訪學生 o 摘 2008/03/10
學生 p		2008/03/10			訪學生 p 摘 2008/03/10
學生 q		2008/04/11			訪學生 r 摘 2008/04/11
學生 r		2008/04/11			訪學生 r 摘 2008/04/11
學生 s		2008/04/14			訪學生 s 摘 2008/04/14
學生 t		2008/04/14			訪學生 t 摘 2008/04/14
學生 u		2008/04/11			訪學生 u 摘 2008/04/11
學生 v		2008/04/14			訪學生 v 摘 2008/04/14

學生 w		2008/05/09			訪學生 w 摘 2008/05/09
學生 x		2008/05/09			訪學生 x 摘 2008/05/09
學生 y		2008/05/09			訪學生 y 摘 2008/05/09
學生 z	訪	2008/05/09	圖	摘	訪學生 z 摘 2008/05/09
學生 a2		2008/05/09	書		訪學生 a2 摘 2008/05/09
學生 b2	談	2008/05/12	館	記	訪學生 b2 摘 2008/05/12
學生 c2		2008/05/12			訪學生 c2 摘 2008/05/12
學生 d2		2008/05/12			訪學生 d2 摘 2008/05/12
學生 e2		2008/05/12			訪學生 e2 摘 2008/05/12

（二）討論會議編碼表

出席者	資料類型	時間	地點	紀錄方式	編碼
教師 A 教師 B 教師 C 教師 D 研究者	討論會議	2007/09/15	教室	摘記	摘自 2007/09/15 討論會議
		2007/10/18			摘自 2007/10/18 討論會議
		2007/10/22			摘自 2007/10/22 討論會議
		2007/12/10			摘自 2007/12/10 討論會議
		2008/03/10			摘自 2008/03/10 討論會議
		2008/04/14			摘自 2008/04/14 討論會議
		2008/05/12			摘自 2008/05/12 討論會議

國家圖書館出版品預行編目

電視字幕對語言理解的影響：以『形系』和『
音系』文字的差異為切入點 / 陳佩真著. --
一版. -- 臺北市：秀威資訊科技, 2008. 10
面；　公分. --（社會科學類；AF0094 東
大學術；2）
BOD 版
參考書目：面
ISBN 978-986-221-095-6（平裝）

1. 語言學習　2. 文字　3. 電視

800.3　　　　　　　　　　　97018795

社會科學類　AF0094

東大學術②

電視字幕對語言理解的影響
——以『形系』和『音系』文字的差異為切入點

作　　者 / 陳佩真
發 行 人 / 宋政坤
執行編輯 / 黃姣潔
圖文排版 / 鄭維心
封面設計 / 陳佩蓉
數位轉譯 / 徐真玉　沈裕閔
圖書銷售 / 林怡君
法律顧問 / 毛國樑　律師
出版印製 / 秀威資訊科技股份有限公司
　　　　　台北市內湖區瑞光路 583 巷 25 號 1 樓
　　　　　電話：02-2657-9211　　　傳真：02-2657-9106
　　　　　E-mail：service@showwe.com.tw
經 銷 商 / 紅螞蟻圖書有限公司
　　　　　台北市內湖區舊宗路二段 121 巷 28、32 號 4 樓
　　　　　電話：02-2795-3656　　　傳真：02-2795-4100
　　　　　http://www.e-redant.com

2008 年 10 月 BOD 一版
定價：330 元

讀　者　回　函　卡

感謝您購買本書，為提升服務品質，煩請填寫以下問卷，收到您的寶貴意見後，我們會仔細收藏記錄並回贈紀念品，謝謝！

1. 您購買的書名：＿＿＿＿＿＿＿＿＿＿＿＿＿＿＿＿＿＿＿

2. 您從何得知本書的消息？

　　□網路書店　　□部落格　　□資料庫搜尋　　□書訊　　□電子報　　□書店

　　□平面媒體　　□ 朋友推薦　　□網站推薦　□其他＿＿＿＿＿＿

3. 您對本書的評價：(請填代號　1.非常滿意 2.滿意 3.尚可 4.再改進)

　　封面設計＿＿＿　版面編排＿＿＿　內容＿＿＿　文/譯筆＿＿＿　價格＿＿＿

4. 讀完書後您覺得：

　　□很有收獲　　□有收獲　　□收獲不多　　□沒收獲

5. 您會推薦本書給朋友嗎？

　　□會　　□不會，為什麼？＿＿＿＿＿＿＿＿＿＿＿＿＿＿＿＿＿＿＿

6. 其他寶貴的意見：＿＿＿＿＿＿＿＿＿＿＿＿＿＿＿＿＿＿＿＿＿

＿＿＿＿＿＿＿＿＿＿＿＿＿＿＿＿＿＿＿＿＿＿＿＿＿＿＿＿＿＿＿

＿＿＿＿＿＿＿＿＿＿＿＿＿＿＿＿＿＿＿＿＿＿＿＿＿＿＿＿＿＿＿

＿＿＿＿＿＿＿＿＿＿＿＿＿＿＿＿＿＿＿＿＿＿＿＿＿＿＿＿＿＿＿

讀者基本資料

姓名：＿＿＿＿＿＿＿＿＿　　年齡：＿＿＿＿　　性別：□女　□男

聯絡電話：＿＿＿＿＿＿＿＿　　E-mail：＿＿＿＿＿＿＿＿＿＿

地址：＿＿＿＿＿＿＿＿＿＿＿＿＿＿＿＿＿＿＿＿＿＿＿＿＿＿

學歷：□高中(含)以下　　□高中　　□專科學校　　□大學

　　　□研究所(含)以上 □其他＿＿＿＿＿＿＿＿

職業：□製造業 □金融業 □資訊業 □軍警 □傳播業 □自由業

　　　□服務業 □公務員 □教職　　□學生 □其他＿＿＿＿＿＿

(請沿線對摺寄回,謝謝!)

秀威與 BOD

BOD（Books On Demand）是數位出版的大趨勢，秀威資訊率先運用 POD 數位印刷設備來生產書籍，並提供作者全程數位出版服務，致使書籍產銷零庫存，知識傳承不絕版，目前已開闢以下書系：

一、BOD 學術著作—專業論述的閱讀延伸
二、BOD 個人著作—分享生命的心路歷程
三、BOD 旅遊著作—個人深度旅遊文學創作
四、BOD 大陸學者—大陸專業學者學術出版
五、POD 獨家經銷—數位產製的代發行書籍

BOD 秀威網路書店：www.showwe.com.tw
政府出版品網路書店：www.govbooks.com.tw

永不絕版的故事・自己寫・永不休止的音符・自己唱